異世界の貧乏農家に転生したので、レンガを作って城を建てることにしました

I was reincarnated as a poor farmer in a different world, so I decided to make bricks to build a castle.

JN070853

4

カンチェラーラ
Illustration Riv

TOブックス

北の街ビルマ
川北城
ウルク領都
ォンターナの街
アインラッドの丘
メメント領都
パーシバル領都

バルカニア
アーバレスト領都
ラインザッツ領都
王都
リゾルテ領都

CONTENTS

イラスト　R・i・v
デザイン　西山愛香（草野剛デザイン事務所）

バルカ騎士領

Name:
アルス

主人公。貧乏農家の三男。現在はバルカ騎士領バルカニアの領主。日本人としての前世の記憶と、自力で編み出した魔法を駆使して街作り中。

Data

Name:
バイト

英雄に憧れる、アルスの兄〈次男〉。魔力による身体強化が得意。

Data

Name:
マリー

アルス達の母親。優しいが子育てでは厳しい一面も。

Data

Name:
ヘクター

アルスの兄〈長男〉。バルカ村の村長の娘エイラと結婚。

Data

Name:
カイル

アルスの弟〈四男〉。聡明で書類仕事が得意。

Data

Name:
アッシラ

アルス達の父親。真面目で賢い。

Data

Name:
リリーナ

カルロスと異母兄妹。元騎士・グラハム家の長女。アルスの妻。

Data

Name:
リオン

リリーナの弟。元騎士・グラハム家の長男。

Data

Name:
バルガス

リンダ村の英雄。強靭な肉体と人望を持つ。

Data

フォンターナ領

フォンターナ家

Name:

カルロス

フォンターナ家の若き当主。野心家。アルスに目を付ける。

Data

Name:

パウロ

フォンターナ領の司教。アルスの良き理解者。抜け目のない一面もある。

Data

Name:

グラン

究極の「ものづくり」を夢見る旅人。アルスに出会いバルカ村に腰を据える。

Data

Name:

エイラ

バルカ村の村長の娘でヘクターの妻。リード姓を持つ遊戯地区の総支配人。

Data

Name:

トリオン

行商人。アルスの取引相手。名付けに参加しバルカの一員となる。

Data

Name:

マドック

木こり。世話焼き。年長で落ち着きがある。

Data

Name:

クラリス

リリーナの側仕え。高い教養を持つ。

Data

Name:

ミーム

人体解剖を行なったため地元を追われた医学者。アルスの主治医兼研究仲間。

Data

Name:

モッシュ

精密画が得意な画家の青年。ミームを補助するため、アルスに臓器を描かされている。

Data

第一章　対ペッシ戦

フォンターナ家未曾有《みぞう》の危機。

東からはウルク家が、西からはアーバレスト家が同時に侵攻してくるというこの緊急事態だが、とりあえずアーバレスト家との戦いは決着がついた。

俺が指揮を執《と》ったフォンターナ軍は攻め込んできたアーバレスト家を見事に打ち破り、そしてその当主までもを討ち取った。

これで当分の間はアーバレスト家は動くことができないだろう。

そのため、やれやれこれで一安心だ、と一息入れたかったのだが、どうやらそうはいかないらしい。

アーバレスト家に勝利したとしても、東のウルク家と対峙しているフォンターナ家当主カルロスが討たれれば俺は庇護者《ひごしゃ》を失ってしまう。

そうリオンに忠告されたので、アーバレスト家との激闘直後だというにもかかわらず、バルカ軍は西から東へと取って返すことになったのだった。

「バルガス、この川の中の城を頼んだ。というか、立地が立地なだけに大雨とかが降ったときにどうなるかわからんからな。増水したときのことを考えて、今後も使える城にしといてくれないか？」

「おう、わかったぜ、大将。俺も城造りには慣れてきたからな。まかせとけよ」

「頼んだ。それと、ガーナ殿にも一ついいですか？」

「なんでしょうか、アルス殿」

「私達フォンターナ軍はアーバレスト軍に勝ったうえに水上要塞や他の騎士の館も落としています。ですが、バルカはこれから東へ向かってカルロス様の援護に向かうことになります。そこで、アーバレストがどう動くか警戒をお願いしたいのですが」

「わかりました。何かあればすぐに連絡しましょう」

「ありがとうございます。ついでに戦利品の管理もお願いできませんか？」

「それはありがたいですがバルカはよいのですか？　今回の戦《いくさ》で得るものがなくなるかもしれませんよ？」

「そうですね。代わりと言ってはなんですがアーバレストの当主と川の中にいた騎士から手に入れた二本の雷鳴剣《らいめいけん》はバルカがもらうということでどうでしょうか」

「……ふむ、こちらも手に入るのならぜひともほしいですが、魔法剣についてはあなたが自ら倒した相手ですからね。我々にそれを求める資格はさすがにないでしょう。わかりました。その条件であればこちらは何の文句も出ないでしょう」

「では、そのようにお願いします」

うーん、とりあえずはこんなものだろうか。

しかし、何の手立てもせずに引き返すわけにもいかない。

一応の処置としてバルガスに新しく作った急造の防衛用の城をこれからも使えるように整備して

もらい、アーバレスト領を他の騎士に面倒を見てもらう。

まあ、後で何かあればそのときはその時だ。

運良く雷鳴剣が見つかったので、そいつはもらっておく。

この魔法剣は、魔力を注ぐと電撃による攻撃が可能となるらしい。

なかなか手に入ることのない魔法武器が手に入ったので個人的には満足だ。

「よし、それじゃ東へと向かうことにしますか。リオンも来てくれるんだよな？」

「はい。アルス様を放っておくわけにはいきませんから」

「信用ねえな。まあ、よろしく頼む」

うーむ、年上の弟から微妙に信頼を失っているような気がしなくもない。

リリーナさん、あなたの弟の俺を見る目が変わってきているんですけど。

もうちょっといいところを見せておいたほうがいいかもしれない。

密かにもっと頑張ろうと心に誓いながら、俺は西から東へと移動を開始したのだった。

◇◇◇

アーバレスト領からフォンターナ領へと戻り、そのまま領内を突っ切るように東へと向かう。

だが、一目散に全速力でカルロスのもとへと駆けつけるというようなことはしなかった。

というか、それはリオンに止められた。

リオンいわく、東のウルク領に近づいたらいつ戦闘になるかわからないのだから、しっかりと体力を温存しながら向かうべきだという。

そのため、騎乗して全力で走るようなことはせず、歩兵が無理なくついてこられる最大ペースで東へと向かうことにした。

「しかし、こうしてみると道路のあるなしってのはかなり違うな。アーバレスト領を西に進んでいったときにはこんなしっかりした道路なんてなかったから余計にそう思うな」

「そうでしょうね。というか、アルス様の魔法がすごいのですよ。ここまで移動しやすい道を作る魔法はおそらく他にはないでしょう。通常よりも何倍も速く移動できるので、カルロス様のもとにすぐにたどり着くと思いますよ」

俺やバイト兄、あるいはリオンなどの軍の指揮を執る者はヴァルキリーに騎乗しているため、歩兵の速度に合わせると時間を少し持て余した。

そのため、俺は移動中、ヴァルキリーの背に跨《またが》りながら、隣を同じように移動していたリオンと話しつつ道を進む。

今は、フォンターナ領内にバルカの騎士が作った道路について喋《しゃべ》っていた。

俺の作った【道路敷設】という魔法により、非常に移動しやすいしっかりした道ができていることに改めて感心したからだ。

「移動速度もそうだけど、道に迷いにくいっていうのもいいよな。道路を真っ直ぐに進めば目的の場所に行けるし。実はアーバレスト領の中でリオンから連絡をもらったとき、迷わずに川の間に作った城に戻れるか、ちょっと不安だったんだよ」

「そう言われるとそうですね。ここまでしっかりした道なら迷うこともないのですね。うーん、グラハム騎士領を手に入れて喜んでいましたけれど、道路造りについてしっかりと考えておくべきでしょうか」

「ああ、そうだな。リオンのところなら人材派遣も割引してやるぞ」

「……親戚特権としてただではやってもらえないのですか、アルス様？」

「ねーよ。俺はきっちり金をもらう主義だ。というか、もらわないとうちの家計は火の車だしな」

「アルス様は常にお金を使い込んでいますからね。姉さんを路頭に迷わせないようにしてくださいよ？」

「わかっているよ、そんなこと。それよりグラハム家はどうするんだ？　領地を得てからの金儲《かねもう》けについてはなにか考えているのか？」

「どうしましょうか。とりあえず、この戦が終わってから落ち着いて考えてみる時間が必要ですね」

◇◇◇

道中、道路のありがたみがよく感じられた。

しっかりと舗装されていて荷車を引いても足元の石に乗り上げて移動できないなどといったことがまったくない道路はかなり移動しやすい。

こう言ってはなんだがアーバレスト領と道路のあるフォンターナ領は全く別の世界のようにすら感じられた。

自分で魔法を作っておいていうのもおかしいが、ものすごい魔法を作ったものだと思ってしまう。

「おい、アルス。そんなことより、本当にこれをもらってもいいのか？」

「ん？　いいんじゃないの？　雷鳴剣は二本あるんだし」

「本当だな？　後で返せとか言うんじゃないぞ？　もうこれは俺のもんだからな」

「わかってるよ、バイト兄。その雷鳴剣はバイト兄のものだ。アーバレストの当主が持ってたほうは俺が預かるからな。当主を倒した証拠にカルロス様に見てもらう必要があるし」

「よっしゃ、これが夢にまで見た魔法武器か。アルス、これで俺はもっと活躍してみせるからな。見てろよ！」

「もう十分活躍してるよ、バイト兄は」

ヴァルキリーに騎乗した俺とリオンが移動中に話をしていると横からバイト兄が声をかけてくる。前から欲しがっていたのでバイト兄に手に入れた魔法武器の雷鳴剣を渡したのだ。

アーバレスト領を騎兵で攻めたときにはバイト兄はいつも最前線で戦ってくれていた。騎士の館を攻めるときには一番前に出て突撃していたのだ。

当然、何度か危ないこともあった。

貴重な魔法武器だが、それを渡すだけの活躍は十分すぎるほどしてくれている。

おもちゃをもらった子どものように肌身離さず持ち運び、いつでも使おうとするのもどうかと思うが。

魔力を込めれば剣の先から電撃が放たれる効果のある雷鳴剣。

魔力を込めてから剣を振れば電撃が放たれ、それに当たれば感電し動けなくなる。

氷精剣や九尾剣よりも対多数の戦いで役立ちそうな魔法剣だった。

ヴァルキリーに騎乗して相手に突撃していくことの多いバイト兄にはすごく使いやすい武器だと言えるだろう。

そんな喜びが弾けたバイト兄を見ながらさらに移動を続け、ようやくカルロスのいるアインラッド砦が近づいてきたのだった。

「おお、すごいな。アインラッド砦からバンバン投石が飛んでるぞ」

「そうですね。ですが、ウルク軍も果敢《かかん》に攻撃を仕掛けているようです。見たところまだお互い決め手がなく膠着《こうちゃく》状態といったところでしょうか、アルス様」

「お前もそう思うか、リオン。多分、どっちも余力がある。お互い当主級の戦力を温存しているみたいだしな」

「さて、これからどうするおつもりですか、アルス様。何か考えはあるのか伺ってもよろしいですか?」

「……アインラッド砦についたらカルロス様に会いに行こうと思っていた。けど、砦の周りをウルク軍が包囲しているから近づきにくいな。どうするべきか……」

「こちらはバルカ・グラハム軍で千に満たないですからね。ウルク軍の包囲を破ってアインラッド砦に入るのは危険だと思います」

「そうなると、後は包囲している外から攻撃をするくらいしかないいんじゃないか、リオン。騎兵を

中心にしてチクチクと一撃離脱の攻撃をするって感じで」

「悪くはありませんが、私としては別の案を提案したいと思います、アルス様」

「なんだ？　どんな考えがあるんだよ、リオン？」

「ウルク軍を死地へと誘い込みます。前回アルス様がウルク軍を破ったときのように」

「……まさかまた夜襲《やしゅう》して罠《わな》にはめようっていうのか、リオン。さすがに一度食らった罠をもう一度やられて釣られるほど相手も考えなしじゃないだろ。せっかくアーバレスト軍に勝ったのにここで危険を冒して死んだらおしまいだぞ？」

もうそろそろアインラッド砦へとたどり着くころになって、俺はヴァルキリーに乗って道を先行していた。

偵察だ。

カルロスがいるアインラッド砦がどのような状況なのかを自分の目で確認しておきたかったからだ。

それに一緒についてきたリオン。

そのリオンと遠くから双眼鏡を通してアインラッド砦を見ながら話していた。

どうやら、ウルク軍がアインラッド砦を包囲して攻城戦を仕掛けているようだ。

だが、俺が改修したアインラッド砦はそう簡単に破られたりすることはないだろう。

なんといっても【アトモスの壁】でしっかりと囲ってしまっているのだから。

だが、それは逆にカルロス率いるフォンターナ軍にも攻め手にかけるという側面にも繋がっていた。

元々が、東と西から攻められるという二方面作戦での防衛側であり、フォンターナの戦力を分けざるを得なかったという事情もある。

砦に籠《こ》もって守ることはできても、勝ち切ることはできない。

そんな膠着状態に陥っていた。

そこで、どのように俺たちの軍が手を出すか、リオンと意見を交わす。

が、俺の消極的ながら確実だと思う案に対して、リオンはむしろ危険を伴う作戦を勧めてきた。

わざわざ危険を冒す必要があるのだろうか？

「いいですか、アルス様。奇《く》しくも今回は前回と同じ状況が再現されつつあります。ここはやはり罠の待ち受けるところへとウルク軍を釣り出すようにすべきだと思います。いえ、むしろ絶好の機会は今しかありません」

「どういうことだ、リオン。状況が再現されている？」

「はい。思い出してみてください。前回のウルク軍に対する夜襲が成功した理由についてを」

「理由っていったってな。罠をうまく用意できたところとか、ヴァルキリーが役立ったとかそんくらいしか思いつかないけど……」

「それも成功の要因にはなったと思います。が、一番の要因はアルス様がウルク家にとって見過ごすことのできないものを相手に見せたということが大きかったはずです」

「……そうか、九尾剣だな。確かにウルクの騎士たちは九尾剣を見て、無警戒に俺たちを追いかけてきたんだったな」

「そうです。あの場では夜襲を防いだ時点で追いかけずに警戒態勢を維持するだけという選択肢も相手にはありました。しかし、九尾剣という餌《えさ》に見事につられてしまった。罠の効果もありましたが、ウルクにとって一番の敗因は九尾剣に釣られたことです」

「つまり、今回も九尾剣を見せびらかして相手を引き出すってことか。そこまでうまくいくかな？」

「いいえ、九尾剣だけでは次も同じように釣れるとは限りません。ですが、今回はさらにいい餌がありますす」

「もっといい餌？　そんなもんがあるのか、リオン？」

「はい、アルス様です。今のウルク軍にとってアルス様の姿は必ず食いつく餌となるでしょう」

「ちょっといいかな、リオン君。君は俺を餌扱いにしようと考えているのかな？」

双眼鏡を覗きながら話していたが、リオンの発言を受けて双眼鏡から目を離してしまった。

リオンの顔を見る。

その顔は決して冗談で言っているわけでもなく、俺に意地悪を言っているわけでもない真剣な表情だった。

「申し訳ありません、アルス様。言い方が適切ではありませんでしたね。ですが、アルス様がウルク軍を引きつけるというのは事実です」

「別にいいんだけどさ。カイルもリオンももっと俺を大事に思いやってほしいんだけど。でも、なんで俺が餌になりえるんだよ？」

「よく考えてみてください。ウルク軍の目的を。彼らは西のアーバレスト家と極秘に連絡をとって東西から挟撃《きょうげき》するという作戦を実行したのですよ」

「そうだな。それで？」

「ですが、その作戦は現在失敗に終わっています。反対側のアーバレスト家の敗北という形で。しかも、その情報はすでに周りへと広まっています。その情報をウルク軍が全く知らないということはありえないでしょう」

「そうだな。多分アーバレストが負けたってことを知らないってのはありえないだろ。ここに来るまでの村人でも知ってたしな」

「そうです。ですが、作戦が失敗したはずのウルク軍は何故かいまだにこの土地にとどまっている。我々が急がずに兵を進めてきてたという時間的猶予《ゆうよ》があったにもかかわらずにです。それはなぜだと思いますか？」

「もしかして、……俺たちが来るのを待っていた、とかか？」

「そうです。正確に言えばアルス様を、でしょうね。一年前にアインラッドの丘争奪戦という戦いにおいて、ウルク家当主の実子とその騎兵隊を打ち破り、ウルクの援軍を一夜にして作戦続行不能に陥《おちい》らせた宿敵アルス・フォン・バルカ。そのバルカ家の当主アルス様がアーバレスト家を打ち破り、東へと向かった。この状況で、それでもあえて待ち続ける理由。それはアルス様の首を狙っているということにほかなりません」

「まじかよ。俺の首を狙ってるやつとかがこの世にいるのか。物騒《ぶっそう》すぎるだろ……」

「そこでアルス様が九尾剣を持ちながら現れたら、相手はどう動くと思いますか？」

「……本気で追いかけてきそうだな。アインラッドの包囲よりもこっちを優先して」

「そのとおりです。すなわち、これがアルス様が最高の餌になるといった根拠《こんきょ》です。最初の一回です。最初だけはまず間違いなくウルク軍は釣りだすことができます。つまり、そこに勝機があるということです」

「なるほどね。相手の次の一手が間違いなく分かるからこその罠を仕掛けるって話ね。いいよ、わかった。俺がその餌という大役を務めてみせるよ、リオン」

「ありがとうございます、アルス様。では、さっそく準備に取り掛かりましょう」

リオンの言うことは間違っていない。

が、やはりそんなに恨まれて、かつ待ち構えている相手に対して自分の身を晒《さら》すのは怖い。

しかし、やらざるを得ないだろう。

ここで俺が逃げたとしても、カルロスという俺の身分の保証人がいなければどのみちいつかは困ることになるのだ。

ならば、ここはチャンスがあるぶんだけ状況はいいのだと思うしかない。

こうして、俺は再びウルク軍に対する罠を仕掛けることにしたのだった。

「うっし、そろそろ狐《きつね》狩りに行きますか」

「いいな、その言い方。ウルクの狐野郎を狩るってか、アルス」

「相手も俺の首を狙っているらしいからな。狩るか狩られるかってところだな。前回勝ったからって油断するなよ、バイト兄」

「わーってるよ。ほら、そろそろ出発だろ。行くぞ、アルス」

「了解だ。バルカ騎兵団、出撃するぞ！」

アインラッド砦を包囲しているウルク軍。

そのウルク軍に対して去年と同様に夜襲を仕掛ける。

【狐化】の魔法を持つウルクの騎士たちが警戒しているであろうと予測されるため、おそらく夜襲は直前に気づかれることになるだろう。

なので、今回も騎兵だけで襲撃を仕掛けることにした。

遠方から高速で急接近して敵陣へと入り込み、ある程度暴れてから離脱する。

リオンの読みどおりであれば、そこで俺の姿を確認したウルク軍は追撃を仕掛けてくるであろう。

深夜未明の月明かりしかない闇夜の中をヴァルキリーに騎乗して駆けていく。

以前は近くに行くまではゆっくりと進んでいたが、少しでも突入のリスクを減らすために遠い位置からヴァルキリーを走らせた。

事前に確認しておいた相手の陣地目掛けて全力で近づいていく。

「敵襲！　騎兵が来たぞ」

だが、それでも突入前にこちらの存在に気づかれてしまった。

どうやら、ウルク軍は広範囲をカバーできるように騎士を配置し、夜間も警戒していたようだ。

しかし、それでも問題はない。

広い範囲を警戒しているということはそれだけ相手の戦力である騎士が散らばっているということでもある。

俺は叫ぶウルクの騎士の声を聞きながらも、速度を緩めることなく敵陣へと踏み込んでいったのだった。

◇◇◇

「魔力注入」
ヴァルキリーに騎乗した俺が呪文を唱える。
対象へと魔力を注ぎ込む魔法。
その呪文によって、俺の手に握られた魔法剣へと魔力が注がれていく。
手にしているのはアーバレスト家の当主が所有していた雷鳴剣だ。
金属の剣身が魔力に反応して電撃が発生した。
バチバチとスパークするように光る雷鳴剣。
その電気をまとった雷鳴剣を左から右へと振り抜く。
バチバチバチ。
そんな音をたてて雷撃が剣から放たれた。
氷精剣や九尾剣は魔力を注ぐと氷や炎の剣が出現し、それで相手に切りかかった。
だが、この雷鳴剣は少し違う。
というのも、俺が剣を振った方向に対して雷撃が放出されるのだ。
バリバリバチバチと音をたてながら空気中を飛んでいく電撃。

それが、騎兵の突撃を止めようと前に現れたウルクの兵へと命中する。
「ガハッ!!」
雷鳴剣の攻撃が命中した兵が叫び声を上げながら地面へと倒れた。
一瞬、周囲がシンとしてしまった。
かなりエグい攻撃だ。
たった一振りの攻撃で十人以上が地面へと倒れ伏してピクピクと痙攣《けいれん》している。
本当にこの雷鳴剣が俺に向けられて使われなかったことを喜ぶしかない。
「やるじゃねえか、アルス。だけどな、俺も今回は負けないぜ」
あまりの攻撃力に敵味方ともに驚いているなかでいつもどおりのバイト兄。
そのバイト兄が雷鳴剣で攻撃した俺よりも前に出て、同じように剣を振るう。
バリバリバチバチと音を発し、バイト兄が持つ雷鳴剣からも雷撃が放たれた。
こうして騎兵を止めようと出てきた兵はことごとく倒されていったのだった。

◇◇◇

「囲め、これ以上奴らの好きにさせるな」
「朧火《おぼろひ》」
「足を止めるな、動き続けろ」
「氷槍《ひょうそう》」

俺とバイト兄が雷鳴剣を使いながら先頭を走り、敵陣の奥まで侵入してきた。

だが、やはり相手もこれ以上は許さないとばかりに向かってくる。

数多くの敵兵とウルクの騎士に囲まれる。

ここで立ち止まってしまうとこちらの命運は完全に尽きることになる。

なんとか足を止めることなく移動し続けていた。

が、それもそろそろ限界らしい。

ここらが潮時だろうか。

そう判断した俺は手にしていた雷鳴剣からもう一つの魔法剣へと持ち替えた。

「魔力注入」

俺がもう何度目かになる【魔力注入】の呪文を唱える。

俺の魔力が手にしている剣へと注がれ、それによって雷鳴剣とは別の効果が発揮される。

剣の形をした炎。

だが、その炎はその魔法剣の剣身よりもさらに長く大きかった。

【照明】の光の色とは違う炎の色が夜の暗いなかに現れたのだった。

「あ、あれは……。あれは九尾剣ではないのか？」

「ほ、本当だ。なぜ、九尾剣を持っているんだ？」

俺が手にしている九尾剣のことに周囲を囲んでいる騎士たちがようやく気がついたようだ。

もしかして、暗い状況下で襲撃してきたのが誰かわかっていなかったのかもしれない。

だが、九尾剣を見てざわざわとしていた雰囲気が、次第に変わってきた。

こちらを見る目が鋭くなり、今まで以上に殺気立つ。

「どうした。バルカの持つ九尾剣を見て腰が引けたか？　軟弱なウルクの騎士たちよ！」

それを見て、俺が声を上げる。

ちょっとした煽《あお》りだった。

だが、俺の発言を耳にして殺気立っていた空気が爆発した。

「バルカだ。敵はバルカだぞ」

「貴様、それはキーマ様の、ウルクの至宝《しほう》の九尾剣ではないのか」

「あいつが、あいつが当主様の言っていたバルカだ。そいつを討ち取れ！」

周囲の騎士や従士たちが怒りに任せて口々に大声を出している。

やはりリオンの予想していたようだった。

どうやらウルクの連中はバルカを、俺のことをかなり根に持っているようだ。

襲撃してきたのが俺だとわかった瞬間、今までの攻撃がまるで手を抜いていたかのように感じるほどの勢いでこちらを攻撃し始めてきたのだ。

「やっぱ。煽りすぎたな。撤退《てったい》するぞ、バイト兄」

「わかった。てめえら、退却するぞ。しっかりついてこいよ」

「「「「おう」」」」

バイト兄が手綱をひいてヴァルキリーの進路を急激に変える。

ウルクの騎士が少ないところを狙ってこの囲みを脱出しようと試みる。

だが、相手も血走った目でこちらを逃がそうとせず、必死に攻撃してくる。

武器による攻撃や魔法による攻撃が無数にこちらへと向けられるなか、なんとか命からがら逃げ延びるようにして敵陣からの脱出をすべくヴァルキリーを走らせながら、俺は多数のウルクの騎士をはじめとした敵兵を引き連れていくことに成功したのだった。

「殺せ、絶対に逃がすな！」

「やつを倒したものには莫大《ばくだい》な褒美《ほうび》を与えるぞ！」

「バルカの連中は皆殺しにしろ！」

ヴァルキリーに乗って駆ける俺とバルカ騎兵団。

その後ろから猛追をかけるウルク軍。

そのウルク軍からは俺の首を獲ろうとさまざまな恐ろしい言葉が飛び交っていた。

おっかねえ。

戦場で正々堂々と戦った結果、俺が勝っただけなのにウルクの連中はここまで根に持つのかと思ってしまう。

まあ、俺も身内に手を出されたら許さないんだろうけど。

そんなことを考えながらもひたすらヴァルキリーにまたがる下半身からは力を抜くことなく、しっかりと騎乗姿勢を保ち続ける。

そして、安定させた体勢を維持しつつ、時折後方へと目を向ける。

「バイト兄、ウルクの連中がそろそろ疲れ始めている。例の地点まで誘い込むために一度足を緩めて相手を叩くぞ」

「よし、了解だ、アルス。全員、後方の追手を迎え撃つぞ」

「「「「おう」」」」

縦に伸びるウルクの追撃軍。

だが、そのなかで騎竜などの騎乗型の使役獣に騎乗しているのは一部の騎士だけだ。

ほかは、自分の足で走って追いかけてきている。

が、そのまま全力で逃げ続ければ歩兵はみんな置いてきぼりになるかもしれない。

ここまで危険を冒してわざわざ自分の身を餌にしたのだ。

できれば戦果は多いに越したことはない。

そこで、俺は一度ヴァルキリーの足を緩めて追撃軍に一撃を加えることにした。

先頭を走る俺とバイト兄が大きく旋回するようにして進路を変える。

それまで逃げていた方向とは逆方向へと向くように、追撃軍にこちらから向き合うように進む方向を変えた。

これにはさすがに相手も驚いたようだ。

正面衝突するかのようにお互いの軍がぶつかり合う。

「アルス！」

「いいぜ、バイト兄」

だが、その正面衝突はこちらに分があった。

それは俺とバイト兄が持つ雷鳴剣という武器による攻撃が両者の衝突力に明暗を分けたからだ。

雷鳴剣の射程範囲を見極めて、俺とバイト兄が同時に電撃を魔法剣から放つ。

それにより、ウルクの追撃軍の先頭を走っていた騎士たちの足が止まったのだ。

電撃による感電。

一撃でも食らえば命に関わりかねない威力の攻撃は問答無用に相手の動きを止めることに成功する。

感電し動きを止めた相手に向かって騎乗したヴァルキリーごと突っ込む。

当然、俺とバイト兄はそのまま雷鳴剣から電撃を放ちまくり相手の動きを牽制《けんせい》する。

それと同時にバルカの騎兵たちは【散弾】をばらまいていった。

【氷槍】よりも一撃の威力は低いものの、ダメージは決して馬鹿にできないうえに命中力がある俺のオリジナルの攻撃魔法。

その【散弾】をばらまきつつ、追撃軍の一部を貫くように突進し、すぐに離脱する。

「よし、撤退だ」

攻撃は成功した。

が、それはウルク軍の一部に損害を与えただけだ。

そのまま戦ってもこちらの体力と魔力が先に尽きるだろう。

なので、一撃加えた後は敵軍から脱出し、再度進路を変えて逃走する。

この逃げながらの攻撃を何度か繰り返しながらも、走る速度を調整し、俺はウルク軍を目的の場所まで誘導していったのだった。

◇◇◇

「ようやく着いたな。バイト兄、わかっていると思うけどヴァルキリーを走らせる場所を間違えるなよ？」

「大丈夫だ。前を走るヴァルキリーの後を辿るように走れば間違えることはないからな。それに言われなくてもみんな死にたくないから必死だよ」

ウルク軍との追いかけっこがようやく終わろうとしていた。

事前に用意した目的の場所へと到着したのだ。

今まで逃走していたのはアインラッドからフォンターナ領の内部へと進む方向だった。

アインラッド砦に行く途中で作り上げた罠。

そこにウルク軍はホイホイと誘われたのだった。

といっても、相手も普通ならそんなに簡単にはついてきていなかっただろう。

が、やはり俺という餌が効いたのだと思う。

それに、こちらも全く損害がないわけではない。

何度も突撃を繰り返したことで傷つき、血を流している。

それをみて、チャンスがあると判断したのだろう。

が、それもここで終わる。

俺たちバルカ騎兵団が罠地点に突入した。

この罠は一歩間違えればこちらにも被害が出かねない。

そのため、被害が出ない場所を予め《あらかじ》用意しておき、そこを走り抜けた。

今回俺が用意した罠は前回、アトモスの戦士という巨人に使った池ポチャの水攻めに近いものだった。

二度目ではあるが、あのときは一度目の隘路《あいろ》の罠でウルクの人間は被害にあい池の罠を直接見ていなかったというのもある。

ようするにウルク側としては初見ともいえる罠だ。

が、前と全く同じではない。

なぜならここにはあのときと同じような池はないからだ。

池の代わりに俺が穴を掘った。

といっても、それほど深くはない。

広いかわりに、せいぜい太ももが濡れるくらいのものだろう。

そこに水を貯めただけのものすごく浅いプール。

それがこの罠だった。

だが、この罠は追撃を仕掛けていたウルク軍を始末することが可能な非常に危険な罠だった。

浅いプールの真ん中に、水に濡れずに走り抜けられる一本の道がある。

そこを走るヴァルキリー。

が、当然そんな道があるとは知らないウルク軍は真ん中の細い道ではなく、足が濡れることもいとわず水へと踏み込んだ。

なんの変哲もない水があるだけにしか見えないそれが、人を食らう化物であるとも知らずに。

◇◇◇

「な、何だ？　俺の足が⁉」

「い、痛え。痛えよ」

「た、助けてくれー。誰か、助けて！」

ヴァルキリーに騎乗する俺の耳にウルク軍から兵の悲痛な叫び声が聞こえてきた。

足が濡れる程度の水の中に踏み込み、それでも変わらずに追撃してきていた兵に悲劇が訪れたのだ。

兵だけではなく、騎士が騎乗している使役獣までが叫ぶように鳴き声を放っている。

その状況はまさに阿鼻叫喚《あびきょうかん》と言えるものだった。

だが、それは事情を知らない者から見ると何が起こったのか全くわからない。

なぜなら叫んでいる彼らが何故痛がっているのか、すぐには理解できなかったからだ。

そうすると、人はどういう行動を取るか。

よほど偏屈でなければ、仲間を助けようと浅い水の中に入っていき手を差し伸べる。

しかし、それが二次被害を生み続けていた。

「ほんとにやばいな、あいつは」

「そうだな、バイト兄。さすが、パラメアを全滅に追いやっただけはあるな。あんなもんが水の中にいるとか危険すぎるわ」

罠にかかったウルク軍をヴァルキリーの上から首を回して後方を見る俺とバイト兄がそう言い合う。

今回用意した罠にはちょっと工夫を凝らしてみたが、それが想像どおりの効果を発揮してくれていた。

自分でやっておいてなんだが、それを見てあまりの光景に引いてしまった。

浅い水の入ったプールの罠。

何の変哲もない水が入っただけの、一見して危険なところはなにもない、ただの大きな水たまり。

だが、そこには非常に危険な魔物が潜んでいたのだ。

アーバレスト領における難攻不落の水上要塞パラメア。

パラメア湖の中央に位置する砦を守る要因になっていた、しかし、パラメア陥落《かんらく》の最後のひと押しになったパラメア湖の魔物。

俺はそれを捕獲《ほかく》して持ち帰っていたのだ。

その魔物の正体はいわゆるスライムと呼ぶようなモンスターだった。

水の中に潜めばどこにいるのかがわからないような、水性の魔物。

ただ、水から取り出せばジェルのような体を持つその魔物は、自分が潜んでいる水に獲物が入ると近づいていき酸で溶かして捕獲してしまう。

その危険な特性を持つスライムを俺は運良く捕獲し、魔法で造ったガラスの容器で保管して運んできていたのだ。

それをこの巨大プールの罠に用いた。

そう、つまり、この浅い水位しかないプールは人食いスライムの狩場となっていたのだ。

それを知らないウルク軍はズカズカと水の中に入り込み、足を溶かされ転倒し、全身が水に浸かりさらに体を溶かされていく。

それを助けようと入り込むとさらに被害が増えていく。

しかも、後ろからは更に続々と事情を知らないウルクの兵が来ているのだ。

こうして、ウルクの追撃軍は多数の騎士を含む先頭の部隊がスライムに溶かされ、それを見た後続が助けようと右往左往し、敵地であるフォンターナ領の中で完全に足を止めることになったのだった。

「よし、ウルク軍が完全に罠にかかった。壁を作れ」

「了解。壁建築」

スライム入りの死のプールへと俺を追撃してきたウルク軍が入り込んだのを確認して指示を出す。

相手には悪いがここで手を緩めるわけにはいかない。

追撃してくるウルク軍をスライムの餌にするためにそれなりに広く浅く作っていた水場を囲むように壁を建てていく。

スライムの攻撃を受けつつも、決死の覚悟で突破してこようとしても壁に阻まれて水場から上がれなくするためだった。

角ありまでも使って水場を囲むように左右に分かれて壁が作られていく。

ウルク軍も罠にハマってしまい混乱していたが、徐々に落ち着きを取り戻してくる。

大猪のように突進して止まれないというわけでもないのだ。

水場に入り込む前に立ち止まることになる。

水に落ちて負傷した者たちを救助する者や、その手助けをする者、状況把握《はあく》に精を出す者などいろいろといる。

が、結論として完全に軍としての足が止まった。

ここが最大のチャンスだ。

罠を囲むようにして壁を作りながら移動していた俺たちが再び攻撃へと移る。

しかし、今からするのは騎兵による突撃だけではなかった。

新たな兵が投入されたのだ。

事前にこの罠の地点までウルク軍を誘導するようにしてきた俺とバイト兄の騎兵団。

我がバルカの最強の部隊である騎兵団だが、それだけが俺の動かせる戦力ではない。

俺が引き連れてきていたのは騎兵だけではなくバルカ・グラハムの歩兵もいるのだ。

その歩兵部隊はこの罠地点の近くで待機させておいた。

前回の隘路のときと同じように、リオンが指揮を執る歩兵部隊が危険な水場の罠の前で立ち止まってしまったウルク軍へと背後から襲いかかったのだった。

追撃をかけていたはずの自分たちが背後から襲われる。

これによって再びウルク軍は立ち直りつつあった混乱に引き戻された。

そして、人間というのは背後から攻撃されたと気がついたときには無意識に逃げようとするものだ。

そう、突発的な攻撃によって本能が逃げに傾いた兵たちは走り出そうとしたのだ。

この場合、後ろから襲われた逆の方向、つまり水場の罠のほうへ走り出したのである。

おそらくまだ日が出ていない暗い状況であるというのも効果があったのだろう。

人数の多い軍では足を止めた全員が状況を確認できていたわけではなかった。

なぜ追撃を仕掛けていたはずなのに止まったのかわからず怒鳴り声をあげていた者もいるのだ。

そんな連中が自身の背後から襲われて逆方向へと逃げる際に、自分がいかに危険な場所へと走ろうとしているのかは全く理解できていなかった。

罠にかかって先頭部隊が文字どおり溶かされているところをみて足を止めた前方の軍を押すように、事態を把握しきれていない後方の軍が前の連中を押し込みながら罠へと突っ込んでいく。

もちろん、前方にいた連中はたまったものではない。

大声で叫びながら後方の兵が前に進むのを止めようとし、それが無理だと分かると攻撃魔法を使ってでも動きを止めようとする騎士まで現れてしまった。

だが、後ろの人間も助かるために動こうとしているところに味方から攻撃を受けて、より冷静さをなくしていく。

こうして、ウルクの追撃軍は指揮系統の全く機能しない人々の集まりへと成り果ててしまったのだった。

こうなると話は簡単だった。

俺たちのほうは後ろから背中を突くだけで相手が勝手に罠へと入っていってくれるのだ。

中には少人数をまとめて何とか血路を開こうとこちらへと突撃してくる者もいる。

が、それには俺やバイト兄が雷鳴剣を使って対処していく。

対多数に有利なこの魔法武器が相手だと少人数ではどうしようもなかったのだろう。

結局、こちらの囲みをまともに突破できるような者はほとんどいなかった。

こうして、夜襲を仕掛けたバルカ軍に対して動いたウルクの追撃軍約千五百が文字どおり溶けてしまった。

アインラッド砦の攻防戦のために援軍としてバルカ・グラハム軍が到着したその日の早朝の出来事。

この、たった一戦だけでウルク軍は全体の二割以上もの損害を被ることになったのだった。

「おい、アルス。ちょっといいか？」

「どうしたんだ、バイト兄？」

「お前、今度からこの罠は使うな」

「ん？　なんでさ？　効率よく相手を倒すことができるから結構便利だと思うけど。まあ、こっちも湖の魔物の被害が出かねないから諸刃の剣とも言えるけど」

「そんなんじゃねえよ。それよりも、倒した相手の装備が手に入らないんだよ。あの湖の魔物が溶かしちまって使い物にならねえんだ」

「ああ、そういやそうだな。よく気がついたね、バイト兄」

「当たり前だろ。俺たちについてきて戦ってる兵にとっては倒した相手の装備品を奪うことができないと戦に参加する意味がなくなるからな。パラメアといい、今回といい、みんなの旨味《うまみ》がなさすぎる」

「なるほど。そういうことか。わかった。魔物を使った攻撃はとっておきにしておくよ。教えてくれて助かったよ、バイト兄」

「おう、気をつけてくれよな」

なるほど。

命がけで戦う報酬代わりのものがなくなるということか。

今となっては過去のことだが、俺も自分のために金属製の武器を購入しようといろいろと苦労していた。

たとえナマクラだったとしても、相手の武器を奪えるかどうかで収入は大きく変わるということだろう。

それに、自分で使っておいてあれだが、スライムの罠利用はやめておいたほうがいいだろう。

なんといっても見た目もエグい。

罠にハマった人間を狙って溶かすスライムの動きをこちらも目撃せざるを得ないのだ。

中途半端に溶かされたまま残っている人体を見るとさすがに気分が悪い。

あんまりスライムは使わないほうがいいだろう。

「というか、よく持って帰ろうと思いましたね、アルス様。この魔物をどう活用するおつもりだったのですか？」

「いや、いろいろと考えてはいたんだけどな。ただ、ちょっと危険すぎるかもな。バルカニアの住人が溶かされることになるかもしれないから使えないな」

難攻不落と呼ばれた水上要塞パラメアの防御力にこのスライムが一役買っていると初めて聞いたときには、何だそれはと思ったものだ。

だが、この世界のスライムはなんとも恐ろしい魔物であり、その被害を初めて見たときにはその厄介さが身にしみてわかったものだ。

水没したパラメアへと乗り込んでいったときだ。

そのときにはすでに水位を下げてあった。

だが、スライムによって文字どおり要塞が壊滅《かいめつ》していたのだ。

ちなみに、水が引いたあととはいえ、まだ水たまりが存在し、そこにスライムが残っていた。

それを見たときに思ったのだ。

もしかしたら、なにかにこのスライムが使えるかもしれないと。

なので、俺はその水たまりに潜むゲル状のモンスターを、ガラス容器を作って保管しておいたのだった。

スライムの活用法としては、自分の城の周りに作った堀の中にスライムを入れておくのが一番最初に思い浮かんだ。

それだけでも、防衛力は何倍にも増すのではないかと思う。

だがしかし、だ。

もし、大雨でも降って水が増えたときなどにスライムが堀から出てしまったらどうなるのだろうか。

パラメアのあの惨状が俺の城でも起こるかもしれない。

そう思うと、なかなかスライムを活用するのは難しいかもしれない。

「でも、不思議だよな。なんでこの魔物はパラメア湖にしかいなかったんだ？　川が繋《つな》がっているんだから上流とか下流でも見かけてもおかしくなかったのにな」

「そうですね。もしかしたら、あのパラメア湖でしか生息できない理由でもあるのかもしれませんね」

「ってことは、どのみち魔物の活用は難しいのかな。ま、駄目なら駄目で仕方ない。それよりも、問題はウルク軍だな。この後どう動くと思う、リオン？」

「普通に考えるなら撤退するのではないかと思います。けど……」

「まだ、諦めずに俺を狙ってきたりするのかな？　その場合、この罠をもう一度使わないといけないかもしれないな」

「さすがにもう一度おびき出されるということはないかと思います。ですが、ここまで圧倒的な勝敗がついた場合、面子《めんつ》の問題もありますから。ウルク軍が冷静に撤退をするのか、あるいは一つでもいい戦果を上げてから帰還することを望むか。向こうの考え方次第ということになるのではないでしょうか」

「面子の問題か。それがあると、論理的な行動よりも感情的な考えで方針を決めてくるかもしれないなら、動きが読めないか。よし、わかった。とりあえずはこちらからはもうちょっかいをかけるのはやめて様子を見よう。陣地造りでもしていようか」

「そうですね。わかりました、アルス様」

意外と馬鹿にできない面子という問題。

俺もそれによって動かざるを得ない時があった。

というか、今回の一連の騒動の原因がそうだった。

隣の騎士領の騎士が俺の妻であるリリーナを奪うと発言した問題がそうだ。

あの場合、俺自身の気持ちよりも周囲の目のほうを意識せざるを得なかった。

自分の奥さんを取られそうになったときに甘い対応をするようなら、周りから舐められるし、信用を失うことになる。

俺はバルカ騎士領としての当主という立場からも、あの発言には厳しく対応せざるを得なかったのだ。

ようするに、面子を潰《つぶ》されるということは騎士として、当主として、貴族としての信用を味方から失い、それまでの立場を維持できなくなるのだ。

今回のウルク軍はどうであろうか。

普通ならばここまでの損害が発生した場合、撤退するのが当たり前だろう。

協調して侵攻してきたアーバレスト軍もすでに負けているのだから。

が、ここで退いたときに味方から見限られるかもしれないとなれば話は違う。

多数の騎士とそれに従う兵士を失いはしたが、いまだアインラッド砦を包囲しているウルク軍のほうが多いのだ。

俺は相手がどう動くのか、ビクビクしながらも陣地を作りながら見守ることにしたのだった。

◆◆◆

「向こうの動きはどうなっている？」

「はっ。バルカ・グラハム軍はこちらの軍に対し夜襲を仕掛けました。逃走するバルカ・グラハム軍を追跡して陣を出た部隊ですが、その後敗北。バルカ・グラハム軍はそこで動きを止めて新たな陣地を構築しているようです」

ウルク軍本陣の天幕の中で俺が問う。

すると、即座にそばにいた配下の者が答えた。

昨夜あったバルカ・グラハム軍による襲撃の結果、こちらの出した迎撃部隊が敗れ、さらにその地点で陣地まで作り上げているという。

それを聞いてこの軍の総指揮を執っている俺は思うままをつぶやいてしまっていた。

「そうか。バルカというのは存外厄介な連中のようだな」

「はっ。昨年も我らウルク軍に大きな損害を与えたのが、そのバルカですから。今回の部隊も前回のキーマ騎兵隊も文字どおり殲滅《せんめつ》されています。恐るべき攻撃力を誇ると言わざるを得ません」

「いや、そうではない。俺が言っているのはそんな表面的なものではない」

「どういうことでしょうか？　ぜひとも、ウルク家の次期当主様のお考えを私に教えていただきたいものです」

その俺のつぶやきを聞いて、配下がウルク家の次の当主と目されているこのペッシに対して尋ねてくる。

いいだろう。

今後の作戦のためにも、こいつらには俺の考えを伝えておこう。

「ああ、と言っても難しい話ではないがな。お前はバルカ・グラハムの軍の指揮官について知っているか？」

「はっ。バルカ軍を統率しているのはバルカ家の当主アルス・フォン・バルカ、グラハム軍はリオン・フォン・グラハムです。どちらもまだ、当主になったばかりの若者だとか」

「そうだ。やつらはまだ若い。アルス・フォン・バルカがまだ十一歳だというのも信じられんが、リオン・フォン・グラハムも十五歳ほどだという話だ」

「末恐ろしい子どもたちですな」

「ああ、だが、やつらの軍の運用を見てみろ。子どもらしさがないとは感じないか？」

「……子どもらしさでございますか？」

「お前も自分の子どもがいるだろう。あるいは自分が十代だったころのことを思い出して考えてみろ。十代半ばで軍を統率し、敵を散々に打ち破る勝利を得たとき、お前ならどうなると思う？」

「そうですね。間違いなく調子に乗るでしょうね。家に帰れば大げさに自分の活躍を話してしまうかもしれません」

「そうだ。というよりも、あれ程の大勝であれば子どもでなくとも浮《うわ》ついてしまうものだ。そして、その浮ついた状態は軍の運用につながる。普通ならば調子に乗って、その勢いのままにさらに攻撃をしてしまうものだろう」

「そうかもしれません。勢いに乗るというのは普段以上の攻撃力を発揮することができるものです。その分しっぺ返しもくらいやすく、今までに何度も痛い目を見てきましたが……」

「そうだな。我々軍を率いる者というのは多かれ少なかれそういう失敗をしているものだ。だが、奴らは違う。あれほどの勝利を得たというのに、その後ピタリと動きを止めて陣地づくりを始めている。率いている兵たちもそれにおとなしく従っているようだ。昨年からのバルカの情報を見るだけであれば、その攻撃能力の高さに目が向くが、実際に見ると勢いだけの集団ではないというのがよく分かるというものだ」

ここにいるウルク軍の兵の多くがバルカの本当の異質さを理解していない。

こいつらは昨年、我が弟のキーマが騎兵隊ごとバルカ軍に敗れて、しかも、ウルク家の家宝でもある九尾剣までを奪われたことに囚われすぎている。

そのせいで、仇敵としかアルス・フォン・バルカのことを認識しておらず、やつ個人の特性を全く見ていない。

だが、それではまずい。

敵対している相手を正確に知らなければ、勝てる戦いも勝てないというものだろう。

アルス・フォン・バルカをキーマを討ち取って調子に乗っている子どもであると考えているのであれば、まずそれを改めさせる必要がある。

「なるほど。確かにそのとおりですね。確かに子どもがあの軍を率いているというのは情報を知らなければ思いもしないかもしれません。もしかすると軍の動かし方を熟知している者がバルカ・グラハム軍についていているのかもしれませんね」

「そうかもしれんな。だが、一番上の立場の者がその意見を聞かなければ浮ついた気持ちが出てしまうものだ。そうではないということは、その新米子ども当主たちの資質ということになるのではないか？」

「……それほどまでですか。やつらの存在は」

「ああ。だからこそ、今のうちに叩いておこう。大きく育って大輪の花を咲かす前に摘み取っておかねばならん。我らウルクの未来のためにも」

「おお、では……」

「ああ、俺が出る。バルカとグラハムの当主はこの俺、ウルク家の次期当主たるペッシ・ド・ウルクが直々に潰してやろう。全軍に告ぐ。バルカ・グラハム軍を攻略するぞ！」

◆◆◆

「見ろよ、リオン。ウルクの連中は普通とは違う行動に出たみたいだ。囲まれるぞ」

「そうですね、アルス様。どうやら、ウルク家はこの戦いの戦果としてアルス様の首を持ち帰ることを選んだようです」

「怖いこと言うなよ、リオン。っていうかどうするんだよ。まだ、陣地も作り始めたばかりだから、こっちの備えも完璧ではないんだぞ？」

「ひとまず、外にいる者たちを陣地に収容して防衛の準備をしましょう。この状況をカルロス様が見逃すとも思えません。こちらがウルク軍の攻撃を防いで時間を稼いでいれば、アインラッド砦から出陣したカルロス様が相手の背後をつくことができます」

「ようするに陣地に籠城《ろうじょう》ってことね。こんなことならバルガスも連れてきておけばよかったかな」

ウルク軍を破った罠の地点を利用して、俺は陣地を作っていた。

壁で囲った場所の外にスライム入りの浅いプールがある陣地。

それをウルク軍が取り囲もうとしている。

数としてはすでに五千以上が動いているのではないだろうか。

もしかしたらもう少し増えるかもしれない。

こちらの数を圧倒しているうえに、陣地から逃亡できないようにしっかりと囲い込んでいるようだ。

どうやら、相手は当初の目的であるフォンターナ領の侵攻から勝利条件を切り替えたようだ。

撤退する条件として、カルロスの援軍としてやってきた俺の首を取り、それを持ち帰ることで作戦は失敗したが負けたわけではないと主張するつもりなのだろう。

だが、援軍として駆けつけたこちらに対して大多数の兵を割いて攻撃するということは、それまで包囲していたカルロスのいるアインラッド砦が手薄になることになる。

さすがにそれをカルロスが見逃すはずがない。

まあ、そんなことは相手も重々承知だろう。

ということは、こっちの陣地を囲んで兵糧《ひょうろう》攻めなどという気の長い攻略方法を取ることはないだろう。

一気に攻め立ててそのまま攻め落とすのが狙いのはずだ。

「ウルクの当主級が出てくるかな、リオン」

「そうでしょうね、アルス様。向こうにはウルク家の次期当主であるペッシ・ド・ウルクがいるという情報があるようです。まず間違いなく出てくるでしょうね」

まじかよ。

アーバレストの当主の【遠雷】のような攻撃をされたらこんな陣地に籠もっていても危ないのだ。

ペッシはウルクの当主と同じ上位魔法が使える当主級だという。

事前準備もなしにまともに戦ったらあっさりと潰されてしまいかねない。

カルロスへと救援の手紙を送りつけながら、俺は天に祈りを捧げつつ、迎撃準備に取り掛かったのだった。

「バルカ・グラハム全軍に告ぐ。おとなしく抵抗をやめて投降せよ。今ならば命だけは助けてやろう」

こちらの陣地を囲んでいるウルク軍。

そのウルク軍から一人の男が前に出てきて声を出す。

どうやら、声に魔力を乗せて話しているらしく、遠くまでよく通り重圧感のある話しぶりだった。

そういえば、こういう風に戦う前に前口上《まえこうじょう》を言ってきたのはレイモンドと戦ったとき以来だろうか。

あの後はいくつかの戦いがあったものの、ほとんどがヴァルキリーの機動力を用いた強襲だったのでこのような前口上を行うのは久しぶりだ。

陣地の真ん中に建てた塔の上から相手を見ながらそんなふうに思っていると、さらに言葉を投げかけられる。

「我らウルク軍はこのアインラッドに住む者たちを解放するためにやってきた。すでにアインラッドはウルク家のものであると周知の事実であり、ウルク領から多くの者が移り住んでいたのだ。それを身勝手なフォンターナの者共が血を流し奪っていった。ウルクの同胞たちの多くが今危険にさらされている。その者たちを救うために我らウルクは立ち上がったのだ。その一番の大罪人がそこにいるバルカ家の当主アルス・フォン・バルカだ。自らの行いを恥じて、潔く首を差し出すがいい」

おいおい、むちゃくちゃ言ってくれるな。

なんで俺が自分の行いに恥じなきゃなんねえんだよ。

というか、それが戦う理由として成り立つものなのか。

難癖《なんくせ》ってレベルじゃねえぞ。

だが、この前口上は相手の言い分がどんなものであっても無視したりはできない。

相手の非を言い立てることで相手側の士気を挫《くじ》くことにもなるが、自軍に対しても意味がある行為なのだ。

自分たちは正しい行いをしている。

だから、相手に武器を向けても悪くないのだ。

そう思わせることで戦いを有利に運ぶことができる。

なので、俺も無言で突っ立っているわけにはいかなかった。

大きく息を吸い込み、体の中で魔力を練り上げてその魔力を喉にある声帯へと集中させる。

そうして、体から空気を吐き出し、声帯が震えて声という意味のある音へと変換した空気の震動に魔力を乗せ、それを相手に叩きつけるようにして塔の上から喋った。

「ウルクの兵に告げる。今すぐ武器を置いて帰るといい。このアインラッド周辺で貴君らを歓迎している人間はいない。この地をウルク家が不当に占拠していたころはここらは交通の要衝《ようしょう》でありながら貧しかった。それが今はどうだ。フォンターナ家の統治のおかげで畑は広がり多くの麦が実っている。みな収穫した麦を喜んでフォンターナ家へと納めているのだ。彼らはみなウルク家からフォンターナ家へと統治者が戻ったことに感謝しかしていない。ウルク家がこの地に足を踏み入れることは百害あって一利なしだ」

俺が適当に思いついたことをポンポンと吐き出し、言い切った瞬間右手を握りしめながらグッと突き上げた。

それを合図にバイト兄たちをはじめとしたこちらの兵が「そうだ、そうだ」と声を上げて賛同する。

まるでそれがこの地に住む人々の総意であるかのような雰囲気を作り上げた。

まあ、一部とはいえ実際にこのあたりの人間がバルカの軍にはいるから完全な嘘《うそ》とは言えないだろう。

少しの間、そのガヤを聞いた後にサッと手を引いて静まらせてから次の発言へと移る。

「それにウルクの言い分はおかしなところが多い。彼らはアインラッドの解放をうたっているが実際は違う。西のアーバレスト家と密かに協調してフォンターナ領を狙ったのが今回の戦の始まりだ。そう、つまり、ウルクの狙いはアインラッドに住む者たちの安否などではなく、私利私欲に走った行動だということだ。ウルクはこの実りあふれるアインラッドを蹂躙《じゅうりん》し、フォンターナを狙ったに過ぎない。口から出まかせしか言わぬウルクを誰が信用するというのか。あなたこそ、自らの行いを恥じ入るべきだ。みんな、そうは思わないか」

塔の上からひたすら賛同を促すように話しかけながら喋り倒す。

俺の言うことに相手が反論し、それに俺がさらに反論をいうという構図が続いた。

ぶっちゃけ水掛け論にしかならないがそれでもこちらの士気は悪くないように思う。

こちらの何倍もの数に包囲されているというのに、みんな戦う意思がみなぎっていた。

上々の出来だろう。

「よかろう。ならば、力で以《もっ》て貴様を倒してみせよう。覚悟せよ、アルス・フォン・バルカよ」

しばらく続いたその言い争いに終止符がうたれた。

ウルク側がこちらへの攻撃の意思を示して少し下がる。

そして、その後ろからゴロゴロとあるものをウルク軍の前へと引き出してきた。

「あれは投石機か。しかも、俺が作ったやつじゃないか？」

「そのようですね。もしかしたら、昨年のキシリア街道で使って放置してきたものをここまで持ってきたのかもしれませんね、アルス様」

「あそこからここまで引っ張ってきたのか？　結構重たいのになんでそんなことをしたんだ？　別に投石機なんてこっちに来てから適当に木を切って自作すればいいだろ」

「……もしかすると、まずいかもしれません。全軍に告げます。ウルク軍からの投石に警戒するように！」

俺の隣にいたリオンがウルク軍の動きを見てそういう。

確かに投石機による攻撃はこちらにとっても脅威《きょうい》だ。

今作っている陣地は大急ぎで囲むように作っていたため、高さのある【アトモスの壁】ではなく、使える者の多い【壁建築】の魔法で構築している。

そのため、投石が壁を超えてこちらに降り注ぐことになる。

だが、それ以上にリオンは焦っているように見えた。

「なんだ？　あれは黒い……炎か……？」

そのリオンの焦りがウルクの次の動きを見て俺にも理解できた。

包囲する軍の前に引き出してきた投石機には俺がいつも使うように複数のレンガを入れているわけではなく、それなりに大きな岩をひとつだけ乗せている。

おそらく、その岩をこちらへと飛ばすのだろう。

だが、その岩に前口上を話していたウルクの軍の指揮官が近づいていき、魔法を発動させたのだ。

おそらくは今回のウルク軍を率いているというウルク家の次期当主というペッシがヤツのことな

のだろう。

その男が投石機に乗せた岩に手を触れながら、ウルクの上位魔法を発動させた。

【黒焔《こくえん》】。

それがウルクの当主級が使用する魔法だ。

膨大な魔力を使って生み出された炎だが、その色が普通とは異なる。

赤でも青でも白でもなく、真っ黒なのだ。

暗黒の炎を生み出すその魔法は対象を燃やし尽くすまで消えない地獄の炎だと言われているらしい。

黒の炎が投石機にセットされた岩に点火される。

そして、その黒き炎がまとわりついた大きな岩が投石機から放たれてこちらの陣地へと向かって飛来してきたのだ。

「回避っ、いや、食料を守れ。岩の着地地点に壁を建てろ！」

燃える岩がズドンと大きな音をたてながら陣地へと降り注ぐ。

厄介なことに水をかけても消えないようだ。

しかも、ペッシはいくつか持ってきていた投石機に順番に回りながら【黒焔】付きの岩を投石してくる。

こうして、バルカ・グラハム軍の立て籠もる陣地は早々に消えない炎があちこちにある蒸し焼きの窯《かま》へと変貌したのだった。

「くそ。このままじゃまずいぞ、リオン」

「わかっています、アルス様。できるだけ早く【アトモスの壁】を使える者を集めてください」

「どうするんだ？　確かに高さのある壁で周りを固められたら一番だけど間に合わないぞ？」

「周囲を完全に【アトモスの壁】で囲む必要はありません。あの投石が行われている方向の壁だけを補強します。それも隙間《すきま》があってもかまいません。大きな岩が防げるだけの間隔で櫛《くし》のような状態でも被害は防げるはずです」

「なるほど。応急処置だけど悪くはないか。とにかく全員を総動員して守らせよう」

次々と飛んでくる投石機からの大岩。

これを防ぐためにもすぐさま対処を始める。

高さ十メートルの壁を作る【壁建築】を使って作った陣地では相手の攻撃を防ぎきれない。

そう判断した俺達は即座に動き始めた。

魔力量の多い者を集めて適当な間隔を開けて【アトモスの壁】を発動する。

とても等間隔とは言えないが、それでも高さ五十メートルで幅が五メートルの柵のような壁が出来上がる。

ある程度その作業を監督していた俺は【アトモスの壁】が大岩の投石を防ぐのを見届けた後、再び陣地内を移動する。

俺が駆けつけたのは大岩が着弾したところだった。

実に厄介な攻撃をウルクはしてきたものだ。

俺が飛んでくる大岩を防ぐために動き回っていたというのに、いまだに陣地内に着弾した岩が燃えているのだ。

それも真っ黒な炎というありえない光景を見せつけながらだ。

「これがウルクの上位魔法【黒焔】か……。対象が燃え尽きるまで消えないってのは本当なんだな」

普通の投石だけであればここまで焦らなかった。

だが、それが魔法の影響を受けた大岩であるというだけで話が違ってくる。

ウルク家が誇る上位魔法【黒焔】。

以前から話には聞いていたが実に恐ろしい魔法だった。

黒い炎がまとわりつき、対象を燃やし尽くすまで燃え続ける。

その【黒焔】が大岩を燃やしているのだ。

最初に着弾した大岩は表面がドロドロと溶けながらもまだ燃えている。

だが、見たところ【黒焔】という魔法は何でもかんでも燃やすというものではないらしい。

というのも、大岩が燃えているのだが、黒い炎そのものが他のものに燃え移ってはいないという点にある。

考えてみれば当たり前か。

もしも黒い炎が何でも燃やしてしまい、かつ、燃やし尽くすまで消えないというのであれば自然界で接したもののすべてを燃やし尽くすまで消えないことになるのだ。

そんな魔法はさすがにありえないだろう。

そうであったならば使った本人であるウルク側にも影響を与えることになる。

が、だからといってこの炎が危険ではないわけではない。

当然燃えているからには熱く、近づくだけで周囲を熱した空気を吸い込んだ肺が焼け付くのではないかと思うほどの高熱を放っているのだ。

他のものに黒い炎が燃え移らないといっても、他のものを燃やす効果がしっかりあるのだ。

燃やされたものは普通に火がつくし、灰にもなる。

黒い炎が燃え移らないだけで、十分驚異的だということになる。

しかも、燃えている大岩も被害を増やしていた。

黒い炎によって燃えている大岩がドロドロの溶岩のようになっている。

が、そこに水をかけても黒い炎を消すこともできないのだ。

まともな消火活動もできないということになる。

「被害状況をまとめて報告しろ。食料とヴァルキリーを安全な場所へ移動させるのを徹底させろ。いいな？」

俺はそう言いながら地面に手をついて魔力を込める。

体中の練り上げた魔力を地面に流し込んでイメージする。

陣地内へと着弾し、今もドロドロと溶けている大岩をすっぽりと覆う耐火レンガの建物を。

鍋《なべ》を逆さまに地面に置いたような形の建物を魔法で作り出し、大岩を完全に密閉する。

こうすれば少なくとも溶岩は流れ出てこないだろうし、うまくすれば密閉して空気を遮断したことによって黒い炎も消えてくれないだろうかという期待もある。

だが、この即席の魔法は他の者にはできない。

今この場で飛来した大岩への対処ができるのは俺しかないのだ。

俺はありったけの魔力回復薬を持ってこさせて、陣地内を駆け回りながら被害を出している大岩を封じ込めていったのだった。

◇◇◇

「リオン、このままだとジリ貧だぞ。カルロス様はいつ来るんだ？」

「……カルロス様は必ず来ます。アルス様はそのことを確信して指揮をとってください。そうでないと味方が動揺します」

「つってもな、もうこっちの陣地が攻撃され始めて三日目なんだぞ？　いい加減、包囲しているウルク軍を背後から攻撃でもしてくれないと保たないんじゃないか？」

バルカ・グラハム軍がウルク軍に包囲され、攻撃され始めてから三日が経過した。

その間は本当に死に物狂いで抵抗している。

だが、こちらには結構な数の被害が出ていた。

というのも、ウルク軍の攻撃が予想以上にいやらしいものだったからだ。

ウルク軍トップのペッシが上位魔法【黒焔】を用いて攻撃してきた。

これだけでもこっちは大変だったのだが、その後普通にウルク軍の攻城戦も始まったのだ。

包囲していたウルクの兵がはしごなどを持って陣地の壁目掛けて走ってくる。

そして、それを援護するように弓でも攻撃してくるのだ。

当然こちらもそれに対処せざるを得ない。

急いで陣地の壁に登って上から迎撃を開始した。

だが、ある程度その状況が続いたときに、再びペッシの【黒焔】が使われたのだ。

どうやら上位魔法というだけあって【黒焔】もそこまで連続でポンポンと使えるわけではないらしい。

しかし、休憩を挟むことで時たま思い出したように使われる【黒焔】の攻撃。

壁の上に登って迎撃している者などを狙って、燃え盛る大岩が飛んでくるのだ。

当然、こちらにも被害が出る。

そして、その【黒焔】付きの大岩による攻撃でこちらが損害を与えられたタイミングで再び攻撃の主役がウルクの兵たちに切り替わる。

正直なところ、陣地の外がスライムプールでなければ三日も持たなかっただろう。

もっとも、そのスライムも多くが燃やされてしまったようだが。

これ以上ここで守っていてもジリ貧なのは間違いない。

いい加減状況の打開が必要だ。

だというのに、その期待を背負ったはずのカルロスが一向に登場しないのだ。

当初の考えならこちらが耐えている間にアインラッド砦から出撃したカルロスがウルク軍の背後をついて攻撃し、それを見たウルク軍が兵を引き上げるというはずだった。

カルロスが出てきてくれなければこの作戦は成り立たない。

このままカルロスが出てくるのを待つべきか。

あるいは何らかの打開策を考えて、動ける余力が残っているうちに何かをすべきか。

傷ついた俺たちは絶体絶命の危機の中、岐路《きろ》に立たされていたのだった。

◆◆◆

「カルロス様、どうして出陣なさらないのですか！　このままでは援軍に来て攻撃されているバルカ・グラハム軍が壊滅してしまいます」

同時刻のこと。

バルカ・グラハム軍がペッシ率いるウルク軍の猛攻にさらされているとき、アインラッド砦ではフォンターナ家当主であるカルロスに詰め寄っている者がいた。

ピーチャ・フォン・アインラッドだ。

彼は昨年のウルクとの戦いでの功績をもって、このアインラッド周辺の領地を任される領地持ちの騎士となっていた。

すなわち、フォンターナ軍の本軍が集まっているアインラッド砦の主でもある。

「焦るな、ピーチャ。あそこの陣地はまだ持つだろう。今出ていくのは得策ではない」

「なぜですか、カルロス様。今ならば我らがアインラッド砦を包囲しているウルク軍を突破して、バルカ・グラハム軍を攻撃しているウルク本隊を攻撃することが可能なのです。そうすればウルクは軍を退き、この戦は終結します。なのになぜ！」

ピーチャは主であるカルロスに対して強く迫る。

彼はもともとは前家宰《かさい》のレイモンドによって農民から騎士へと引き立てられた者の一人ではあるが、現在こうして領地持ちの騎士として砦を任されるに至ったのはバルカ家の影響も大きい。

なぜなら、一年ほど前にバルカ軍と共闘してウルク軍と戦ったからこそ、大きな手柄を立てられたことをよく理解しているからだ。

そのため、ピーチャはバルカに対して恩を感じており、実利と感情の両面からバルカ・グラハム軍の救援に向かうべきだと主張していたのだ。

「今、貴様が言ったとおりではないか、ピーチャよ。俺たちが今ここでウルクの連中を攻撃すれば奴らは退いていくのだ」

「そのとおりです。それでよいではありませんか」

「よいわけがなかろう。向こうにはウルクの次期当主のペッシがいて、ここにはフォンターナ家当主の俺がいるのだぞ？　いいか、ピーチャ。隣り合った領地の当主級を倒すことができる機会などそうそうないのだ。ここで焦って俺たちが出陣してみろ。それを察知した相手はすぐに自分の領地へと引き上げる。それがどういうことを意味するのか、貴様はわかっているのか？」

「つまり……、カルロス様はウルク軍の中にいるペッシ・ド・ウルクを討つためにアルス殿やリオン殿たちを犠牲にするということですか？」

「そうは言っていない。が、攻撃を仕掛けるには適切な時機というものが存在する。奴らを助けるためだけに二度とないかもしれない好機を棒に振るわけにはいかんのだ。わかってくれるか、ピーチャ？」

だが、そんなピーチャの主張をカルロスははねのけた。

その言い分はある意味正しい。

確かに通常の騎士を相手にするのとは違い、当主級が相手であればこのような戦術をとることはままあるのだ。

自らの陣営を危険にさらしてでも絶好の機会を確実に摑《つか》むために、仲間すら危険に晒す。

フォンターナ家という歴史ある貴族家からすれば、昨年新たにできたばかりの騎士家が危険に晒されようと当主級を打倒することを優先することはピーチャにも理解できた。

感情面ではもっと言いたいことはあったが、そこはグッと堪えたようにピーチャも応える。

「……はい。カルロス様のおっしゃることはまさにそのとおりだと思います。しかし、今ウルク軍と戦っている彼らもフォンターナ領には唯一無二の得難い者たちであるとわたしは思っています。せめて、あと何日、彼らがウルク軍の攻撃を耐えしのげばよいか、カルロス様のお考えをお伝えすることはできないのでしょうか？」

「そうだな。アルスのやつからは面白い使役獣を使って援軍の催促をよこしてきていたな。わかった。ペッシもそう何日も上位の魔法を使い続けるようなことはできんはずだ。あと五日間もすれば確実に討ち取ることはできるだろう。どれほど遅くともそれ以上引き延ばすことはありえないと伝えておこう」

「わかりました。彼らの奮闘に期待したいと思います」

◆◆◆

「リオン、バイト兄。カルロス様からの返事が来たぞ。あと五日間耐えれば必ずペッシを討ち取るってさ。耐えられると思うか？」

俺が伝令に出した鳥型の使役獣がアインラッド砦から戻ってきた。

新たな伝令が書かれた植物紙を足に巻きつけて。

そこに書かれた身近な文章を読んで、俺は今も攻撃されている陣地内でリオンやバイト兄に尋ねる。

カルロスの言う後五日間耐えろという命令が実行可能かについてを。

「……難しいでしょうね」

「馬鹿か、お前は。無理に決まってんだろうが」

「だよな。……どうする？　降伏でもしてみるか？　ここまで頑張って健闘したけど守りきれないので命だけは助けてくださいってウルク軍に白旗でも上げてみるか？」

「その場合、兵たちは助かるかもしれませんが間違いなくアルス様の首はなくなりますよ？」

「じゃあ、駄目だな。けど、このまま籠城を続けても死ぬだけだろ。地面の下に穴でも掘って五日間隠れて過ごしてみるか？」

「お、意外といい考えなんじゃないか、アルス？」

「落ち着いてください、ふたりとも。守りが無くなったところを突入されて虱潰《しらみ》しに調べられて発見されるだけです。それに、それで生き延びても、その後は騎士としては死んだも同然ですよ。それなら命をかけて最後まで戦い抜いたほうがいいと思います」

「じゃあ却下《きゃっか》だな。そんなことになったら生きてる意味がねえ。アルス、さっきのは取り消しだ。絶対やるなよ」

なんでだよ。

生き残れるかもしれないならそれもありだと思うのだけど。

だが、本格的にまずくなってきた。

というか、やっぱ籠城戦っていうのはクソだな。

多分一番重要なのは諦めない意志の強さとかなのだろう。

少なくともこの中では俺が一番籠城のための耐える気力がないと思う。

しかし、そんなことを言っていても始まらない。

どうもカルロスの考えている期間を俺たちが耐えしのぐのは、現場の感覚として不可能であると思う。

ただの籠城戦ならいざしらず、ウルクの上位魔法【黒焔】が組み合わさった攻撃をむしろここまで耐えているだけですごいと思ってほしい。

陣地内では常にどこかが燃えていて炎が立ち上っているのだ。

投石を防ぐために陣地内で無秩序に建ててしまった壁もどんどん防衛の邪魔にもなってきている。

その中でも何とか耐えられているのは、やはりバルカの魔法があるからだと感じる。

といっても、それは壁を建てる魔法があるからだけではない。

むしろ、この籠城戦で一番重要になっているのが【瞑想《めいそう》】かもしれない。

【瞑想】というのは体から無意識に流れ出てしまっている魔力を一切出さないようにするだけの魔法だ。

だが、この【瞑想】をかけて体を休めると回復が早まる。

さらにいうと、肉体的疲労だけではなく精神的疲労も癒《いや》してくれる効果があるのだ。

実を言うと、俺が今まで戦場に出て凄惨《せいさん》な光景などを見てもピンピンしていられる理由はこの【瞑想】にあると確信している。

もしもなかったら、俺のメンタルはボロボロになっていただろう。

もっと前に心にトラウマを植えつけられてまともな生活を送れていなかったのではないだろうか。

そしてそれはバルカ姓を持つ者全員に当てはまる。

こうして圧倒的不利な状況下で籠城していてまともに防衛できているのはリオンたちの指揮もあるが、【瞑想】で心身ともにリフレッシュして戦うバルカ兵がいるからにほかならないのだ。

しかし、いくら疲労を取り、心をほぐしても、傷ついた体が治っているわけではない。

陣地内にいるもので傷一つないものなど存在しない状態になってきていた。

というよりも、もうかなりの損害が出ているのだ。

「おい、アルス。なんとかしろ。このままだと本当に俺たちは皆殺しになるぞ」

「わかっているよ、バイト兄。しょうがない。危険だけど、一か八かで打って出るか。ウルク軍に強襲を仕掛けて、なんとかペッシだけでも討ち取る。そうしないと生き残れない」

「待ってください、アルス様。さすがにそれは危険すぎます。それならば、このまま五日間を耐えしのぐほうがまだ可能性があるかと思います」

「いや、事態は一刻を争う。これ以上時間がたてばこっちが仕掛ける余力すらなくなる。そうなってからだとなにもできなくなるぞ、リオン」

「お気持ちはわかります。が、すでにその余力というものが存在しません。今の戦力でウルク軍に攻撃を仕掛けてもペッシを討ち取ることは不可能です」

「無理か？　俺とバイト兄とリオンが三人がかりでペッシを囲むことができれば僅かなりとも可能性はあるんじゃないかと思っているんだけど……」

「それは……自分で言うのもなんですが厳しいかと思います。我々三人の中ではアルス様の力は抜きん出ています。ですがそれでも、待ち構えている当主級と正面から一対一で戦って勝つのは難しいでしょう。そして、アルス様よりも魔力量が劣る私とバイトさんでは多少の手助けにはなっても……」

「くそっ!!　俺じゃ邪魔になるってことかよ、リオン」

「……残念ですが、バイトさん。ここで慰めの言葉を言っても意味がありませんから正直に言いましょう。我々では力が足りません」

「……よし、わかった。なら、バイト兄とリオンの力を増やそう。それで三人がかりでペッシを討とう」

「何を言っているのですか、アルス様？　我々の力が急に増すことなどありません。どうやら少し

「お疲れのようですね。一度休んで冷静になったほうがいいと思います」

「いや、俺は冷静だよ、リオン。俺には二人の力を増やす手段が存在する」

「……まさか、アルス。あれをやるのか？」

「ああ、そうだよ、バイト兄。名付けをしよう。バイト兄とリオンがこの陣地にいる姓を持たない兵たちに名付けをして、魔力的なつながりを作る。そうすれば少なくとも二人の魔力量は増大する」

かつて俺がフォンターナ軍と戦う際に使った禁断の手法。

教会だけが持つ神秘の技法。

名前をつけることで親子関係を作り出し、親から子へと魔法を伝授し、子から親へと魔力を渡す。

今、この陣地内にいる味方の数が増えることはない。

だが、戦力を増強する手段は存在する。

この陣地内にいる人間全てに魔法を授けてしまえばいい。

そして、さらに名付けを行うのは俺ではなくバイト兄とリオンにする。

三日間の籠城戦でバルカ・グラハム軍も損耗率《そんもうりつ》二十パーセントほどというアホみたいに大きな被害を出してしまっているのだが、それでも数百人分の魔力を二人で分け合えばかなり強化できるはずだ。

今生き残っている中でバルカ姓を持たない者からバルカ領の者とグラハム領の者で分け合えば三百人ずつくらいになるはず。

リオンはすでに領地持ちの騎士になっているが、つい先日急な決定でなったばかりなので実はまだカルロスから魔法を授かったものの、自分の部下を騎士にできていないのだ。

そいつらもリオンに名付けさせてしまおう。

「ちょ、ちょっと待ってください、アルス様。名付けってあの名付けですか？　騎士叙任の際に行われる、教会の？　もしかして、この場に教会関係者が紛れ込んでいたりするのですか？」

「……ああ、そうか。リオンは知らないのか。俺は名付けの儀式ができるんだよ。あ、つってもこれは内緒の話だからな。あまりおおっぴらに広げないようにな」

「冗談でしょう？　なぜ教会の秘術をアルス様が使えるのですか？　え……ありえないでしょう。そんなことをして教会を敵に回したりしないのですか。あ、もしかしてアルス様は教会に関係があるとか？　いや、それはおかしいか。教会に関わるものが攻撃魔法を持っているはずがないし……」

「はーい、そこらでやめとけ、リオン。今はそんなことを気にしている余裕はないぞ。現状で重要なのは俺が名付けの儀式をすることができて、お前たちが名付けをする意思があるかどうかってことだ。生き残りさえすれば教会にはうまくごまかしておくよ」

「いいぜ、俺はもちろんやるぜ、アルス。名付けをするってことはつまり、俺が新しい家をたてるってことだよな？　よっしゃ、俄然やる気が漲《みなぎ》ってきたぜ」

「聞くまでもなかったか。バイト兄はやる気みたいだな。で、リオンはどうする？」

「すみません。動揺してしまいました。いちいちアルス様のすることに驚いていたらアルス様にはついていけないですよね。わかりました。私もやりましょう。どのみち、領地を持つ騎士になったのですから、早いか遅いかだけ、ということにしておきます」

「よし、そうこなくっちゃな。赤信号みんなで渡れば怖くないって言うしな。なら、さっさとやっちまおう。ウルクの連中に反撃開始だ」

こうして、追い詰められた俺は再び名付けを行うことにした。

そして、その直後に黒い煙が立ち上る地獄の釜のような壁の中の陣地に魔法を使う新たな騎士が数百人ほど誕生したのだった。

「バイト兄はあの家名でよかったのか？　バルト家ってバルカと似ていてややこしいんじゃないのか？」

「いや、逆にバルカと親戚関係っぽくていいだろ。今日から俺の名はバイト・バン・バルトってことだ。よろしくな、アルス」

「おう。期待しているよ、バイト兄」

もはやこれ以上この陣地で耐えることはできないと判断した俺はバイト兄とリオンの二人に名付けを行わさせた。

ふたりともおおよそ三百人程度の魔法を使える部下を得たことになる。

とくに、バイト兄のほうはかなり強くなったのではないかと思う。

もともと俺が独立してバルカ騎士領を得てから、バイト兄には兵の訓練などを任せていた。

バイト兄はその兵の訓練でみんなをしごいていたのだ。

それは単純に体を動かす訓練だけではない。

魔力の向上も目指した訓練をしていたのだ。

普通の人は俺と比べると魔力が希薄だ。

というか、俺は幼いころから意識して魔力の質と量が上がるように自らいろいろと実験しながら訓練していた。

空気中から魔力を取り込んで魔力量を増やす。

食べ物を食べるときは内臓に魔力を集めて栄養と一緒に食べ物の魔力もより取り込むようにする。

そうして得た外からの魔力をお腹のあたりで自分の魔力と練り合わせて、ドロドロと煮詰めるようにする。

そんなふうにしてトレーニングしていたのだ。

そして、この方法論はバイト兄も知っている。

俺は別にこのやり方を隠していたわけではなく、騎士になる前から家族に話したりしていた。

さらに言えば魔力を利用して魔術として発動することや、それを呪文化する方法も話している。

弟のカイルが俺が使えない独自の魔法を編み出したのも俺がやり方を教えたからでもある。

バイト兄はいまだにオリジナル魔法は編み出せてはいないのだが、魔力トレーニングのやり方は知っているし、自分でも実践している。

そして、普段の兵の訓練でもこのトレーニング法を教えているのだ。

完全に自分の感覚でしかわからない理論ながらこのトレーニング法を聞いて訓練した兵は少しずつだがその効果が出てきていた。

それにバルカ姓を持つ者であれば効果がわかりやすい。

それまで【整地】などしか使えなかったものが魔力トレーニングをして、【壁建築】などを使えるようになるというわかりやすい効果判定の方法もあったからだ。

つまり、バルカ騎士領でバイト兄から訓練を受けていた兵たちはたとえ魔法が使えず普段農民として暮らしていたとしても一般人よりは魔力量が高かった。

その者たちが今回バイト兄に名を授けられたのだ。

バルト家という新しいバイト兄の家名を。

おおよそ同じくらいの人数を名付けしたとはいえ、新しくできたばかりのグラハム騎士領から急《きゅう》遽《きょ》集めた訓練もしていない農民ばかりのリオンよりもバイト兄が強くなったというわけだ。

まあ、どちらもかなりの魔力量の向上になったのでこれならなんとかなるかもしれない。

「でも、名付けしてからいうのもあれだけど、バイト兄が名付けして壁を作れる奴らの数も増えたんだよな。今更だけど方針転換して壁を作りまくって五日間耐えるのもありか？」

「そうですね。それもできるかもしれません。が、私も先程他の者に指摘されて気づいたことがあります」

「気づいたこと？　リオン、それはなんだ？」

「申し訳ありません。それは食べ物です。わたしの計算よりも早く減ってしまっていたようです」

「食料が？　もしかして【黒焔】で焼けちまったのか？」

「いえ、それもあるのですがそうではありません。ヴァルキリー用の食べ物がないのですよ」

「ヴァルキリーの？　……そうか、この状況だとハツカが育てられないか」

「はい。今までは陣地を作ったときに内部の土地を少し【土壌改良】してハツカを育てていました。

それをヴァルキリーたちの食料の一部に充てていたのです。それが【黒焔】の影響でだめになっていたようです」

「そうか、それで兵士用に持ち込んでいた食べ物をヴァルキリーにも与えて減りが早かったってことか」

「はい。計算以上の消費量となってしまっていたようです。今の今まで気が付かないとは……。申し訳ありません」

「いいよ。俺も食料置き場が燃えていないかだけしか注意していなかったからな。……っていうことはもともとあと五日間も耐えられるほどの食料がなかったってことなんだな。まあ、ある意味都合がいいだろ」

「なんでだよ、アルス。食料がなくて都合がいいことなんかあるのか？」

「ああ。今日のうちに残った食料を全部食っちまおう。そうすればもう食うもんがない。つまり、これからウルク軍に突撃して敵将を撃破して囲みを突破しない限り、空腹による死あるのみってことだ。みんな死に物狂いで戦うだろ」

なんつったかな。

背水の陣とかいって、味方の兵の逃げ道をあらかじめ無くしてから戦ったら逆にみんな必死になるとかいうやつだ。

追い詰められたネズミが猫を噛《か》む以上の力が出せればウルク軍の囲みを破れるかもしれない。

「ああ、それとこれはリオンに渡しておこうか」

「これは雷鳴剣じゃないですか？　いいのですか？」

「いいっていうか、持っててもらわないと困るだろ。相手が相手だしな。俺は九尾剣があるし、バイト兄も雷鳴剣を持っているしな」

「ありがとうございます。それでは遠慮なく。しかし、すごいですね。ついこの間まで没落した元騎士家の人間だったのに、あっという間に魔法武器を持つ領地持ちの騎士になってしまいました」

「んなこと言ったら俺たちは腹減らしてた農民の子どもだよ。でも、ここまできてこんなところで焼け死ぬのは勘弁してほしいからな。絶対にペッシを倒して包囲を脱出するぞ」

「そうだな、アルス。よし、全員、飯の支度をしろ。腹いっぱい食って全力で戦うぞ」

「そうですね。やりましょう、アルス様。わたしはあなたにグラハム家の未来をかけたのです。それに姉さんを残してふたりともここでいなくなってしまうと悲しませてしまいますからね」

こうして、俺達は最後の晩餐《ばんさん》になるかもしれない食事を摂り、ウルク軍に襲撃をかけることにしたのだった。

◇◇◇

「よし、行きますか」

「作戦はアルスの作った地下道を通って外に出るんだったな？」

「そうだ。俺たちが作った壁とスライムの堀の外側に出る地下道を作ってある。そこから外に躍《おど》り出《で》て一気にペッシがいる陣地へと強襲をかける」

「それってさ、相手の陣地まで地下道を作ってあるのか？」

「いや、人やヴァルキリーが通れる大きさの道を地下に作るのは魔力的にかなりしんどいんだよ、バイト兄。地表から地中深くなるほど魔力を使うから、そこまで長い距離は用意できなかった。一応向こうの布陣を塔の上から観察して、地下道から出た直後に攻撃されないような場所へつなげただけだな。ペッシまではちょっと距離があるかもしれない」

ご飯をお腹いっぱいに食べた日の翌朝。

俺たちは最後の確認をしていた。

これからの作戦についてだ。

その作戦というのは非常にシンプルなもので、俺が魔力で作った地下道を通って外に出てペッシに強襲を仕掛けるというものだ。

地表ではなく地中を魔力で操作するのはかなり大変で、たいした距離の地下道は作れなかったが、とりあえずは外に出て動けるだろう。

「わかりました、アルス様。それではもう一度だけ確認です。今よりこの陣地より地下道を通って脱出。その後、ウルク軍を率いているペッシ・ド・ウルクを強襲し、これを撃破。後に敵陣を脱出する。以上でよろしいですか？」

「……そうやって改めて聞くと、わざわざペッシを狙う意味あるのかな？　普通に脱出してもいい気もしてきたんだが……」

「今更そんなことを言い出さないでくださいよ、アルス様」

「そうだぞ、アルス。なに弱気になってんだよ」

「バイトさんの言うとおりです。それにおそらくウルク軍もアルス様の脱出はなんとしても防ごうとしてくるでしょう。向こうの布陣はこちらの陣地をしっかりと囲って逃げ場を封じています。そこに察知能力の高いウルクの騎士が配置されているはずですから」

ほんの少し弱気な部分を見せただけだが、即座にツッコミが入った。

だが、たしかにそうだ。

ウルク家の魔法は何も【黒焰】が優れているだけではない。

気配を察知する能力が高い魔法を騎士であれば使えるのだから、尻尾を巻いて逃げるだけならすぐに追いつかれて攻撃されてしまうだろう。

「そうだったな。【狐化】したやつらの探知能力は高かったもんな」

「そのとおりです。もしも弱気になって逃げようとした場合、ウルクの騎士に捕捉され取り囲まれたところにペッシという強大な相手を前にすることになります。それならば、最初からこちらがペッシを狙って攻撃したほうが消耗度も考えると得策であると思いますよ」

「なるほどね。何にしても俺はペッシを倒さないと逃げることもできないっていうんだな。悪かった。情けないところをみせた。俺もキチンと覚悟を決めるよ」

「そうだぞ、アルス。お前が弱気だったら周りのみんなにそれが感染《うつ》るんだからな。絶対にペッシを倒すくらいの気概《きがい》を見せろよ」

「ああ、そのとおりだな、バイト兄。よし、じゃあ、改めて行きますか。今回の獲物は狐の棟梁《とうりょう》だ。

気を引き締めていくぞ」

「おう」

「はい」

長いようで短い、あるいは短いようで長い籠城戦。

その最終局面が近づいてきた。

カルロスの援軍を期待して始めた急造の陣地での籠城だったが、その作戦の根幹であったカルロスが来ないという事態。

そして、ウルク家の上位魔法【黒焔】が想像以上に凶悪だったことでこちらの作戦は修正せざるを得なくなった。

陣地を捨てて包囲しているウルク軍に突撃を行い、ペッシを討ち取る。

それが成功したら即座に包囲を破って逃げる。

とにかく俺が助かるにはそれしかない。

俺は一縷《いちる》の望みをかけて自分の身を守るために建てた壁の外へと地下に作った小さなトンネルを通って出ていったのだった。

◇◇◇

「よし、出るぞ。騎兵は俺のあとに続いてペッシのもとへ直行する。歩兵はバラバラにならないようにかたまって敵を食い止めろ。俺たち三人がペッシを討つ時間を確保しろ」

俺が地下道の最終地点まで来てから一度後ろを振り返って指示を出した。

そして、その直後に地下道の行き止まりの壁へと手を当てて魔力を送り込む。

最後の壁となる地面を魔法を使って穴を開け、そこから外へと顔を出す。

サッと周りを見渡し人がいないことを確認し、すぐに一緒に外へと出たヴァルキリーへと飛び乗る。

そうして、俺が出ていった後からも地面から続々と人とヴァルキリーが出てきた。

といっても、大きな損害を受けたとはいえ、こちらも八百人ほどがいるのだ。

全員が外に出るまで待っていたら時間がかかりすぎて、こちらの存在に気がつかれてしまうかもしれない。

そこで俺はバイト兄とリオン、そして騎兵二百と角あり二百を引き連れてペッシのもとへと先行する。

歩兵たちはその後から続き、騎兵が相手に突撃をかけた後の穴を広げるようにしてもらうこととした。

ヴァルキリーに乗って駆け出す。

時刻は明け方ですでに太陽の光が昇り始めていた。

この数日間で一番相手からの攻撃が緩む時間帯を狙ったものだ。

うまいこと相手が寝ていたり朝食の準備でもしてくれていればいいのだが……。

「敵襲！　敵襲だ！　騎兵だ、バルカが出てきたぞ！」

「やっぱ、そううまくはいかないか。ま、ここにペッシがいることはわかってんだよ。散々俺たちを石焼きにしようとしてくれた落とし前はつけさせてもらうぞ」

俺が向かう先の陣地には頭から狐の耳を生やした騎士がいた。

そいつは俺たちの姿が見えないうちからこちらの存在を察知していたらしく、すでにぞろぞろと集まってきている。

やつらも決して油断などしていなかったのだろう。

朝も早い時間だというのに、きちんと武装してこちらを迎え撃とうとしている。

「俺がやる。アルスは後ろに引っ込んでな」

騎士たちが待ち構えているところへとそのまま突っ込もうとしたとき、俺の後ろからバイト兄がそう声をかけて前に出てきた。

そうして、手に握る魔法剣に魔力を注ぎ込み雷撃を放つ。

というか、今のは【魔力注入】の呪文を使わずに直接魔力を流して魔法剣を発動させていたのではないだろうか。

おそらく普段以上に魔力が注がれた雷鳴剣はその魔力をエネルギー源として、かつてないほどの威力の雷撃を発生させていた。

その雷撃にはさすがに通常の人間以上の身体能力を持つ【狐化】したウルクの騎士たちの動きまでもを完全に止めてしまっていた。

そこへと容赦なく突っ込む騎兵隊。

まるでたくさんの自動車に突っ込まれてしまったかのように、こちらを迎え撃とうとしていた騎士が撥《は》ね飛《と》ばされた。

「よくやった、バイト兄。いくぞ、全軍そのまま突撃しろ！」

「今の見たかよ、アルス。今まで以上の威力だったぞ」

「ああ、すごいな、バイト兄。でも、あまりやりすぎるなよ。ペッシと戦うまでに魔力切れになっていましたとか笑えねえからな」

「わかってるって、アルス。だけど、その心配はいらないな。どうやら本命はすぐそこのようだぞ」

「……ホントだな。向こうも自分の実力に自信があるみたいだ。どうやらお出迎えしてくれるみたいだな」

バイト兄による攻撃で敵陣へと入り込むことに成功した俺たち。

塔の上からおおよその場所の確認はしていたので、この方向にペッシがいることは間違いないと思っていた。

だが、騎士に守られた陣地の一番奥に居座っているものだと思っていた。

何人いるかもわからないウルクの騎士を倒しつつ、敵陣を中央突破しペッシを討つ。

その必要があるのだと思っていた。

だが、どうやらその予想は外れたようだ。

もしかしたら、アインラッド砦から出てくるかもしれないカルロスのことを警戒していたのかもしれない。

ペッシは敵陣の中でも俺たちの陣地の方に近いところへと陣取っていたようなのだ。

万が一にも自分たちが包囲しているところへ、後方からカルロスの襲撃があってはいけないと考えたのかもしれない。

なんにしても、いち早く相手のトップのもとへと近づけただけでもこの奇襲は意味があったということだろう。

「黒焔」

「散開。手はずどおりにほかを抑えろ」

「ふむ。はじめまして。小さな騎士たちよ。自分たちからわざわざここに来たということは首を差し出しにきたのかな？」

「寝言は寝て言え。ペッシ・ド・ウルク、あなたの首をもらいに来た」

「残念だが、それは無理というものだ。少年たちよ、君たちではわたしには勝てない。我が炎によって安寧《あんねい》の眠りにつくがいい」

「……やるぞ、バイト兄、リオン」

次期当主とかいうが遠目で見たときも思ったがそこそこ年をとっているようだ。

なかなかダンディなおじさんがこちらを出迎えてくれた。

なんかこうなるとオヤジ狩りみたいだな、などと命の危機にあるものの考えてしまう。

が、これ以上の言葉はいらない。

二言三言ペッシと言葉を交わした後、俺はすぐさま攻撃体勢に入り、ペッシへと斬りかかったのだった。

「くらえ！」

ヴァルキリーに騎乗したまま、眼前に立つペッシへ向かって走り寄り武器を振るう。

その手に持つのは九尾剣。

かつてウルク家の老将が所有していた魔法剣だ。

【魔力注入】によって注がれた魔力によって九尾剣には炎の剣が浮かび上がる。

この炎の剣は実際の剣身以上の長さがあり、剣の形をしているものの本質的には炎の塊《かたまり》だ。

仮に相手も剣で迎え撃とうとしたところで、相手の剣をすり抜けてしまう。

そして、その炎によって相手は肉体を焼かれてしまうという恐るべき武器だった。

「ちっ」

だというのに、その炎の剣をペッシは防いでしまった。

左の手で九尾剣から現れた炎をガードしてしまったのだ。

ありえない、わけではない。

実際、このことは事前にありえるかもしれないと予測はしていた。

だが、実際に目にすると恐るべき防御力と言わざるをえない。

以前戦ったアトモスの戦士という巨人も同様にこの九尾剣の攻撃を受けても耐えていた。

しかし、俺が隣の騎士領と揉めたときに相手の騎士をこの九尾剣の炎で切りつけた際、相手は即死だったのだ。

魔力量だけでここまで防御力に違いが出てくるのかと思ってしまう。

というか、バルガスも似たようなものか。

魔力を皮膚に集めて防御力を向上させていた。

かつてバルガスと戦ったときは【散弾】を食らってもびくともしなかったことを思い出す。

バルガスと違ってペッシは金属鎧《よろい》を着ている。

ペッシが同じように魔力を利用して金属鎧ごと防御力を上げているのだとすればその守りは魔法だけには限らないだろう。

つまり、普通に剣で斬りかかっても傷一つつかない可能性が高い。

「お前の相手はアルスだけじゃねえぞ！」

俺が九尾剣の攻撃を防いだペッシを見て思考をめぐらしているときだ。

俺の攻撃のあとからバイト兄が次なる攻撃を繰り出した。

雷鳴剣だ。

しかも、先程の敵陣突入時と同じように【魔力注入】ではなく自ら雷鳴剣に魔力を注いでいる。

どうやら雷鳴剣は魔力を多く注ぐほど威力は高くなるらしい。

バチバチと閃光《せんこう》を放つほどの雷撃が雷鳴剣の剣身に現れて、それがペッシへと向けられる。

さらにそのバイト兄の攻撃は今までのように雷撃を放つというものではなかった。

剣身に雷撃を纏《まと》わせた状態の雷鳴剣で切りつけにいったのだ。

あれなら雷鳴剣によって傷つけた場所から直接体内に電撃をお見舞いできるかもしれない。

「ほう。本当にアーバレストの雷鳴剣を持っているのか。話に聞いたときは他愛もない嘘だと思ったぞ。貴様らがアーバレスト家に勝ったというのは本当なのだな」

「お前は九尾剣か。そいつも俺がもらうぞ」

「無理だな。反対にわたしがそれをもらってやろうではないか」

バイト兄の強烈な一撃。

それが決まればさすがにペッシにダメージが与えられるだろうと思ったのだが、そうはならなかった。

ペッシがバイト兄の攻撃を防いだからだ。

といっても、先程の俺の攻撃のときと同じように手で止めたわけではない。

九尾剣だ。

ペッシも九尾剣を持っている。

その九尾剣によってバイト兄の雷鳴剣の攻撃が防がれたのだ。

剣と剣でつばぜり合いのように打ち合うが、バイト兄が持つ雷鳴剣が纏っていた雷撃はすでに無くなっている。

どうやら激しく打ち合った際に消し飛んでしまったようだ。

あの雷撃を打ち消すだけの魔力が九尾剣には込められていたのかもしれない。

「バイトさん、離れて！」

そこへ今度はリオンが加わる。

といっても打ち合っているところへと切り込んだわけではない。

リオンはバイト兄とは違って雷鳴剣の雷撃を放って遠距離から攻撃を行ったのだ。

リオンの声を聞いたバイト兄が離れた直後、その雷撃がペッシへと直撃する。

だが、それもあまりダメージを与えられていないようだった。

「金属鎧を着ているんだから電撃攻撃に弱いとかってないのか？」

「残念だったな、少年。このわたしがただの鎧を着ているはずがないだろう。貴族の当主に相応《ふさわ》しい装備を持っていないとでも思ったのか？」

もしかして、魔法攻撃に強い鎧とかがあるのだろうか。

そんなもんがあるのなら俺も欲しいもんだ。

というか、今から思うとアーバレストの当主は鎧なんか着ていなかったな。

なんかローブみたいなものしか着ていなかった気がする。

超遠距離から攻撃できる【遠雷】とかいう魔法があるから、接近される可能性を考えていなかったのかもしれない。

それとも単純に油断をしていたかだが、まあ今となってはわからないことだ。

「さて、遊びは終わりだ、少年たちよ。そろそろ格の違いというものを見せてやろう。特にアルス、貴様にはその九尾剣は相応しくない。本来の使い方というものを見せてやろう」

「な……、まじかよ」

俺たち三人の攻撃を防ぎきったペッシ。

そのペッシが攻撃態勢に移ろうとしている。

だが、俺と同じ九尾剣を持っているはずなのに、俺とは明らかに違う攻撃を行おうとしている。

それは【黒焔】だった。

ペッシが九尾剣へと魔力を込めたと思ったら剣身から現れたのは黒い炎だったのだ。

俺が使ったら普通の炎なのになんで違うんだよ。

だが、そんな文句を言っていられる状況ではない。

【黒焔】は危険すぎる。

ペッシが使う九尾剣の攻撃が俺と同じなら、相手がしたのと同じようにこちらも魔力を防御に使えるのではないかと考えていた。

だが、【黒焔】ではそうもいかない。

あの黒い炎は対象を燃やし尽くすまで消えないのだ。

もし、そんなものを一撃でも食らってしまったらどうなるか。

結果は試す前から分かるというものだろう。

「燃え尽きよ」

その防ぎようもない攻撃を行うペッシ。

どうやらやつは魔法だけにあぐらをかくタイプでもないようだ。

おそらくは武術もしっかりと修めているのだろう。

真っ直ぐに天を向くように掲げた九尾剣を一切のよどみなく振り下ろす流麗な動きで俺へと斬り

かかってきたのだった。

こいつは強い。

間違いなく俺たちの誰よりも強いと認めざるを得ない。

この世界の貴族として他の騎士たちの上に立つ存在だ。

こいつに勝つにはどうすればいい？

魔力量はどうだ？

だめだ。

ペッシの魔力量は俺よりも多い。

剣の腕も相手が上。

ならば他に何がある。

俺が持ち、相手は持たないもの。

相手の度肝を抜くことができるものはないか？

そう考えた俺の頭には、魔法の存在が浮かぶ。

俺がこの世界で今まで生きてこられたものであり、ここまで死なずにすんだ俺だけの武器。

だが、駄目だ。

俺の魔法は土が基本で攻撃力がない。

壁を作るだけではペッシを上回ることはできないのだ。

即興で石の弾丸でも飛ばそうかとも考えたがそれも却下だ。

九尾剣や雷鳴剣の攻撃が通用しない相手に今更石を飛ばした程度で勝てるとは到底思えない。

体中の魔力を練り上げていたおかげで思考は早い。

ペッシの一撃が振り切られる前にいろんなことを考えることができる。

だが、決定的な正解というものが得られない。

俺にはないのか。

やつに勝つことができる方法が……。

そう思ったとき、視界の端でちらりと目に入った。

俺が自分の腰に差しているもう一つの武器が。

その存在に気がついたとき、俺は無意識に行動していた。

「ッシ」

右手に持っていた九尾剣から手を離す。

そして、右手で腰の武器を握り、左手でその武器の鞘《さや》を摑んだ。

そうして、鞘の中を滑らせるようにその武器を走らせ、その勢いのまま武器を引き抜くだけに留まらず攻撃に移る。

一連の動作によって【黒焔】に纏われたペッシの九尾剣ごと斬りつける。

「……ガハッ。ば……ばかな……。黒焔を打ち消しただと？」

「悪いな。俺の勝ちだ」

ペッシによる振り下ろしの攻撃に対して真正面から斬りかかった俺の攻撃。

そこで打ち勝ったのはペッシではなく俺のほうだった。

ペッシの持つ九尾剣はその手から叩き落とされ、さらにその向こう側にあったペッシの体にも切り傷がついている。

雷鳴剣の攻撃を防いだ鎧にも切れ込みが入っており、その中にあるペッシの身体《からだ》から血がドクドクと流れ出していた。

そんな自身の状態を見ても全く事態が飲み込めず、現実を受け入れられない様子のペッシ。

が、そんな決定的なスキを俺が見逃すはずもない。

さらなる追撃により、俺はペッシを討ち取ったのだった。

「やったぜ」

地面へと倒れ伏しピクリとも動かなくなったペッシ。

追撃の一撃の手応えが手に握る武器を通して俺の勝利を確信させた。

ペッシが九尾剣から【黒焔】を出して攻撃してきたときには一瞬負けを意識してしまった。

だが、俺の攻撃が一撃だけだが相手を上回った。

【黒焔】を纏う九尾剣に対して俺が用いたのは魔法武器だ。

といっても最初に持っていた九尾剣でも、バイト兄やリオンに渡した雷鳴剣でもない。

俺が使ったのは硬牙剣《こうがけん》だった。

しかし、ペッシを撃破したのは通常の硬牙剣ではない。

今のところ、たった一本しか存在しない特別な硬牙剣だった。

魔力を込めると魔法の効果を発揮する武器。

それが魔法武器などと呼ばれるものだ。

そして、俺が初めて手にした魔法武器はグランが大猪の牙から作り上げた硬牙剣だった。

しかし、この硬牙剣には二つの種類が存在する。

それは大猪の成獣の牙から作った通常タイプと幼獣の牙から作るタイプの二種類だ。

成獣の牙を素材として作り上げた硬牙剣はグランによって西洋剣の形に整えられて、魔力を込めると硬度が上がる特性がある。

だが、今ペッシを討ち取ったのに使用したのはこの通常タイプの硬牙剣ではない。

大猪の幼獣の牙から作り上げたほうの硬牙剣だ。

初めてグランが硬牙剣をつくったときにこの二つのタイプの硬牙剣を俺に渡してくれていた。

そして、この幼獣の牙から作られた硬牙剣は「成長する武器」だと言っていた。

幼獣の牙から作っていたため子ども用とも思えるほどの小剣だ。

だが、何度も繰り返し魔力を注いでいくと武器そのものが成長するというのだ。

貴族などはこのような成長する武器を代々保有していて、魔力を注いで大切にしている。

そうして、成長した武器というのは通常タイプを大きく超える性能を持つ武器へと変わっていくのだという。

が、そのときの小剣の成長を俺は待つことができなかった。

毎日魔力を送り込んでもなかなか成長しなかったからだ。

だから俺は無理やりこの剣を成長させることにしたのだ。

ヴァルキリーの魔力を使って。

そうだ。

俺は成長する硬牙剣を角ありヴァルキリーに毎日魔力を注ぎ続けるように命じていたのだ。

そうすれば俺一人が地道に魔力を注ぐよりも早く成長するだろうという考えによって。

最初はあまり効果が現れなかったが、だんだんとこの小剣が成長していき、今はこうして戦場まで持ってこようと思うほどになっている。

後から考えると、ヴァルキリーの【共有】の魔法の効果もあったのだろう。

群れのすべての魔力が【共有】されているヴァルキリーが日々成長する剣へと魔力を注ぎ続けていたのだ。

群れの規模が大きくなるほどその魔力量は多くなり、わずか数年でこの剣が成長するに至った。

そうしてできたのが、今俺が手にしている硬牙剣だ。

しかし、通常タイプとは大きく形が異なっている。

なぜか通常の西洋剣のような形から日本刀のように反《そ》りがあり、切ることに特化した剣へと変貌していたのだ。

だが、これが良かった。

成長した硬牙剣とこの日本刀型というのは相性がよかったようだ。

剣身が薄く反りがある片刃の剣など下手に扱うと折れやすいのではないかと思う。

が、成長したとはいえもともと【硬化】の特性を持つ魔法剣なのだ。

【硬化】というのは単純に硬くなるというだけではないようだ。

もしも、純粋な意味で硬くなるだけなのだとしたらその武器は逆に折れやすくなるだろう。

しかし、魔力を集中させれば人間の体も物理的にも魔法的に防御力が上がるのと同じようにこの日本刀型硬牙剣は非常に折れにくく、かつ切れやすい剣へと成長したのだ。

そして、ペッシがバイト兄による全力の雷鳴剣での攻撃を防いだところを見てひらめいた。

もしかすると、膨大な魔力を集中させた武器があれば、いかに【黒焔】を纏った九尾剣であってもその攻撃を防ぐことができるかもしれない、と。

結果から言うと、俺の思いつきは成功した。

居合抜きのように鞘から滑り出した剣で九尾剣へと打ち合わせるように攻撃した結果、相手の【黒焔】を九尾剣ごと弾き飛ばし、当主に相応しいらしい金属鎧をも切り裂いたのだった。

「シンプル・イズ・ベストってな。この剣があれば魔力量の多い当主級でも倒すことができそうだ」

魔法武器として見ると氷精剣や九尾剣、雷鳴剣のほうが派手で魅力的に見える。

その点、硬牙剣は魔力を注いでも硬くなるだけであまり恩恵が得られないようにも感じていたのは事実だ。

だが、そうではなかった。

圧倒的な防御力を誇る当主級を討ち取るという目的を達成するには、打ち合えば相手の魔法を打ち消して、刃物すら通らないのではないかという防御力を持つ相手を切り裂ける。

これ以上の対当主用対人武器はないのではないだろうか。

「よし、これからこいつのことは斬鉄剣グランバルカって呼ぼうかな。つまらぬものを斬ってしまった」

「おい、バカアルス。何ボーッとしてんだよ。囲まれてるぞ」

「え？　悪い。ペッシは倒したんだから早いところずらかろうぜ」

「どうやらそうはいかないようです、アルス様。ウルク軍は総大将であるペッシを討ち取られて意気消沈するどころか、逆に復讐に燃えてやる気が増しているようです」

「おいおい、どういうことだよ、リオン。こんな敵陣の中で囲まれたら死んじまうぞ。なんとかならないのか？」

「……どうやらそれは難しそうですね。歩兵と合流して少しでもウルク軍の数を減らしましょう。それしか打つ手はありそうにありません」

「まじかよ」

ちくしょう。

一難去ってまた一難というやつだろうか。

せっかく作戦どおりペッシを倒すことができたというのに命の危険は減っていないようだ。

陣地を抜け出して超速でペッシを討てば、相手の軍は指揮系統が乱れ、当主級を討たれたという事実で戦意を喪失《そうしつ》すると思っていたのだ。

だが、相手の動きがこちらの予想と違った。

俺がペッシを討ち取ったのを見て悲しむのではなく、即座に敵討《かたきう》ちをしようと考えたようなのだ。

こうして、目的を達成したもののバルカ・グラハム軍は周りすべてを敵に囲まれてしまったのだった。

「これは本格的にやばい。とにかく少しでも周りの敵を減らせ。バイト兄、暴れる時が来たぞ！」

「っち。わかってる。けど、数が多すぎるぞ、アルス。そんなに長くは持たないぞ」

「よし、ヴァルキリーに壁を作らせる。とにかく包囲されるのだけは防ごう。リオン、歩兵部隊をここに合流させろ。騎兵と分断されて各個撃破だけはさせるな」

「わかっています、アルス様」

ウルク軍の総大将で次期当主だというペッシ。

そのペッシを討ち取ったものの、戦況は最悪の状態だった。

こちらの数は八百ほどであるというのに、ウルクの本隊に自ら飛び込んでいったのだ。

周りすべてが敵兵であり、しかも数はこちらを遥かに超えている。

包囲殲滅戦というのは最高の戦術だと聞いたことがある。

相手を完全に囲んでしまってから攻撃してしまうという、言葉だけであればシンプルな戦術。

しかし、その状況にはまり込むと生半《なまなか》なことでは抜け出せない。

特に囲まれた側の集団は団子状態に密集することになるため、集団の中央部にいる人間は敵ではなく味方に押しつぶされて死んでしまうことにもなるのだ。

なので応急的に壁を作った。

とりあえず一方向だけだが角ありヴァルキリーに壁を作らせて攻撃が来ない方向がある状態にだけしておく。

だが、対処できたのはそこまでだった。

後は周りから押し寄せてくる騎士や兵を相手に武器を振り続けるしかできない。

「おら、かかってこい。俺に勝てるやつは前に出ろ」

なんとかそんな絶望的な状態でも耐えることができているのは俺と少し離れた場所で暴れているバイト兄やリオンのおかげだった。

【狐化】しているウルクの騎士を何人も相手にして優位に戦いを進めている。

あの二人に名付けをさせておいたのはやはり正解だったと思う。

あのときはペッシを倒すために俺一人に魔力を集中させるために、俺自身が名付けをしようかとも考えていた。

が、いくら強くなっても俺一人だけではこの状況では対処できなかっただろう。

「つっても、この状況だと結局一緒かもな」

「おい、アルス。なんとかならないのか？」

「父さん……、もうしばらくは持つかもしれないけど正直きつい。そっちは平気？」

「俺はまだなんとかな。でも、時間がたつほどに動けなくなるぞ。一度、陣地に戻ることはできないのか？」

「それは駄目だ。あんな小さな通り道を抜けて戻ろうとしたらそれこそ全滅するよ」

俺の近くで戦っていた父さんが声をかけてくる。

陣地に逃げ帰るのはどうかと案を出してきたがそれはとても現実的ではない。

俺が作った地下道は大きなものではない。

あんなところに逃げ込もうとしたら、それこそ最初に地下道に入った人間以外の後続はすべてすり潰されてしまう。

「父さん。ヴァルキリーの作った壁の前で指揮をとってくれないか？」

「……どうすればいいんだ、アルス？」

「各部隊を壁の前で順番に休ませるんだ。ちょっとでも体を休めることができれば戦える時間が増える」

「しかし、それだと一度に戦える人間が減るぞ。大丈夫なのか？」

「俺が頑張る。でも、ちょっとは俺の休憩時間も取れるようにしといてよ？」

「ああ、わかった。アルスもバイトもきつくなったらすぐに父さんに伝えてくれ。じゃあ、行ってくるな」

「頼んだ」

本当ならばもっと壁を増やしておきたいところだが、どうやらそれも難しそうだ。

津波のように押し寄せるウルク軍を前にしてその余裕は完全に失われていた。

もし下手に壁を増やしてしまうと相手に逆用されてしまう可能性がある。

包囲が完璧になってしまったゆえに、騎兵の強みも失われた。

唯一の救いはすでにペッシがいないということだろう。

もしここで【黒焔】なんて使われていたらこちらはみんな丸焼きだ。

しかし、身体能力の優れる【狐化】と【朧火】を使うウルクの騎士を中心としたウルク軍によって、俺達は確実にその人数を減らされ続けていったのだった。

◇◇◇

「くそ……。もうどんくらい戦ってんだよ」

早朝に敵本陣にいるペッシを強襲してからずっと戦い続けている。

最初は薄暗かったはずの空は完全に明るくなったどころかもう昼時を過ぎてさらに時間が経過している。

まあ、どのみち食べるものすらないのだが……。

しかし、ウルク軍の猛攻が一向に収まらない。

こちらはすでに全員が傷つき、数もさらに減らしているというのに本当にどうしようか。

戦いながらも常に周りは注視している。

どこかに逃げ道はないかと探しながら目の前の騎士たちと戦っているのだ。

どこか敵の弱いところがあればそこに角ありを全頭投入してでもこじ開けて包囲を突破しようと思うのだが、それがなかなかできていない。

当主級という圧倒的な強さを誇る者がいなくなったといっても部隊運用はしっかりしているらしい。

というか、トップにいたはずのペッシがいなくなったというのにこんなに軍として崩れないのかと驚かされる。

「ん？　なんだ？　ウルク軍が乱れ始めた？」

だが、そのウルク軍の動きに違和感を感じた。

どうしたのだろうか。

何が起きているのかわからない。

が、ここがこの危機を脱出する最後のチャンスかも知れない。

「ヴァルキリー、来い！　全軍、包囲を突破する。バイト兄、リオン、後に続け」

「お、おい、大丈夫なのか、アルス」

「わからないけど多分今が逃げ時だ。父さんも遅れずについてきてくれ」

ウルク軍の動きに不自然さを感じた瞬間、決断する。

俺は即座に包囲しているウルク軍に突撃することに決めた。

角ありヴァルキリーに【身体強化】をさせ、ウルク軍に突っ込ませて、その後を騎乗した俺がついていき雷鳴剣で周りの動きを抑える。

だが、その動きがずっと続くわけではない。

厚みのあるウルク軍の包囲にヴァルキリーの足が止められ、だんだんと突破力が失われていく。

今度はこちらの軍が縦に伸びた状態で完全にウルク軍に取り囲まれる状態になった。

これでウルク軍に感じた違和感が俺の気のせいだったのならばジ・エンドだ。

さすがにここから状況をひっくり返すことはできないだろう。

だが、そうはならなかった。

「なぜ貴様がここにいる。陣地に籠もっていろと言っておいただろう」

「か……カルロス様、そっちこそどうしてここに？」

「決まっているだろう。ペッシ・ド・ウルクを倒しに来た。どこにいる？」

「もう倒しましたよ。俺とリオンとバイト兄の三人で」

「なに？　……どうやら嘘をいう余裕もなさそうだな。良かろう。話は後だ。フォンターナ全軍に告ぐ。ペッシ・ド・ウルクはフォンターナの若き騎士たちが討ち取った。残りの残党共を打ち倒せ」

「「「「はっ」」」」

敵の大軍のなかで動きが止まり、もうこれまでかと思った矢先だ。

希望が現れた。

こちらを取り囲んでいるウルク軍を押しのけるようにしてカルロスがやってきたのだ。

もちろん、カルロスが一人でここに来たわけではない。

どうやらアインラッド砦にいた軍を率いての登場らしい。

そのフレッシュな軍とこの場に唯一いる当主としての実力をもつカルロスによって、バルカ・グラハム軍を包囲してひたすら攻撃を続けていたウルク軍は大きな損害を受け、撤退せざるを得なくなった。

こうして、絶望的かと思われたバルカ・グラハム軍に対する逆包囲戦の幕は閉じたのだった。

◇◇◇

「あー、なんとか生き残ったか……」

アインラッド砦まで駆け抜けてきた俺は大きな息を吐きつつ安堵《あんど》の言葉を口にした。

おそらくこれは皆が思っていることだろう。

ペッシ率いるウルク軍の包囲から突破した俺たちは、その後、ペッシ亡きあとのウルク軍との戦闘に突入したフォンターナ軍に後を託してここまで逃げてきたのだ。

誰もがもう死んだと思った状況からの生還。

今だけは安全な場所でグデッと体を横たえていても文句は言われないはずだろう。

「お疲れ様です、アルス様。ご無事で何よりです」

「ああ、お疲れ様、リオン。バルカ・グラハム軍は全部で何人くらい残ったかな？」

「おそらく半数ほどかと……。多くの者が亡くなりました」

「アインラッドに向かってきたときの半数か……。冗談になんねえ損害だな」

「ですが命があっただけ良かったと思いましょう。正直わたしも死を意識しましたから」

「そうだな。それもこれもカルロス様が原因だろ。今日救援に来るならそう言っておいてくれたら籠城を続けていたんだから。ちょっと話をしてくる」

軍の半数が死んで、残り全員がケガしている状態とか悪夢だ。

ペッシを倒せたから良かったものの、これはきつい。

さすがにこの問題を放置はできないだろう。

そう思った俺はウルク軍に追撃をかけてからアインラッド砦へと戻ってきたカルロスと話をするために、カルロスがいる陣へと向かったのだった。

◇◇◇

「この度の戦、大儀であった。フォンターナの危機によく戦ってくれたな」

俺たちがアインラッド砦に駆け込んでから数日後のことだ。

砦内の一室で、俺はカルロスと対面していた。

「ありがとうございます、カルロス様。しかし、どうしてもお尋ねしたいことがあり参上しました」

「例の指示のことだな。陣地で耐えていろというものについてでいいか？」

「そのとおりです。なぜあのような指示を出したのですか？　本当はすぐに救援に来ることができ、実際に来られました。それならばあのような指示を出さずにいてくれたほうがこちらとしては被害が少なく済んだはずです」

このアインラッド砦にたどり着いたときには安堵の気持ちが大きかった。

だが、だからといってカルロスの取った行動を気にしないわけにはいかない。

ねぎらいの言葉をかけてきたカルロスに対して礼は言いつつも、俺は詰問するように問い詰める。

「どうしても必要なことだった。貴様らには負担をかけたがやらねばならなかった。許せ」

「必要なこと？」

「そうだ。貴様は考えはしなかったか？　どうして、今回の危機が訪れたかについてを」

「今回の危機というのは、ウルク家とアーバレスト家から挟撃されたことですか？　自分で言うのもあれですが、私がフォンターナ領で混乱を引き起こしたからではないですか？」

「それは違う。貴様の行動は確かにいろいろと問題がある。が、それはきっかけの一つにすぎない。実際は別のところにある」

ん？

どういうことだろうか。

今回の件は、俺が隣のガーネス家との水利関係で揉めたことをきっかけに起こったのだと思っていたのだが、違うのだろうか。

「別のところですか？」

「ああ、フォンターナの内部に裏切り者がいた」

「え、裏切り者ですか？」

「そうだ。我がフォンターナ領内の一部の連中が今回の件を画策していたのだ。ウルクとアーバレストの両者に連絡を取り、同じ時期に攻撃させる。そして、それを計画した者としてどちらからも報酬を得ようと考えていたのだろう」

「ああ、そういえばリオンも言っていましたね。東西から挟撃する時を合わせるのがうますぎる、と」

「そのとおりだ。その首謀者をあぶり出すために一芝居打ったのだ。あと五日は様子を見るとみなの前で発言した。その情報をウルク軍に伝える者がいないかどうかを調べていたのだ」

「なるほど。っていうか、それならば別にこちらに偽《にせ》の指示を伝えなくても良かったのではないですか？　裏切り行為のあぶり出しには関係ないでしょう」

「それは違うな。やるならば完全にやりきらねばならない。ま、実際に貴様らに命令を伝えるほうが裏切り者を騙《だま》しやすかったということだ。もっとも昨日の今日で貴様らが打って出るとは思いもしなかったがな」

「酷いとばっちりなんですが……。結局その裏切り者は見つかったのですか？」

「ああ、ウルクに知らせようと砦を出ようとした者がいたので、それを捕らえて吐かせた。思ったよりもあっさり見つかった。情報を引き出して裏切り者を牢に繋《つな》いだあとに出陣したのだ。だが、まさか貴様たちがペッシをすでに倒しているとは夢にも思わなかったぞ」

まじかよ。

それなら後一日だけでも我慢して耐えていれば犠牲を増やさずに終わったのか。

まあ、そんなことを言っても結果論でしかないが。

気持ち的には納得できない部分もあるが、一応理由があっただけまだマシだと思おう。

それに自陣営に裏切り者がいると考えていたら、俺もカルロスと同じ立場であればアインラッド砦を出ようとは思わなかったかもしれないし。

「それにしても貴様が当主級を二人も倒すとはな……。正直驚いたぞ、アルス。そうだ、褒美は何がいい？」

「褒美ですか？」

「ああ、今回の戦いで武功を上げた貴様たちに褒美を与えるのは当たり前だが、当主級を倒したとなると何をやるべきかが難しい。全員の前で恩賞《おんしょう》を与える必要があるが貴様は何を望む？」

「……そうですね、では、事後報告になるのですが我が兄バイトの家をたてる許可を頂きたいです。バルト家として新しい家をたて、その下に配下の騎士を置く許可を出してはもらえないでしょうか？」

「事後報告、だと？」

「はい。実は今回アインラッド砦に救援に向かう前に戦力不足を補うために教会にて名付けを行ったのです。報告が遅れたことを申し訳なく思います。そのうえで兄バイトによるバルト家とその家名を使っての名付けを正式に許可していただきたいと思います」

「……他に報告していないことはあるのか？」

「実は兄とともにリオンも配下を増やすべく教会にて名付けを行いました。リオンから報告がいっているかもしれませんが、私からもご報告申し上げておきます」

「バイトとリオンか。それは本当に教会でしたのだろうな？」

「はい。パウロ司教に確認していただければと思います」

「よかろう。だが、それだけでは当主級二人を討ち取った恩賞としては足りんな。他にはなにかあるか？」

「ほかに、ですか……。それなら金銭を頂きたいのですが……」

「金だと？」

「はい。実はバルカ騎士領は今少しばかり資金繰りに不安がありまして……。恩賞がいただけるのであれば現金で支払っていただけると非常にありがたいのですが」

「それは領地ではだめなのか？　領地があれば安定して収入が得られるだろう？　今回の働きであればそれなりの規模の領地を手に入れることもできるのだぞ？」

「いえ、領地は結構です。ああ、そうだ。もう一つ、こちらが手に入れた雷鳴剣や九尾剣については所有権を認めてもらえると嬉《うれ》しいです」

「わかった。考えておこう。恩賞についてはほかの者との調整もあるからすぐには答えられんしな。後で正式に発表する。下がっていいぞ」

「はい。失礼します」

大丈夫かな。

早めに口裏を合わせておいたほうがいいかもしれない。

リオンやバイト兄はもちろんだが、フォンターナの街にいるパウロ司教にも鳥の使役獣を使って事情を説明しておこう。

まあ、何にしてもこれで終わりだろう。

東西から攻めてきたウルク軍とアーバレスト軍は両方とも軍のトップが死亡したのだ。

軍そのものも大きな被害を受けている。

すぐに立て直して攻めてくるということはないと思う。

こうして、第二次バルカの動乱から始まった東西二方面戦争は終結したのだった。

◇◇◇

「おい、アルス。なんだよ、あの論功行賞《ろんこうこうしょう》は？」

「どうしたんだよ、バイト兄？　なんで怒ってんだよ？」

東のウルク家と西のアーバレスト家の戦い。

それが終わり、ひと通り後始末がついたときだった。

カルロスが今回の戦の論功行賞を行ったのだが、その内容についてバイト兄が俺に詰め寄ってきた。

なにやら怒り心頭といった感じだ。

「お前はなんで冷静なんだよ。もっと怒れよ。今回の戦での一番の武功がお前じゃないのはおかしいだろ？」

「武功第一はリオンってのは別におかしくないだろ？」

「お前はアーバレストの当主とウルクの次期当主を倒したんだぜ？　アルスが一番じゃないのはおかしくないのか？」

「いや、アーバレストと戦ったときは各騎士の連合軍をまとめて指揮をとっていたのはリオンだったからな。アーバレスト軍に勝った一番の要因はリオンの作戦立案とその遂行能力の高さだよ。ペッシを倒したのは俺たち三人でやったって言ったたし、戦全体を見て総合的に判断してリオンの武功が一番だってのはそうおかしくないと思うよ」

「ちっ。相変わらず欲がねえな、アルスは。領地の加増も断ったんだろ？」

「その分きっちりとお金をもらってあるからいいんだよ」

論功行賞で一番武功があったとされたのはリオンで、俺は二番手だ。

どうやらバイト兄はそれが少し気に食わなかったらしい。

だが、リオンの働きは大きい。

というか実質的に軍の指揮官として兵を動かし、勝利までの道筋をつける能力があったのはリオンだけだ。

バルカ軍は基本的に目の前の敵に突っ込んでいくのはできるが、戦場全体の動きを把握し、相手の裏をかくように自軍を有利に働かせるような戦いは難しい。

もう少しそういうこともできるようにならなければいけないだろう。

まあ、そのへんのことは今はいい。

問題はこれからのことについてだ。

俺は武功の二番手として事前にカルロスと話していたとおり、主にお金を恩賞としてもらうことに成功した。

普通ならば領地をもらうケースが多いのかもしれない。

特に今回はアーバレスト領で奪った領地がフォンターナにはあるため、加増できなくもなかった。

が、バルカが今まで以上に大きくなるのはいろいろと問題もある。

隣の騎士領の騎士をぶっ殺して領地を占領したという記憶はみんなの頭にしっかりと刻み込まれているのだ。

大金と引き換えに領地を得ない、というのはバルカには領土的野心はありませんよと改めてアピールすることにもつながる。

そして、俺はこの大金から教会に名付けの儀式のための金を支払った。

というか、主にパウロ司教に対してだ。

さすがに名付けの儀式を再び勝手に使うというのはパウロ司教にとっても許しがたいことだろう。

なので、俺は戦が終わったあとに名付けをして増やした、かつウルクの逆包囲戦を生き残ったバルト姓の者を全員引き連れてフォンターナの街の教会に訪れたのだ。

魔法を使える人間数百人で押し掛けてから、密室でパウロ司教にお金をわたして謝罪する。

その念を入れた詫びの入れように感動したパウロ司教は「今回限りですよ」と許してくれたのだ。

これで一件落着だ。

とは、ならなかった。

それは論功行賞が終わったあとにカルロスが言った一言が原因だった。

◇◇◇

「全員聞け。今回はみなよくやってくれた。すべての騎士が全力を出し働いたおかげでフォンターナ領の危機は去った。だが、今回のことでわかったことがある。それは周囲の動きがこちらの予想を上回るほど早く、かつ不安定だということだ。そこで、これからは我がフォンターナ領では次のことを各騎士に徹底してもらう」

騎士に対して武功に応じた恩賞を与え終わったカルロスが最後に発表した内容。

それはこれまでの領地の運営を大きく変えることになる内容だった。

その内容というのはフォンターナの街の拡張だった。

現在あるフォンターナの街は壁で囲まれた城塞都市だ。

その壁をさらに拡張する。

そして、そこに家を建てて住まなければならないという。

誰が住むのかというと、フォンターナの騎士とその家族だ。

家族というのは具体的に言うと妻子が主な対象だろう。

そして、これは領地持ちの騎士も例外ではないらしい。

今までは自分の領地を与えられた騎士はその領地に館を建ててそこを本拠地としていた。

当然、その館に家族が住んでいる。

フォンターナの街に領地持ちの騎士の館がないわけではなかったが、それは冬に訪れるときのための、いわば別邸のようなものだった。

どうやらカルロスはフォンターナ領の改革に踏み切ったようだ。

それまでのレイモンドの色が強かったフォンターナの勢力図が変わり始めてきたからだろう。

いわゆる中央集権化に近いものかもしれない。

今までのように各騎士が自分の領地でふんぞり返っているのではなく、常に当主のもとに待機しておく体制。

有事のことがあれば、カルロスの一声ですぐに騎士が動けるようにもなる。

が、まあ、最大の原因はバルカだろう。

さすがに当主級を複数倒したという実績があり、機動力のある戦力を持ちつつ、何をするかわからない存在。

いくらなんでもこれを今までどおり放置しておくということはできなくなったのだろう。

フォンターナの街に俺の家族を住まわせておけば、いざというときの抑制にもなる。

以前話していたヘクター兄さんの件を取りやめて、俺自身がフォンターナの街に住まなければならないというのも大きい。

それにフォンターナ領内に裏切り者がいたのも関係するのかもしれない。

勝手に他の領地と内通する者が出ないようにという思いがあると思う。

こうして俺はいよいよバルカニアから住所を移すことになったのだった。

閑話　夢見る若者

「なあ、一緒にバルカに行ってみないか、エルビス？」

フォンターナ領内にあるしがない農村でなんとか収穫した麦のほとんどを騎士様への税として納めたときだ。

わずかばかりしか残らなかった麦を見ながら、友人がそう言った。

なんだ、こいつも同じことを考えていたのか。

最近、どこの村でも話題になっているところがある。

嘘のような話だが、農民から一代で領地持ちの騎士へと成り上がったところがある。

ものすごく強い人だという話だ。

戦えば連戦連勝。

なんでもひとりでウルクの騎兵隊を殲滅したとかって話らしい。

だが、俺たちにとって一番重要なのはそんなことではなかった。

バルカに行けば食べ物に困らないらしいのだ。

いつ餓死するかわからない今の生活は正直限界を感じている。

それならばいっそバルカに行ってみようか。

普通は農民から騎士になるのは難しいのだが、バルカの当主様自身が農民出身だからか、他にも多くの農民たちが騎士へと取り立てられているらしい。

騎士になりたい。

食べ物に困らず、好きな女と結婚して子どもを作りたい。

よし、バルカに行こう。

向こうで働き口を探して身を立てよう。

そして、あいつをバルカに呼び寄せて結婚しよう。

小さいときからの腐れ縁のあの口うるさい女は俺以外にもらい手なんていないだろう。

「よし、行くか。バルカに行って俺も騎士になるぜ」

そうして、俺は生まれ住んだ村を出てバルカへと向かった。

同じフォンターナ領にあるバルカ騎士領だが歩いて移動する俺たちにとっては結構な距離になる。

何日もかけて歩き続け、足が棒になっても前に進み続けてようやく目的地が見えてきた。

だが、そこで少し問題が発生した。

バルカ騎士領に入る手前で検問にあったのだ。

◇◇◇

「え、バルカに住むには軍に入る必要がある？　それが決まりなんですか？」

「そうだ。最近はバルカニアに来る食い詰め者たちが多くてな。バルカに住むには少なくとも数年は軍に入って訓練を受ける必要がある。軍役が終わったら正式にバルカへの居住が認められるってわけだ」

「……そうなんですか。質問なんですけど、軍に入って活躍すれば騎士になれるって聞いたんですけど本当ですか？」

「ああ、お前もか。ここに来るやつらはみんなそう言うんだ。けど、そんなに簡単に騎士になれるもんじゃないさ。ただまあ、確かに活躍すれば騎士に取り立ててもらえる可能性はあると思うぞ」

「わかりました。バルカ軍に入ります」

「ん、じゃあ、自分の名前は書けるか？　ここに署名して向こうの列に並べ。まあ、軍に入れば食べ物が出るからな。訓練している間は餓死することはないさ。頑張んな」

「はい！　ありがとうございます！」

村から歩いてバルカへとやってきたが、途中からバルカが作った道というのがあってそこを通ってきたのだ。

俺たちの生まれた村の周りだと歩きにくいけど、この道路とかいうやつはすごく歩きやすい。

しかも、バルカに近づいてくるほどに人通りが多くなる。

それだけじゃない。

大きな使役獣が荷車を運んでいるのも珍しくないのだ。

いったいどれほどの人が行き交っているのだろうか。

そんなふうに体は疲れ切っているものの、バルカに近づいてくるほどに目新しいものが多くなり、辺りをキョロキョロしながら歩き続けると城があった。

最初はそれがバルカのお城かと思ったが、どうも違うようだ。

バルカの当主様が最初に作った戦闘用の城で、川に守られているが当主様はここにいないらしい。

ここから更に進んだバルカニアにはもっとすごいお城があるのだという。

だが、ここで足止めを食らった。

多くの人が列をなしているのだ。

その列に並んでようやく自分の順番が来たと思ったらお城の兵士に言われたのだ。

バルカに住みたいのであれば軍に入らなければならないということを。

嫌ならバルカへの居住権は与えられない。

いや、実際はお金持ちだったり、頭が良かったりするとそうじゃないらしい。

バルカの騎士様に認められるなにかを持っていれば住むことが許されるらしいのだ。

だけど、俺は何の特技もないしがない農民だ。

それも今では生まれた土地を離れているから農民とも言えないかもしれない。

そんな俺や一緒に来た友人には選択肢はなかった。

こうして、俺はバルカへの居住をかけてバルカ軍へと入ったのだった。

◆◆◆

「いいか。このバルカ軍でなにより重んじられるのは軍規を守ることだ。軍規を守れなかったやつは今お前たちが見たようになる。いいか？　例外はない。軍規を守れなければ厳罰に処す。それをしっかりと覚えておけ」

バルカ軍に入った。

とんでもないところに来てしまったと思う。

俺は今まで軍というものに参加したことはない。

だけど、親父や周りの人から話を聞いていた。

だが、その話とこのバルカ軍は全然違っていた。

恐ろしいほどに軍規に厳しいのだ。

自分の上の指揮官に従わなければならない。

それは俺だってわかる。

だけど、遅刻しただけで殺されるのか……。

一緒にバルカに来た友人が死んでしまった。

集合の合図が出たあとになってから、腹が痛くなったから野グソをしてくると行って走っていっただけだ。

といっても、それはあいつのいつもの悪い癖だった。

よく腹が痛いと言って仕事を休もうとして親に怒られていた。

多分、今回もその言い訳を使って訓練を少しさぼろうとしたのではないかと思う。

だが、別に集合場所に来なかったわけじゃない。

全員が集まってから陽の光の傾きが変わるくらいしてからようやく集合場所に来た。

いつものように、「いやー、大きいのがなかなか出なくって」なんて笑いながらやってきたのだ。

だけど、軍規に違反したとして処刑されてしまった。

ちょっと自主的に休んでいただけじゃないか。

それなのに、こんなに厳しいものなのかと頭を抱えてしまう。

今すぐこんなところを逃げ出したい。

だけど、そんな勇気はない。

許可なくバルカ軍から出ていこうとしたら逃亡とみなされる。
軍からの逃亡は軍規違反だ。
バレれば俺も殺される。
なんてこった。
なんで俺はこんなところに来てしまったんだ。
後悔してもしきれない。
俺はその日、泣きながら夜を過ごすことになってしまった。

◆◆◆

バルカ軍に入って月の満ち欠けが数巡した。
ようやく今の暮らしに少し慣れてきたように思う。
俺も今じゃちょっとしたもんだ。
新しく入ってきたやつの面倒すらみてたりするんだからな。
俺はバルカ軍の訓練兵の中でもそれなりに顔が利くようになってきた。
俺と同時期に軍に入ったやつらの数が結構減ったからだ。
このバルカ軍は本当に軍規が厳しい。
しかも、かなり細かい軍規が定められている。
それらに少しでも抵触すれば厳罰が下るのだ。

軽い罰であっても複数回該当すると処分される。

最初はありえないと思った。

こんな厳しくするなんてバルカの当主様は移住してきた連中を全員殺してしまうために無理やり軍に入れているのではないかと思ったくらいだ。

だが、今だと少し違うというのがわかってきた。

ここまでしないと多分まとまりがなくなるんだと思う。

よそから来た常識も違う連中が一箇所に集まることになるのだ。

厳しい軍規で取り締まらないと収拾がつかないのだろう。

それに軍規は細かいが不条理なものはない。

基本的には上の言うことを聞く、許可なく人に力を振るわないという当たり前のことが記されている。

慣れてしまえば軍規を違反せずに過ごすことそのものは難しくはない。

ただただ破ったときの罰が厳しいだけだった。

まあ、それも俺にとっては利点もあった。

というのも、軍規は上官にも適用されたのだ。

俺と一緒に来た友人を処断した軍規を守れと言っていた人も軍規違反で処分されたのだ。

上官は怖い人が多いが、だとしても軍規を破れば死ぬ。

だからなのか、意外と軍規のある生活に慣れてしまえばこのバルカ軍は生活しやすかった。

しっかりと決まりを守って訓練していれば食べ物にも困らないのだ。

このままあと数年もすれば居住権が得られる。

それまでしっかりと真面目に生活していればいい。

俺はそう思っていた。

◆◆◆

戦が始まった。

バルカ騎士領の隣の領地と揉めたらしい。

詳しいことは知らないが、ガーネス家の騎士がバルカ家当主のアルス様を侮辱《ぶじょく》したらしい。

すぐさまアルス様から号令が発せられた。

「バルカ軍、出るぞ」

アルス様が一言そう発せられた。

即座にバルカ軍は戦支度を整えて出陣した。

俺たち訓練兵は誰一人遅れることはなかった。

アルス様がヴァルキリーという非常に美しい毛並みの使役獣に乗って走り始めるあとを全力で追う。

そこからは電光石火の勢いだった。

ガーネス家の騎士の館にアルス様とバイト様が突撃し即座に防御を突破した。

俺たちバルカ軍もそれに続いて館を占領し、ガーネス騎士領の村を押さえた。

そして、そのままさらに向かってきた騎士の軍も打ち破った。
そこで俺たちバルカ軍の兵は自分たちが強いことを知った。
向こうの騎士の軍は軍とは名ばかりだったのだ。
てんで無秩序でまともに並ぶことすらできないくらいだ。
上官の指揮のもとで一致団結して動くバルカ軍の敵ではなかった。
しかも、向こうはちょっと旗色が悪くなるとすぐに農民兵が逃げて散っていった。
それをみてありえないと思ってしまった。
俺たちバルカ軍なら絶対に逃げない。
逃げたことがわかればどうせ死ぬのだ。
だったら死ぬまで戦う。
しっかりと戦えば無駄死にはならないしな。
戦で死ねば軍に入る時に書かされた故郷の家族に大金が送られる手はずになっている。
死ぬのは怖いが、こうなった以上死ぬまで戦う。
俺以外のバルカ軍の兵もみんな同じ考えだった。

◆◆◆

「アーバレスト家当主を討ち取ったぞ！」

耳をつんざく雷鳴の音。

さすがの俺もその音を聞いて恐怖した。

だが、その恐怖もすぐになくなった。

雷鳴の原因だった、アーバレスト家当主が討ち取られたからだ。

討ち取ったのはもちろん俺たちバルカ軍の頂点に位置するアルス様だった。

新たに川と川の間に作った城で籠城している間もアルス様の話題で持ちきりだった。

次々とアーバレスト領の騎士の館を落としていると情報が入ってきていたのだ。

しかし、その嬉しいはずの情報もこの川の中の城がアーバレスト本軍に攻められてからは喜んでばかりもいられなかった。

必死の抵抗をしながらただ耐える。

そして、ついにその戦いに終止符が打たれたのだ。

アーバレスト領を西進していたアルス様が引き返してきて、あっという間に孤立した当主を含む本陣を壊滅させてしまった。

まさか、俺達が貴族家当主を含む軍を相手に勝つとは正直思いもしていなかった。

昔から親父たちに口を酸《す》っぱくして言われていたのだ。

騎士は人ではない、人外の存在だ。

そして、貴族の当主様ともなれば神にも近い存在だと。

まともに戦って勝てるなんて夢にも思わない。

だが、アルス様は勝ってしまった。

そして、その勝利に俺たちが貢献したのだ。

まさか、こんな勝ち戦に自分が関われるとは考えもしなかった。

俺は生き残った同期の兵と一緒に肩を組んで喜びあったのだった。

◆◆◆

「いいか、お前ら。俺のために死ね。俺はこれからウルク家次期当主のペッシ・ド・ウルクを討つためにこの陣地を捨てて攻撃を仕掛ける。俺とリオン、バイト兄が戦っている間、ウルクの騎士を死んでも食い止めろ。いいな？」

「「「おう！」」」

なんてこった。

アーバレスト軍に勝ったと思ったら、息をつく暇《ひま》もなく東に移動してウルク軍と戦うことになった。

そのウルク軍との初戦もこちらの圧勝だった。

奇襲を仕掛けて罠にはめる。

それだけでウルク軍の多くの騎士と兵を倒したのだ。

だが、そこからが大変だった。

陣地を作っていたらウルク軍から次期当主の軍がやってきたのだ。

陣地に籠もって防戦していたが、一日ごとに多くの人が死んでいく。

さすがにもうこれまでかと思った。

だけど、そこで奇跡が起きた。
俺が騎士になったのだ。
何を言っているのか自分でもわからない。
本当に俺が騎士になったのか自分でもよくわかっていないからだ。
だけど、俺はバイト様から名付けを受けて魔法を授けられた。
名付けの儀式はアルス様自らが執り行ってくれた。
ああ、アルス様に初めてここまで近づいたな。
俺よりもまだ子どもだ。
だけど、子どもではなかった。
俺と目があったがその目にやられてしまった。
あのバイト様でも敵《かな》わないというのは本当なのだろう。
俺なんかとは生きている次元が違う。
そう思ってしまった。

そのアルス様がみんなを前にして言う。
俺のために死ね、と。
そうすればペッシ・ド・ウルクを倒す、と。
心が震えた。

アルス様ならやる。
たとえ相手が誰であろうと間違いなく勝つ。
俺は、俺達はアルス様の言うことを聞いていれば絶対に勝てる。
そう思った。
死ぬのは怖くない。
やってやる。
憧れの騎士にもなれた。
もはや俺は自分の人生に後悔はない。
死んだ友人にあの世で言ってやろう。
俺は騎士になってやったぞ、って。

◆◆◆

勝った。
俺たちは勝った。
あの絶体絶命の状況からウルク軍に勝ったのだ。
アルス様は本当にペッシ・ド・ウルクを倒した。
有言実行だ。
相手と向き合い、あっという間に倒してしまった。

それだけじゃない。
その後、復讐に燃えたウルク軍に囲まれながら一歩も引かなかったのだ。
アルス様とバイト様、それにリオン様が前に立ち多くのウルクの騎士を倒していく。
すごかった。
朝からずっと戦い続けて一歩も引くことがなかったのだ。
カルロス様が救援にやってくるまでずっとだ。
「お疲れさん、エルビス」
そのアルス様が俺に声をかけてくれた。
お疲れ、と。
一番疲れているはずのアルス様が、この俺に。
というか、俺の名前を覚えていてくれたのか。
泣きそうだった。
いや、泣いた。
俺だけじゃない。
みんな泣いていた。
戦いが終わったバルカ軍はみんな泣きながら笑っていた。
この軍に残ろう。
ウルク軍との戦いが終わったあと、俺は思った。

バイト様のもとで、アルス様を助けるために、俺は戦おうと思う。

多分、そう考えているのは俺だけじゃないはずだ。

この場にいたやつはみんなそう思っているだろう。

こうして、俺はこのとき本当にバルカの一員になれたのだった。

第二章　新商品

「あれ、何をしているの、アルス兄さん？　バルカニアからフォンターナの街へ引っ越ししないといけないんじゃないの？」

ウルク家とアーバレスト家との戦いが終わり、俺はバルカニアへと帰ってきた。

自分の城であるバルカ城の執務室でちょっとした用事をしている。

そんなとき、執務室に入ってきたカイルが話しかけてきた。

「ああ、カイルか。いや、フォンターナの街への引っ越しはするよ。けど、今はまだ何の建物も建ってないからな。それができてからの話さ」

「向こうにいなくていいの？　新しく住む建物を建てないといけないんでしょ？」

「ああ、別に今回は俺が出向いて直接建物を作る必要はないしな。他の連中に任せてるよ」

「そっか。まあ、急に引っ越すのは難しいよね。領地の仕事の引き継ぎとかもあるし」

「ま、うちはカイルがいるからそのへんのことは割と楽だけどな。俺が戦でいない間もなんとかしてくれてる実績があるから、安心して任せられるし」

「ボクにそこまで期待されても困るんだけど。グラハム家の人達もいなくなったから人手不足なんだよ？」

「頼りにしてるよ、カイル。ヘクター兄さんもエイラ姉さんと離れずにすんで喜んでたし、兄さんと一緒に協力してバルカニアを運営してくれよ」

「うん、わかったよ、アルス兄さん。……で、さっきから何をしてるの？　ずっと紙に文字を書き続けているみたいだけど、本でも作るつもり？」

「ああ、これか。いや、自分の本ってわけじゃないんだけどな。【記憶保存】で覚えた内容を書き写しておこうと思って」

今後はフォンターナの街に住む必要があるとはいえ、それなりに準備がかかる。

カルロスも領地にいる騎士たちにすぐさま移り住めというほど鬼ではなかったようで、多少の猶予期間が設けられていた。

そこで、俺はすぐにはフォンターナの街には向かわずに執務室でひたすら文字を書き連ねていたのだ。

何を書いているかというと本を丸写ししているのだ。

といっても、手元に別の本があり、それを筆写しているというわけではない。

【記憶保存】という魔法を使って覚えた本の内容を紙へと書き起こしていた。

なぜそんなことをするのか。

それは俺が【記憶保存】した本がすでにこの世に無くなってしまっているからだ。

俺は西のアーバレスト家との戦いで、アーバレスト領を西進してアーバレストの騎士の館を次々と落としていった。

バイト兄を先頭に騎兵で突撃し、見つけた騎士の館を手当たり次第に攻略していたのだ。

そして、その落とした騎士の館で食料を補充したあと、館へと火を放った。

これはなるべくアーバレスト領に被害を出すことで、もしかしたらフォンターナ領へと向かって軍を進めていたアーバレスト家の軍勢の目を引き付けられないかと考えたからだ。

が、騎士の館へと火を放つというのはやはりもったいないという思いもある。

領地を任される騎士というのはどこもそれなりに歴史があり、さまざまな貴重な品を持っていることが多いからだ。

そのなかには当然本もあった。

貴重な物品なら多少は持ち出せるかもしれない。

武器などであれば自分たちでも使えるからだ。

だが、本は持ち出せなかった。

敵地であり、作戦進行中の余裕のないなかでかさばる羊皮紙《ようひし》の本を持ち運ぶことなどできなかった。

が、本を焼くというのはなんというかものすごくもったいなかった。

もしかしたら、この中には歴史的にも学術的にも重要なものがあるかもしれない。

というわけで、仕方なく自分の頭の中に保存することにしたのだ。

目にしたものを一瞬で完全に記憶することができる【記憶保存】という魔法を使って。

だが、この行動には大きな欠点があった。

記憶した本の内容を再び現世へとよみがえらせるためには自分の手で書き起こさねばならなかったのだ。

ぶっちゃけて言うと、恐ろしくめんどくさい。

この世界の貴族的な修飾的表現方法盛りだくさんの文章なども多く、難しい文学表現の文章を間違いのないように書かねばならないのだ。

しかも、紙とインクを使っているので、パソコンなどのように誤字脱字をすぐに修正することも難しいときた。

正直、最初のほうですでに心が折れかけていた。

「ってわけで、俺はしばらくの間、文章の書き出しに時間を取られるかもしれない。緊急事態があったときは声をかけてくれないか、カイル」

「それはいいんだけどさ。一つ質問してもいいかな、アルス兄さん？」

「ん、なんだ？」

「前から気になっていたんだけど、なんで植物紙にインクを使って文字を書いているの？　なにか理由があるの？」

「は？　どういう意味だ？　インクじゃなくて別のもので書けってことか？　もしかして鉛筆とか

他の筆記用具を作れとかいう話か？」

「うーん、そうじゃなくてさ。別にインクなんかなくても文字は書けるでしょ？」

「……お兄ちゃんにはカイルが何を言いたいのかわからないんだけど。つまり、どういうことだよ？」

「だからさ、こうやって紙に魔力を通せば文字が書けるよね？　筆記用具なんかなくてもいいんじゃないの？」

え？

なにそれ。

カイルが何も持たない手で一枚の紙を手にして、その紙に魔力を通した。

するとその紙には文字が書き込まれていたのだ。

なんのマジックだよ。

慌ててその紙をカイルから受け取って紙を見つめる。

……インクとは違うようで、どちらかというと紙を焼き付けて印字しているような文字のようにも見える。

カイルの魔力に反応したのか？

もしかして、この紙を作るときに魔力回復薬を使っているのが関係していたりするのだろうか。

「なんでそんなことができるの、カイルくん？」

「なんでって言われても、やったらできただけだよ。普通できないの？」

「俺の中では紙に文字を書くのはインクが必要だという認識があるからな。魔力を通すことなんて考えもしなかったよ。よく気がついたな、カイルは」

「図書館で筆写している人たちにも言われてたからね。字の書きすぎで腕とか肩とかがしんどいって。だから、手を使わないで字を書ける方法を考えたんだ」

「そうか。だけどこれは楽だな。魔力を通すだけで字が書けるなんて手間が省けるよ」

「うん、そうだよね。呪文化したらみんな喜んでくれたよ」

「……はい？　呪文化って、なんのことだ、カイル？」

「え、だから文字を書く魔法のこと。頭で考えた文章を紙に書き出す魔法。【念写《ねんしゃ》】っていうんだよ」

【念写】。

紙を手にして考えた文章を書き出す魔法。

それをカイルはすでに呪文化させていたらしい。

俺たちが西に東にと移動してドンパチやりあっている間に。

まじかよ。

すごすぎるよ、カイルくん。

俺も真似して次々と紙に魔力を送り込み、【記憶保存】した文章のコピーを書き出していった。

文字に合わせて魔力をコントロールするという技術が必要になるが、今までの手で書くという手間がないぶんだけ恐ろしく作業効率がいい。

というか、カイルが【念写】という魔法を作ったということはリード家の人間は全員これが使えるのか。

　こうして、知らない間にバルカには印刷技術がわりの魔法が誕生していたことに俺は気がついたのだった。

「これはすごいぞ、カイル。画期的な魔法を発明したな」

「ありがとう、アルス兄さん。そこまで喜んでもらえるとは思わなかったよ」

「いやいや、何言ってんだ。カイルの【念写】はそれだけで巨万の富を生む魔法になり得るだろ。しかも、羊皮紙じゃ【念写】は使えなくてバルカで作った植物紙でしかできないんだ。紙の販売もはかどるようになるぞ」

「もしかして、本でも売るの？」

「そうだな。本作りをしよう。うまくいけばそれだけでバルカの財政は安定する」

「うーん、けど本がそこまで売れるのかな？　基本的に本って高級品だし、文字を読めるのも普通は教養のある貴族や騎士だけでしょ？　ある程度売れたら買い手がいなくなるんじゃない？」

「そのへんはリリーナやおっさんとも要相談だな。だけど、需要の掘り起こしは必要かもしれないな。よし、俺に考えがある」

「考え？　どんなことを考えているの、アルス兄さん？」

「教会を利用しよう。教会ではいつも神の教えとかを説法として話しているだろ？　あれは確か本があったはずだ。それを大量生産して売ろう」

「教会に売るってこと？　けど、それも数が頭打ちになるんじゃないのかな？」

「違うよ。あれは俺も子どものころから文字の勉強代わりに読ませてもらっていたけど難しいところがあった。もっと簡単な文章にして文字を覚えていない農民でもわかりやすい本にして一般人にも読めるようにしよう」

「うーん、農民にねえ。けど、普通の人は本を買うお金も持ってないでしょ。本なんて買わなくても教会にいけば話を聞けるんだから買わないんじゃないかな？」

俺のアイデアにカイルが反対意見をぶつけてくる。

そうだろうか。

前世では確か教会の聖書が最も売れた本だとか聞いたことがあるのだけれど。

まあ、ここの教会とは歴史も違うし、歴代で一番売れた本だからといって、現段階で量産しても売れるかどうかはわからないか。

とりあえずはアイデアの一つとして考えておけばいいか。

だが、これでバルカには新たな新商品ができることになる。

いい加減、金欠体質ともおさらばとなってほしい。

そんな期待を胸にいだいて、俺は他の者にもこの考えを話すことにしたのだった。

◇◇◇

「アルス様、見てください。アルス様のために新しく仕立ててみたんです。一度着てくださいませんか？」

「ああ、リリーナ。ちょうど話したいことがあったんだけど、これは服か。どうしたんだ、こんな綺麗《きれい》で高そうな服」

「ふふ、アルス様がお育てになっているヤギの毛を使って服を仕立ててみたんです」

「え、これヤギの毛から作ったの？　毛糸のセーターとは全然違うんだけど……」

「はい。グランに糸繰《いとく》り機を作らせたのです。毛糸のセーターは暖かいですが、こうして薄い生地にして衣服を作るのも悪くはないでしょう？　暖かい時期にちょうどいいと思います」

本についてのアドバイスをリリーナに聞こうと思ったのだが、リリーナのところへとやってきた途端、新しい服を見せつけられた。

しかし、その服はヤギの毛を使ったというのに毛糸のようにはなっておらず、高級な洋服のようなできだったのだ。

そうか、別に毛糸以外にもヤギの毛は利用できたのか。

「すごいな。なめらかな肌触りでありながら、しっかりとした生地にして、俺の体に合わせて作ってるからピッタリ合っていて着ていても違和感がまったくない。これってリリーナが作ったの？」

「はい。といっても私はどのような服を仕立てるかを指示して職人に作らせただけなのですが。実はバルカニアに仕立て屋の職人が移住してきたのですよ」

「職人が？　ってことはもともと技術を持つ者が来てくれたのか」

「はい。カイルくんの魔法のことを聞いてきたようです。リード家として名付けを受けていたのですが、もともと職人という話を聞いたのです。その腕を直接見せてもらったらなかなか悪くないのではないかとクラリスと意見があったので、こうして仕立てを任せるようにしたのです」

なるほど。

どうやらリリーナの裁縫への興味は自分で作ることから、衣服製作のプロデュースのようなものになってきているみたいだ。

多分この服も貴族などの間でも通用するようなものなのだろう。

そんなものを作ろうとすると一着でもかなりの金額がかかることがある。

服というのは貴重なものだが、上質な生地を使って腕のある仕立て屋に作らせるとかなり高額になるのが普通なのだ。

だが、今のバルカであれば上質な生地を自分の領地で生産することができる。

その分だけ製作費を抑えられる。

どうやら、リリーナにはほかにもいろいろと作ってみたい服のデザインなどもあるようだ。

「これならフォンターナの街で他の騎士たちと会っても見劣りしなさそうだな」

「もちろんです。アルス様によく似合うように仕立てました。どこに出ても、誰と会っても不足なしですよ」

「そうか、ありがとう、リリーナ。こんなにいいものを作ってくれて嬉しいよ。これから俺たちはフォンターナの街で住むことになるからタイミングもすごくいい。心機一転して頑張れそうだよ」

「ありがとうございます、アルス様。これからもアルス様に似合うものを仕立てさせますね」

「ああ、けど、リリーナの分もちゃんと作ってね。そうだ、俺もリリーナ用に服を考えようか。後での職人を紹介してくれ」

自分で服を作ることはできないが、衣服のアイデアは出すことができる。

リリーナに着てもらいたい服はいくらでもある。

まあ、それを抜きにしても服の仕立て屋がいるというのはありがたい。

今まで大猪の毛皮を利用したものを着てフォンターナの街などに出向いていたので割と威圧的な感じがあったのだ。

リリーナの作った服であればそんな威圧感とはおさらばして、文化人っぽく見えるだろう。

それに他の騎士たちにも売れるかもしれない。

本に続いて、服もバルカの新しい商品になりえるかもしれない。

さらにいえば、もともと紙作りは戦で夫を失った女性の働き口としても活用していた。

今回の戦では結構な人数が亡くなっている。

衣服の仕立ての技術を教えれば、新しく増えてしまった未亡人たちの仕事を作り出すこともできるだろう。

こうして、俺は新たにバルカニアに仕立て屋の工房と裁縫教室を作ることにしたのだった。

◇◇◇

「ふーむ、この紙は一応二枚重ねても下の文字が透けて見えるな。これなら転写も楽にできるか」

カイルが開発した魔法の【念写】は実に便利な魔法だった。

リード家の人間は【念写】という魔法を唱えてから頭の中に書きたい文章を思い浮かべると、まるでタイプライターで書き上げるように文字が焼き付けられるのだ。

等間隔にきれいに整えられた文字列がまたたく間に紙に綴《つづ》られていく。

正直、羨ましいとすら思ってしまう。

リード家の魔法を俺は使えないからだ。

俺の場合は一文字ごとに魔力をコントロールしないと紙に魔力だけで文字を書くことはできないのだから。

手を動かす手間は省けたもののやはり【念写】の優秀性がすごすぎる。

だが、実はこの【念写】は文字だけには限らなかったのだ。

というのも、文字を書く以外にも【念写】によってインクを使わずに書けるものが見つかったからだ。

というか、書けるではなく描けるか。

なんと【念写】を使うと絵も描くことができたようだ。

頭の中で描きたいものをイメージしていれば紙に写し出すという魔法。

それはつまり、頭でイメージさえできれば何でも紙に表現できるということでもあった。

例えば、家などの建物を見ながらそれをそのまま【念写】するとその家を紙に写し出すことができるのだ。

これは別に建物だけには限らない。

例えば人物であっても可能だ。

ほかにも風景であっても問題なくできる。

つまり、カイルの【念写】という魔法は文字を書き上げるタイプライターでもあり、また、風景を切り取るカメラとしての機能も備えていたのだ。

まさかこんなことができるとは夢にも思わなかった。

カイルには本当に驚かされる。

どうやったらこんな呪文が作れるのだろうか。

「なにを言っているのですか、バルカ様。これは大変重要な問題なのですよ。一大事と言っても過言ではありません」

「あー、まあ、画家くんにとっては死活問題かもしれないよな。これからはリード家の人間であれば誰でも正確な風景なんかも描けるんだから。目を閉じていても精密な絵を描けるっていう画家くんの長所は完全に消えてしまったわけだ」

「な、何を言っているのですか！　そんなことはありません。そこらのド素人が適当な風景を切り取っただけで名画が誕生するわけないではありませんか。いいですか、名画というのはですね、いかにその情景を表現するかを計算して作り出す必要がですね……」

「ああ、残念だけど水は低きに流れるって言うからね。カメラのスナップ写真がプロの技術を凌駕《りょうが》することもあり得るんだよ」

「か、カメラ？　スナップ？　何のことを言っているのですか、バルカ様。そんな訳のわからない言葉でごまかそうとしないでください」

「ごまかしているわけじゃないけどね。まあ、画家くんにとってはこれから大変であるのは確かかもしれないね。というか、画家を名乗るんならいい加減に現実にあるものを正確に描くだけじゃなくて抽象化《ちゅうしょうか》して描く必要もあるんじゃないの？　知らんけど」

「ちゅ、抽象化ですか。実は昔から本物そっくりに描くことはできても、簡略化して描くのは苦手なんです……。どうしたらいいんでしょうか」

「知らないよ。芸術家なんだから自分で模索してもらわないと。さて、できた。成功だな」

「はあ……、カイル様もとんでもない魔法を作ってしまわれたものです。こんなの本当に商売上がったりですよ」

「いや、案外画家くんにとってもいいかもしれないよ。複製が簡単にたくさんできるようになるんだから」

カイルが作った【念写】の魔法が絵にも活用できると気がついたのは人体解剖図を描く仕事を任せていた画家のモッシュだった。

彼は毎日人体の臓器を描く生活に嫌気がさしており、なんとかこの仕事をすぐにでも終わらせることはできないだろうかと考えたのだ。

そこで、何の気なしに筆を手にしながらも紙を手に持ち【念写】と唱えたのだという。

そうしたらそれが成功してしまった。

リアルすぎる人体の臓器が紙へと描写されていたのだ。

だが、このことを解剖担当のミームに言うと喜んで次々と臓器を手渡してきかねない。

が、だからといって画家として隠しておくわけにもいかなかった。

そこでわざわざ俺に言いにきてくれたのだった。

もっとも、俺にそれを伝えたところで問題解決にはなりえないのだが。

画家としての職業を脅かしかねない魔法には画家くんが自分の力で立ち向かっていってもらわないといけないのだから。

そして、俺はこのなんでも描写できる【念写】の特性に改めて目を向けたのだ。

イメージしたものをそのまま描くことができるのであれば、複製も容易なのではないかという点についてである。

そこで考えたのが紙を重ねてコピーするという方法だった。

バルカで作っている紙は二枚重ねて透かすようにすると下の紙に書かれているものが分かる。

その状態で上の紙に【念写】をするとどうなるか。

実験した結果、見事にトレースしたような文字や絵が描写できたのだ。

「でも、わざわざ複製する意味ってあるんですか、バルカ様?」

「ま、使い方しだいだろ。例えば、画家くんが描いた絵を他の土地にいるリード家の者に見せて【念写】させても全く同じものが出来上がる。風景だって同じだ。っていうことは、敵地を偵察させて【念写】させたものをバルカニアやフォンターナの街でたくさん作って配布することもできる。全く同じ情報を間違いなく共有することができるってことになるな」

「はあ、結局バルカ様は戦のことしか考えていないのですね」

「そんなことはないよ、画家くん。俺はこれを商売に役立てようとも思っているのさ」

「商売ですか？　本を売りたいという話はお聞きしましたけど正直それほど売れはしないのではないですか？」

「いや、売れるはずだ。人物像を【念写】したものを売るんだよ」

「人物の絵ですか。ああ、もしかして」

「そうだ。かわいくて綺麗な女性の姿絵を売ろう。アイドルの写真集っていうのは間違いなく売れるだろ。これなら文字が読めない連中でも喜んで買うに違いない」

なんなら多少のエロ要素を入れてもいい。

新しいものの普及にはエロの力というのはバカにできないはずだ。

こうして、俺は女性をモデルとして複数の姿絵を【念写】させたものを販売し始めたのだった。

◇◇◇

「ふ、不潔です、アルス様。なぜこのようなものを……」

「い、いや、違うんだよ、リリーナ。これは新しいバルカの商品開発のために作ったものであってだな。決してやましい気持ちをもとにして作ったわけではないんだ」

画家くんとの話であったちょっとエッチな写真集。

それを実際に作って販売し始めてしばらくしてからのことだった。

バルカ城にある俺とリリーナの寝室に置いていたその写真集が、こともあろうにリリーナに見つかってしまったのだ。

それを見て、リリーナは真っ赤な顔をしながらも俺に詰問してきた。

「嘘を言わないでください。こんな……、女性が肌をさらけ出したいやらしい絵を描いた紙をたくさん持っていて、そんな嘘が通用すると思うのですか？」

「違うんだって。本当に俺は自分の欲望のためにそんなものを作らせたわけじゃないんだよ。ただ単純に売れるものを作ろうと思ってしただけなんだ。それもこれも画家のモッシュがやろうって言い出しただけで、俺は最初は反対したんだから」

「……本当ですか？」

「本当だよ、リリーナ。全部画家くんが悪いんだ。後で注意しておくよ」

「わかりました。今回はアルス様の言うことを信じることにします。けれど、いい機会です。アルス様には言っておきたいことがございます」

「なに？　なんでも聞くよ、リリーナ」

「……リリーナはお子がほしいです」

「……え、なんだって？」

「ちゃんと聞いてください、アルス様。リリーナは子どもを授かりたいと言ったのです」

「お、おう。けど、俺もまだ子どもみたいなもんだしな。そんなに急がなくてもいいんじゃないか？」

唐突にリリーナがとんでもない発言をし始めた。

まさか、写真集を発見されるというトラブルがこんなことにつながるとは。

さっきまで怒っていたのとは一転して、ちょっと恥ずかしそうに体をモジモジしながらそう言ってくるリリーナ。

寝室で、新しく俺がデザインして作ったネグリジェのような服を身にまとったリリーナの姿はあまりにも眩《まぶ》しいものだった。

「何を言っているのですか、アルス様。アルス様はバルカ騎士領の当主なのですよ。それも独自の魔法を持っているお方なのです。後継者となるお子は早く授かるに越したことはありません」

「そ、そうは言うけど。けど、そういえばカルロス様も子どもが生まれたって言っていたな。確かに戦ばっかりしているのに後継者がいないと不安が大きいとは思うけど」

「そのとおりです、アルス様。これも騎士としての務めです。それに私も適齢期ですし……」

「リリーナは今年十七歳でしょ？　ちょっと早くない？」

「いいえ。早い方はもう少し若いときから子どもを産むので、私くらいの年齢で二人いることもありますよ」

「まじか……。皆お盛んなんだね」

「と、いうわけでアルス様、女性の絵にうつつを抜かすようなことなどあってはなりません。もっと私のことを見てくださいね」

「ああ、別にリリーナのことを見ていないわけではないからね。本当にこの絵は商売のネタとしてだけだから。よし、わかった。それならこれからは遠慮なくリリーナに相手をしてもらおうかな」

「はい。お待ちしていますね、アルス様」

うーむ。

十一歳のお子様である俺が子どもをつくることになるとは。

まあ、後継者のことを言われると反論もできないか。

ちなみにカルロスは戦でアインラッドに行っている間に子どもが産まれていたらしい。

男の子だったようで、カルロスもかなり喜んでいた。

今度パーティーが催されるらしい。

ついでにいうと俺の兄であるヘクター兄さんにも子どもができた。

エイラ姉さんが妊娠したようなのだ。

今はまだ動けているが、今後のことを考えてバルカニアの遊戯エリアについては今のうちから人に指示を出して引き継ぎをしているらしい。

しかし、エイラ姉さんは出産したら現場復帰するつもりのようだ。

本人がやる気のようなので止めはしないが、もしそれがうまくいくようならば画期的なことだろう。

女性が働いて、子どもを産んだあとも仕事に復帰する。

ほかにも希望する女性がいるようならば遊戯エリアに託児所でも作ってみるのもいいかもしれない。

しかし、後継者か。

今まであまり意識したことがなかったが、これは正直すごく大きな問題だ。

というのも、俺が独自の魔法を持っているのが理由だ。

俺の魔法は現在のバルカの快進撃の原動力になっている。

そのことを疑う者は誰もいないだろう。

が、逆に言うと、俺のオリジナル魔法がなければバルカには全く価値がなくなるということをも意味する。

つまり、バルカという勢力は究極的なワンマン体質なのだ。

もし、仮にだ。

今ここで俺が死ねば、当然のことながら俺が持つ魔法はこの世界から存在しなくなることになる。

すると、俺が名付けて魔法を授けた連中も俺の死と同時に魔法を使えなくなってしまうのだ。

それを防ぐためには後継者が必要になる。

俺の魔法を継ぐ者。

それは俺とリリーナの子でなければならない。

実は結婚式のときに教会で名付けとは別の儀式が行われたのだ。

俺とリリーナの間に子が産まれると、俺の魔法が継承される権利を持つ子が産まれてくる「継承の儀」というものだ。

継承権を持つ者は男児であり、産まれた順に序列が存在する。

が、序列には関係なく継承することもできるのだそうだ。

その場合、継承権の序列は関係なく継承権のある者へ誰にでも魔法を継承し、名付けで得た親子関係の魔力パスも受け継ぐことができる。

ちなみに俺が急死した場合には自動的に序列最上位のものへと継承されるのだとか。

よくそんなシステムを教会の人間は作ったものだと思う。

「……って、よく考えたら俺だけじゃないよな。独自の魔法を使えるのは。カイルの結婚相手も探さないといけないのか」

今まで呑気《のんき》に構えていたが、そろそろカイルの魔法は失われたら大変な損失になる存在になってきている。

俺は自分のことだけではなく、身内の結婚相手のことにまで頭を悩ませることになってきたのだった。

◇◇◇

「よう、ビリー。調子はどうだ？」

リリーナとの話し合いがあった翌日、俺はバルカ城の中を移動していた。

向かった先は使役獣の卵の孵化《ふか》の研究をまかせているビリー少年のところだ。

そのビリーの姿を見つけて、進み具合を確認してみた。

「あ、アルス様。すみません。まだこれといって成功例ができていなくて……」

「ん？　そんなことないだろ。鳥の使役獣はかなり役に立つ。あれも一つの成功例だろ？」

「え、でも、魔獣型ではありませんよ。魔法を使える使役獣を孵化させせないと成功と言えないのではないですか？」

「ああ、最終目標はそうなんだけどな。飛行型の使役獣っていうのは結構貴重らしい。それにカルロス様がもっと欲しいって言ってきていてな」

「ふぉ、フォンターナの領主様がですか？」

「ああ、俺や他の領地持ちの騎士をこれからはみんなフォンターナの街に集めることになっただろ？　でも、各地の騎士領の統治の仕事そのものがなくなるわけじゃない。だから、各地の道路整備を進めて人の行き来を早めるのと、飛行型使役獣での手紙のやり取りでフォンターナの街にいながらでも統治の仕事をできるようにしたいって考えているみたいなんだ」

「そ、そうなんですね。なら、これからは飛行型の使役獣も数を増やす必要があるのですか、アルス様？」

「ああ、そうだ。ビリーには悪いけど、魔獣型の使役獣の研究と同時並行して飛行型も生産してほしいんだよ」

「わ、わかりました。あ、あの、それなら一つお願いがあるのですが……」

「なんだ？　人手が足りないっていうなら数を増やしてもいいんだぞ？」

「あ、それも助かります。けど、そうじゃなくて……。指定した人を戦に連れていかないっていうのはできないですか、アルス様？」

「戦に連れていかない？　バルカ姓を持つ者は戦力になるから特別な事情でもない限り連れていきたいんだけど、なんでまた？」

「は、はい。使役獣の卵を孵化させるために【魔力注入】を利用していますよね。使役獣の卵は個人によって違う魔力の組み合わせで産まれてくる使役獣が変わってきます。今回偶然無事でしたけど、飛行型の使役獣を産むために【魔力注入】をした人が戦に出て死んでしまうと困るので」

あ、そうか。

そのことを全然考えていなかった。

使役獣の卵は取り込んだ魔力によって産まれてくる形質が変化するという特性がある。

そして、その魔力は組み合わせることによって更にバリエーションが増えるのだ。

だが、魔力を提供する側の人間がいなくなってしまえば、一度孵化に成功した使役獣をもう一度手に入れるということは難しくなるということでもある。

俺が孵化させたヴァルキリーは特殊なのだ。

ヴァルキリーは使役獣の卵を使ってヴァルキリーを増やすことができるが、普通の使役獣ではそんなことはできない。

おそらく、ヴァルキリーが産まれながらに持っていたという【共有】の魔法の効果の一つなのかもしれない。

ヴァルキリーを生み出した俺がいなくなってもヴァルキリーの数を増やすことはできるが、それ以外の使役獣は違う。

狙った形質を持つ使役獣を確保しておきたいならば、その使役獣を孵化させるために必要な魔力を持つ人材は常に確保しておかねばならないということになる。

「わかった。とりあえず飛行型と魔獣型に使えそうだとビリーが考える連中の名簿を作っておいてくれないか。そいつらは無駄に命を落とさないような仕事を割り振るとかしてみようと思う」

「あ、ありがとうございます、アルス様。ご配慮、感謝します」

「いや、よく言ってくれたな。これからも気になることがあったら俺かカイルに言ってくれよ、ビリー」

ついでに早いところ【産卵】持ちの魔獣型使役獣の生産に成功してくれたら言うことないのだが。

まあ、あんまり急がせても仕方がないのだろう。

ビリーのまとめた研究資料を見ながら、俺はそう思ったのだった。

◇◇◇

「おーい、いるのか、ミーム」

「……ああ、ちょっと待ってくれたまえ。おお、これはこれはこれは我が同志ではないか。よく来てくれた」

ビリーのところで仕事を終えた後は、すぐまた別の場所へと向かう。

戦が終わったというのに、なにげに忙しいな。

だが、いずれはフォンターナの街に引っ越さなくてはならないので、バルカニアでの仕事は今のうちにもっと進めておく必要がある。

そう考えて、俺は次に医師のミームのところへとやってきたのだった。

「相変わらずって感じだな。画家くんが嘆いていたぞ。リード家の魔法を使えるミームなら自分で【念写】を使って絵を描けるようになったのに、人体解剖図の仕事から抜けさせてくれないってさ」

「ふむ、モッシュくんにも困ったものだね。この仕事から抜けるだなんてもったいないことだと思わないのだろうか」

「でも、実際自分でも描けるんだろ？　なんで、わざわざ画家くんに解剖図を描かせているんだ？」

「ああ、【念写】の魔法は便利ではあるが万能ではないからね。解剖図は正確な絵が求められはするけれど、見たままをそのまま描写するだけではわかりにくい。あくまでも、必要なところをわかりやすく正確に描写してこそ、私の研究した文章を補完することができるのだよ」

「……ふーん、そんなもんなんだな。ま、そのへんのことはミームに一任しているから好きなだけ画家くんをこき使ってやってよ」

「うむ、助かるよ、我が同志よ。して、今日はどうしたのかな？」

「ああ、人体解剖図の進捗もそうなんだけど臨床試験についてもどうなったかなと思ってね」

「ああ、それのことならここに資料があるよ。あのあと、他の薬も順に増やして効果の判定を行っている。概《おおむ》ね私の経験則と同じ効果が示されているが、中には予想外のものもあった。やはり調べてみるのは大切だね」

「……これが？　結構な数の薬に効果なしや悪影響の判定が出てるみたいだけど？」

「ああ、そうだよ。各地を旅して得た薬の知識などを調べているからね。眉唾《まゆつば》ものの薬も当然あるさ」

「そ、そうか。思った以上に玉石混交《ぎょくせきこんこう》だな」

「そうかな？　こんなものだと思うよ、我が同志。で、ここに来たということはなにか研究したいことがあるのかな？」

「ああ、そうそう。ちょっと聞きたかったんだけどさ、暗殺向きの毒薬とかってあるのかな？」

「……暗殺。もしかしてそのような薬を使う気があるのかな、我が同志には？」

「いや、俺が使いたいんじゃなくて、使われる可能性を考えていてさ。今俺が死ぬとバルカは崩壊《ほうかい》するだろ。戦って死ぬこともあるかもしれないけど、暗殺を狙うやつがいないとも限らないし。その場合、毒を使われることもあるんじゃないかと思ってさ」

「ふむ、なるほど。確かにその心配はあるかもしれないね。私もすべてを網羅《もうら》しているわけではないが、確かに暗殺に使われる毒というのは存在するよ。そういうことなら解毒剤を用意しておいたほうがいいのかな？」

「ああ、頼むよ。あと、無味無臭で遅効性の毒なんかがあれば、それを察知する方法も知りたい。銀の食器とかを使ったほうがいいのかな？」

「確かに伝統的で確実性のある方法だね、銀の食器は。ただ、それだけでは不足かもしれない。わかった。同志がいなくなればせっかく手に入れた居場所がなくなるのは私も同じだからね。いろいろと助言させてもらおう」

「ありがとう、ミーム。俺の知り合いでこういうことが相談できるのはミームだけだからね。頼りにしているよ」

「ああ、任せてくれたまえ」

物騒なことであんまり考えたくはないが、安全のためにも備えておかねばならない。

毒は怖い。

実はカルロスやリオンからも注意を受けているのだ。

最近悪目立ちしてしまったバルカを消すために誰が何をしてくるかわからないということを。

一応フォンターナの街に建てる新たな建物は防犯性の高いものを作るようにグランに頼んでいる。

が、建物だけでは足りない。

他にもいろいろと危険はあるが、普段から絶対にする食事という行動にも気をつける必要がある。

なので、ミームへと助言を受けに来たのだ。

さすがに本職だけあっていろいろ知っている。

特にこの辺りにはないものにも詳しいので助かる。

隣村にガラス温室を作って薬草園にしていたのも功を奏したようだ。

俺はミームによって想定されうる毒に対する解毒剤を手に入れることに成功したのだった。

◇◇◇

「どうやら新しい区画は完成したようだな。貴様ももう移り住んでいるのか、大馬鹿者？」

「はい。妻のリリーナもすでにこのフォンターナの街へと移ってきて、ともに生活しております。

というか、カルロス様、わたしの呼び方をそろそろ戻してはいかがでしょうか？」

ウルク家との戦いが終わって、もう結構な時間が経過した。

そして、そのころになってようやくフォンターナの街にバルカの居住地が完成した。

壁で囲まれた城塞都市であるフォンターナの街を拡張した区域に作った大きな館に俺は家族で移

り住んだ。

そして、それが終わったことを報告するためにカルロスの居城へと挨拶《あいさつ》に来たというわけだ。

もっとも、自発的に来たというよりは呼び出しがかかっていたのだが。

「貴様は何するかわからんからな。馬鹿者と呼ばれたくなければそれ相応の振る舞いをするように心がけておけ」

「肝に銘じておきましょう。で、今日はどうされたのですか。わざわざリオンまで呼び出してまで」

「ああ、これからのフォンターナについてのことを考えていこうと思ってな。貴様らの考えも聞こうと思った」

「これからの、ですか？」

なんだろうか？

どうやらわざわざ呼び出されたのは、俺に対して小言を言うためだけではなかったようだ。

「そうだ。我がフォンターナは東のウルク家と西のアーバレスト家との戦いに打ち勝ち、勢力範囲も増えた。そこで、今後どのようにして動いていくかについてを考える必要がある」

「もしかして、どちらかの領土に攻め入るおつもりですか？」

「そういうこともあるかもしれない。何しろ、今回の戦いでは貴様らが当主級を討ち取っているからな。フォンターナにはそれだけの勢いがあるといえるだろう」

「お言葉ですが、こちらもそれなりの損害が発生していますよ、カルロス様。それにフォンターナ領内のゴタゴタもありました。以前と比べて騎士の数が減っているという側面もあるのでは？」

「ああ、貴様のお蔭でな」

「あはは、それはもう言いっこなしでしょう、カルロス様。一応それでフォンターナ領内はカルロス様のもとに一本化された勢力へと変わったのですし」

「リオン、貴様はどう考えている？」

「はい。領土を増やすというのも確かに一つの案であると思います。東のウルク家は昨年と今年の二度の戦いで多くの騎士と兵、そして直系の子どもを二人も失っています。アーバレスト領は兵の損失そのものはウルクよりも劣るものの、当主と側近たちが討ち取られています。かなりの動揺があるものと思われ、領地を奪っても即座に対応してくる可能性は低いと思います」

カルロスからの本題は今後のフォンターナ領についてだった。

どうでもいいが、貴族領の未来について俺やリオンに相談してくれるというのはそれだけ信用されていると考えてもいいのだろうか？

いろいろ問題を起こした俺に対しては若干あたりが強い面があるが、リオンの発言についてカルロスは真剣な表情で聞いている。

「では、リオンは領地を奪うことに賛成というわけだな」

「はい。ただ、奪った領地をどのように統治するおつもりですか、カルロス様？　現在東にはピーチャ殿、西にはガーナ殿を各領地に対する押さえとして配置していますが彼らに任せるおつもりですか？」

「それでは駄目か？」

「東のウルク領はなんとかなるかもしれません。が、西のアーバレスト領はもしかすると難しいかもしれません」

「ん？　どうしてなんだ、リオン？」

カルロスに対するリオンの発言を聞いて、俺のほうが思わず声をかけてしまった。

だが、なぜ東は良くても西のアーバレスト領の扱いが難しいというのだろうか。

「アルス様、ご自分がしたことを忘れたのですか？」

「え、俺？　俺に原因があるのか？」

「いいえ、厳密に言えばアルス様に原因があるわけではなく、我々のとった行動がという意味ですが」

「はっきりと言え、リオン。西の統治が難航する理由とはなんだ？」

「はい。それは住民たちの感情です、カルロス様。西からアーバレスト家の軍が進行してきた際に、我々の陣営は水上要塞パラメアを攻略しました。その際、パラメアは水没し、パラメア湖に潜む魔物が住人に被害をもたらしたのです。それもほぼ全滅という形で」

「けど、あれはしょうがなかっただろ。リオンだって知っているはずだぞ。水没させる前に、パラメアに住む住人には要塞からの退去を言い渡していたんだ。それなのに誰一人として出ていかなかったんだから」

「そうですね。今まで一度も落ちたことのない難攻不落《なんこうふらく》の要塞としての歴史がありましたからね。退去勧告を受けても、パラメアよりも安全なところなどないと言っていた住人もいたようですし」

「だろ？　それで湖の魔物にやられたからって、こっちが恨まれても困るんだけど」

「ですが、パラメア湖付近に住む人にとっては我々が水上要塞パラメアを攻略した際、一人残らず皆殺しにしたと考えてもおかしくはありません。その場合、フォンターナ領として領地を切り取っても、そこに住む者たちは反抗する可能性が高いと考えられます」

「なるほど。つまり、リオンが言いたいのは、アーバレスト領を奪い取ってもそこに住む住人たちは取り込めない可能性がある。それによって領地の統治がうまくいかないことが考えられる。こういうことだな？」

「はい、そのとおりです、カルロス様」

リオンいわく、あのときの水上要塞パラメアの攻略方法が現地住人に対して与えた影響があまりにも大きかったそうだ。

まあ、そりゃそうか。

要塞とはいえ、あの場所はいくつもの川が流れ込む場所でもあり、商売でも広く利用されていたのだ。

そこに住んでいたのはなにも軍の関係者ばかりというわけでもなかった。

「確かにガーナから似たような内容の報告は受けている。しかし、だからといってアーバレスト領を手付かずに放置しておくこともあるまい。住民の感情だけを考えていたら手に入るものも手に入れられなくなるぞ？」

「そのとおりです、カルロス様。ですので、何らかの手を打つ必要があるのではないかと思います」

「ふむ。今回の戦では東のウルク家は撃退しただけだ。対して西のアーバレスト領はバルカ軍が西進して奥まで切り込んでいる。現在、フォンターナのものとしやすいのはどちらかと言えば西か……。だが、その西の領地は切り取っても統治しにくい。となれば、方法は限られてくるな」

「カルロス様、わたしはリオンほど頭が良くないのですが、その方法というのは？」

「武力だ。力のあるものが武力をちらつかせて、そこを押さえる。住民の感情ごとな」

「おうふ……。なかなか力技の解決法ですね」

「しかし、それができるものはフォンターナ領で限られている。大馬鹿者の貴様には誰か分かるか？」

「……カルロス様、まさかですが……」

「貴様だ、アルス・フォン・バルカ。貴様はこれからパラメアへと行って、近隣の住人たちを慰撫《いぶ》し、統治の基礎を作り上げてこい。これは命令だ。いいな？」

「……はっ、かしこまりました」

いや、全然良くないんだけど。

パラメアを水没させる案はリオンが立案したんだから、リオンが行けよと思わなくもない。

だが、命令を受けた以上やるしかないか。

俺はせっかく移り住んだ新居から再び軍を率いて西へと向かうことになったのだった。

◇◇◇

カルロスの指示によって西のアーバレスト領にあった水上要塞パラメア跡地にやってきた俺は、

現在ここを支配下に置いているガーナと再会した。

水没したといっても、すでに片付けなどは終わっており、一部では住人が戻って住んでいる者もいるようだ。

ガーナのイクス家が騎士と兵を駐屯させていることもあり、一応安全は保たれているらしい。

「よく来てくれました、アルス殿。先日の戦では世話になりました」

「ガーナ殿、お久しぶりです。早速ですが状況はどんなものでしょうか？」

「現在、我々はパラメアを抑えることに成功しています。今のところアーバレスト家は完全に落ちたこのパラメアを奪還する様子はないようですね。このパラメアから西のアーバレスト所属の騎士領をバルカ軍が攻めた効果もあると思います」

「なるほど。ではとりあえずパラメアを中心として周辺の土地を抑えたのですね。お見事です」

「いや、それほど大変な仕事ではなかったですから。ただ、やはり人心はフォンターナに厳しいと言わざるを得ません」

「それほどですか？」

「はい。こちらの統治をかなり嫌がっているようです。力ずくで従えてもいいでしょうが、あまり得策ではないでしょうね」

「力ずくではだめですか」

「当然、何かあれば住民たちが敵対するでしょうしね。仮にアーバレスト家の動揺が収まってこちらへとやってきた場合、向こうの手助けをすることになります。そうなれば、いかにパラメアが難攻不落と言われていようとも守り切ることはできないでしょう。なにせ、この魔物が住む湖を安全に船で移動するにはこの湖に慣れた船の乗り手が重要になるのですからね」

「なるほど。ということは、カルロス様が言っていたような武力での支配はあまりいい案ではないでしょうね。他の方法をとるしかないでしょう」

パラメア要塞はあくまでも重要拠点ではあるが、そのほかの地には当然いまだに多くの人が住んでいる。

もともとはパラメア湖の中にある要塞のための畑が湖の外側に広がっていたし、さらにそこから離れた場所にもいくつかの村が点在している。

一応、パラメア湖周辺の土地はイクス家が手中に収めたらしいが、しかし、そこに住む者たちはパラメア要塞に住んでいた者と血縁などの何らかの関係がある者も多い。

ゆえに、もしもアーバレスト家が再び動き出せば、それに呼応して向こうに協力する可能性は否定できないようだ。

「アルス殿にはなにかお考えがあるのですか？」

「うーん、素人の考えなので言ってもいいものかどうかわかりませんが、一応聞いてくれますか、ガーナ殿？」

「ええ、もちろん」

「攻略して取り込んだ土地の住人の慰撫ということなら祭りをするのはどうかなと思っているのですが。要塞にいた者たちは一致団結して戦い、しかし結果として敗れ、多くの者が死んでいった。

だが、彼らの死は勇敢で尊いものであった。それは直接戦った我々がいちばんよく知っている。だから、その健闘を讃えて兵に限らずパラメア要塞の住人も含めたすべての者達を冥福を祈っての祭りを執り行おう、というのはどうでしょうか？」

「……健闘したと言えますか？　じわじわ増えていく水位とその水に潜む湖の魔物に怯えながら恐怖の中で死んでいった者たちばかりだったような気がするのですが……」

「違います。彼らは絶望的な状況の中でも最後の最後まで懸命に戦っていたのです。住民が一丸となって。素晴らしいことではないですか。ああ、要塞が水没したことはいちいち言わなくてもいいでしょう。その場にいなければわからない話ですしね」

嘘も方便、ではないがすべてを話す必要はない。

一握りの真実を入れた話であれば、それは真実味が大きく増す。

そうして作り上げたストーリーを利用して、亡くなった者を弔《とむら》う祭りをしようというわけだ。

「なかなか悪知恵が働きますね、アルス殿は。ですが、その祭りだけでパラメアの近隣の住人がみんな納得すると思いますか？」

「しないでしょうね。ただ、心の整理に一区切りをつけることにはなるのではないかと思います。今、住人たちが怒っているのはやり場のない怒りです。自分たちに親しい者たちが死んで、しかし、その相手に従わなければならないという無力さ。それが祭りによって多少なりとも抑えることができれば、少なくとも表面的には落ち着くことができるはずです」

「それは確かに、そうかも知れませんね」

「それに祭りだけでは不足というのも間違ってはいないでしょう。実利を与えましょう」

「実利ですか？　具体的には？」

「バルカがこのあたりの土地を開発します。水上要塞パラメアは湖の真ん中にありますが、湖の周りにも農地が存在し、現在そこに住む者はいない。また、パラメア湖の下流の川をせき止めて湖の水位を上げました。その後、せき止めていた堰《せき》を切って水を流したため川の下流の土地は荒れています。そこも整備しましょう」

「なるほど。住民たちに直接の利益を与えることで、それを受け取った以上文句も言いにくくするということですか」

「そうです。別に全員を納得させる必要はないでしょう。住人の中で一定数、我々フォンターナ寄りの人間がいればそれで十分です」

「……うむ、それならいけるかもしれませんね。では我々は祭りの準備をすることにしましょう。バルカには土地の開発をお願いしてもよろしいですか？」

「わかりました。祭りの開催は早めに周辺へと知らせておいて、できれば日当をつけてもいいので住人たちにも手伝いをお願いしましょう。自分たちの手で亡くなった人のための準備をすればそれだけでも効果があるでしょうし」

　ガーナの意見では力による支配はあまりうまい手ではないらしい。

　現場にいる人間がそう言う以上、それはおそらく間違いではないのだろう。

なので、俺はここに来るまでに考えていた案を出した。

それは亡くなった人たちを讃えながら祭りにしてしまおうというものだった。

こちらの作戦でパラメアに住んでいた住人が亡くなってしまったという事実は変わらない。

が、少なくともこちらがその死に対して何も思っていないのではなく、悼《いた》む心と勇敢に戦った相手に対して敬意を持っていると伝われば、多少は気持ちがマシになるのではないかという考えからだ。

実際にはそんな簡単には許してはくれないのだろうが、割と人の死が溢《あふ》れかえっているこの辺りの人の心は現実的だ。

土地を整備して今までよりもいい生活が送れるようになれば、損得勘定から新しい支配者のことを認める者も増えてくるのではないかと思う。

ガーナもその可能性が高いと認めて、俺の案を採用してくれた。

こうして、パラメアで祭りが開かれることとなったのだった。

◇◇◇

「ねえ、本当にここにあるものどれだけ食べてもいいの?」

「ああ、祭りの間はいくら食べてもいいぞ。好きなだけ、腹いっぱいに食べろ」

「わーい、やったー」

水上要塞パラメアの中にある広場で見られる光景。

広場の真ん中には木を組み上げて作った巨大なキャンプファイヤーに火がつけられて燃えている。

そして、その近くではこの辺りに古くから伝わるらしい楽器の演奏が奏でられて、それに合わせて多くの者が踊っていた。

楽器を演奏しているのはパラメアの近くの村に住んでいた者たちだ。

祭りの開催にあわせて俺が絶対に必要だと考えたのは音楽だった。

前世も含めてどこの世界にも音を奏でて楽しむ音楽という文化がある。

だが、それは各地域によって異なっている。

それはたとえバルカよりもこのパラメアと距離が近いガーナの領地での音楽と比べても、この辺りの演奏は少し違っていたようだ。

移動手段が貧弱な世界では社会は小さく閉じていて、その中で完結している。

そこに土足で踏み入ってきて荒らし回る者はその小さな社会にとってみれば敵として映る。

この近隣の住人を慰撫するための祭りで他の地域の音楽を演奏されたら、土地を荒らされ命を奪われた挙げ句に文化まで否定されたように感じるだろう。

だからこそ、この土地の音楽を採用した。

あくまでもこちらは敵ではなく、あなた達に溶け込みたいのだというアピールとして。

そして、それと同時に祭りでも即効性のある実利を与えることにした。

それが食べ物をこちらが用意して、食べ放題にしたことだ。

これは特に子どもに対して効果がある。

どこであっても腹をすかせた子どもたちがいる。

そして、その子どもたちにとって飯を食わせてくれる者というのは敵ではなく味方なのだ。

たとえ親や周囲の大人がどう言おうと食べ物の魔力にはかなわない。

故に、俺は子どもたちの胃袋を摑むために大量の食料を輸送してこの祭りで振る舞うことにしたのだった。


「うう……、あなた……。本当に死んでしまったのですね」

「お父さん……」


だが、子どもたちの歓声が響くなかでもすすり泣く者たちもいる。

彼ら彼女らはキャンプファイヤーとは少しだけ離れた場所に立つ石碑に花を供え、その前で地面に膝をつきながら涙を流していた。

その石碑は俺が魔法で造ったものだ。

大理石のような見た目の巨大な硬化レンガを魔法で作り出して石碑としている。

そして、その石碑にはこのパラメアで亡くなった者たちの名前が刻まれていた。

一応、このパラメアが陥落した直後に上陸した俺は残っていた資料を確認していた。

特に一番に行ったのは教会だった。

教会はそこに住む者たちに名前をつけて名簿として記録している。

その記録を俺は【記憶保存】で脳に記憶していた。

その名簿に残っていたもので生存者であるとわかっている者だけは除外し、石碑へと名前を刻み込んでいたのだ。

ちなみにだが、運良くこの教会を任されている神父は水没するときこのパラメアにはいなかったそうだ。

神父の運が良かったとも言えるが、俺にとってもラッキーだったと言えるだろう。

そうして、作り上げた石碑で家族や親戚、知り合いの名前を見つけた人が涙を流している。

食べ物で腹を満たすこともいいが、時には泣くことも重要だろう。

心の底から泣くことによってでもまた、心の傷は癒されるのだから。

そんな祭りを数日間にわたってずっと続けていた。

なぜそんなにやったかというと、多くの人に参加させたかったからだ。

そして、最終日には俺が魔法で作り上げたものを湖の水に浮かべて流すというイベントを行った。

俺が造ったものというのはボトルシップと呼ばれるものだ。

ガラス瓶の中に船の模型を入れているアレである。

魔法で作り上げたガラス製のボトルシップに生活魔法の【照明】で光を当てて、住人たちの手で湖に浮かべる。

かなり多くの数を造っただけあり、それらが一斉に夜の湖の上でゆらゆらと揺られているのはものすごく幻想的だった。

こうして、概ね問題なくパラメアの祭りが行われたのだった。

◇◇◇

「ふーん、ていうことはやっぱりパラメアの下流には湖の魔物ってそんなにいないんだね？」

「はい、そうです、バルカ様。アーバレスト領にはいくつもの水場がありますが、湖の魔物というのはそれほど多くはありません。それに川では魚も普通に捕ることができます」

パラメア要塞のとある建物の中の一室。

そこで俺はこの地に昔から住むという男性と話していた。

俺が聞きたいことを尋ね、それに答えてもらう。

今聞いているのはパラメア湖に住む生物についてだった。

「その魚って販売することはできるのかな？　安定して収穫できるようならバルカのほうでも食べられるようにしたいんだけどさ」

「ええ、ただしそこまで美味しいものではありませんよ？　アーバレスト領では干物にして保存食とするので、すべてを売るわけにはいきませんが」

「別にいいよ。俺が魚を食いたいっていうのもあるけど、一番はパラメアと経済的に繋がりがほしいっていうのもあるからね。森に近いバルカでは結構魚って貴重なんだ。そこまで美味しくなくても買いたいって人はいるだろうし」

「わかりました。こちらとしても物を売ることができるのであれば助かるのが本音ですから」

「よし、決まりだな。助かるよ。で、他になにか気になることはあるかな？」

「あ、あの、不躾《ぶしつけ》ですがいいですか。実はうちの村の近くを通る川で危険なところがあって。そこは以前から前回の戦いで亡くなった騎士様に工事できないかとお願いしていたのですがなかなか実現しなくてですね。その、あの……」

「ああ、川の工事か。わかった。バルカの騎士を派遣しよう。一応先に事前の下見に人をやることになると思う。そいつが実況見分してからってことになるけど、かまわないかな？」

「は、はい。ありがとうございます」

「あ、それならうちも……」

祭りを数日間も続けていた理由は他にもあった。

それはこのあたりの権力者との話し合いのためだ。

ここでいう権力者というのは基本的には周囲の村や町の長などだ。

先程俺と話していたのはパラメア湖で漁師をしている者をまとめている男性だった。

彼らは長として村などを取りまとめて、税を領主に支払ったりしている。

そして、たとえアーバレスト家からフォンターナ家に支配権が移ったとしても基本的にはそれは変わらない。

別にいちいち各村の村長を入れ替えていくよりも、もともと村をまとめている人間に「これからはうちに税を納めろ」というほうが手っ取り早いからだ。

その村長たちと話をし、周囲の土地の開発のやり方なども決めていった。

特に川があるところは大雨などで洪水することもそれなりにあるようだ。

一番多かったのはそのような川の整備だった。

さらにガーナとも協議して【整地】や【土壌改良】した土地に住まわせる人の選定を村長たちと

もやっていく。

ひとまず先にパラメア湖周辺の土地の畑を再開発しておいたのも良かったのだろう。

最初はガーナに対してどこか反抗的な側面も持ち合わせていたらしい村長たちも、新たな整備された畑が手に入るかもしれないということを実際に見せられて意見を変える者も出てきたのだ。

あとは、ついでにうちにも多少の利益があるように誘導しておいた。

ここまでやったが、このあたりの土地はガーナの家の領地になるのだ。

俺の手元にはあまりメリットとして残らないことになる。

なので、この辺りでしか取れないというものを聞き出して、バルカと優先的に取引するように契約を交わしたのだ。

バルカ騎士領にも川があるとはいうものの、魚が大量にとれるわけではない。

このあたりの魚が安定的に手に入るならまあ良しとしよう。

こうして、形だけではあるが、ひとまずパラメア近隣の住民に対してフォンターナの統治が受け入れられやすい下地作りに成功したのだった。


「それにしてもすごいですね、アルス殿。恥ずかしながら私は今まで酒は常温で飲むものだとばかり思っていました」

「ああ、そうらしいですね。フォンターナの騎士は【氷槍】の魔法を攻撃魔法だと認識していますし、それを酒を冷やすために使おうとはあまり思わなかったのでしょう」

「ははは、耳が痛いですね。だが、このパラメアにはアルス殿によって冷蔵倉庫なるものが作られました。これからはいつでも冷蔵倉庫にて冷やした酒と食べ物を楽しめるというものです」

「あまり飲みすぎないようにしてくださいね、ガーナ殿。あと、たまに氷で冷やした新鮮な魚をバルカに送ってくるのも忘れないようにしてくださいよ」

そんなふうにパラメア周辺の住人とのコミュニケーションを取りつつも、同僚騎士であるガーナとの関係もある程度良好なものにするために努める。

まあ、それは割と簡単なことだった。

ガーナも他の騎士や兵もやはり美味《おい》しい酒を提供すれば、それだけでものすごく上機嫌になっていたからだ。

今は、氷でキンキンに冷やした酒の飲み方を提案して、それを楽しんでもらっていたところだ。

「わかっていますよ。ですが、さすがに他の騎士とは視点が違いますね、アルス殿は。バルカを短期間で発展させたというのは決して偶然などではなかったというのがよくわかります」

「氷の活用くらいでそんな大げさな……」

「いえ、氷だけではありませんよ。我々のような騎士というものは、土地を治めてそこから麦などの税を取る。それこそが領地の運営だと考えてきました。ですがそれだけではなかった。まあ、アルス殿のようにあまりお金にがめついのは少々考えものだとも思いますが」

「そんなにがめついわけじゃないと思いますけど……。けど、このパラメアはお金を稼ぐには結構いいところだと思いますよ、ガーナ殿」

「そうですね。パラメアはアーバレスト領につながる玄関口であると同時に他の貴族領からの川が複数流れ込んでいます。つまり、他の貴族領の品物がこのパラメアを経由して取引されているということでもある。確かに商売に向いている土地であると言えますね」

「アーバレスト領は北西の端っこですからね。このパラメアは難攻不落の要塞であったと同時にそこからの商品の輸入口でもあったということになります。ここさえ押さえておけば、アーバレスト領はかなり困るかもしれませんね」

「ただ、リオン殿はやりすぎには注意だと言っていました。あまりアコギなことをしすぎると、アーバレスト家がすぐに一致団結してこのパラメアを取り戻そうと行動することになると」

「うーん。どっちにしろ早いか遅いかだけの問題って気もしますけどね。ガーナ殿はまだ領地の切り取りを狙っているんでしょう？」

「もちろん、そのつもりです。なにせアルス殿がアーバレストの騎士家に伝わる土地の資料をすべて提供してくれていますからね。各地の住人数から始まって騎士の数や税の収穫量など、実にさまざまな記録が書かれています。これがあるだけで、かなり取れる手段が増えるでしょう」

そう言ってガーナは俺が手渡した資料を手に持ってひらひらと振った。

ガーナとの信頼関係の構築のために俺が取った手段はなにもお酒の飲み方だけではない。

俺がアーバレスト家と戦った時に騎士の館を攻略し、そこにある本を【記憶保存】で覚えた内容。

それを無償で提供していたのだ。

各地の名前や住民の数もそうだが、ガーナが一番喜んだのは地図だった。

俺から見るとなにかのラクガキかと思ってしまうような大雑把な地図だが、それがあるかないかで大きな影響が出てくる。

地図が軍事的機密に当たるというのは本当らしい。

さて、と。

とりあえず、パラメアをはじめとしたアーバレスト領への対応はここらへんで一区切りというところではないだろうか。

住民は一応こちらの支配下におくことに成功した。

難攻不落と呼ばれたパラメアも補修工事が終わり、ガーナの配下たちがしっかりと管理している。

そして、そのうえでパラメアから先の領地についても情報を得て狙いをつけていることになる。

アーバレスト家がすぐに対応してこないだろうということなら、俺がこれ以上ここにいる必要もない。

そう判断した俺は、パラメア周りの土地の開発を終えたタイミングでパラメアから引き上げていったのだった。

◇◇◇

「アルス兄さん、おかえりなさい。で、その草はなに？」

「これか？　これはパラメア湖に固有の水草だそうだ」

「へー、本当だ。見たことない草だね。で、それをどうするの？」

「これをカイルダムで育てようかと思ってな」

「ダムに？　別にいいと思うけど、何の意味があるの？」

「うん、この水草は湖の魔物であるスライムたちの大好物だそうだ。で、この水草が生えているパラメア湖にはスライムが住み着いていて、よそには行かない。そして、スライムは水草と一緒に沈《ちん》殿《でん》する泥も食べるんだと。要するにダムに溜《た》まる土の処理をスライムに任せようかなと思ってな」

「え、その魔物って危険なやつなんじゃないの？　大丈夫なのかな？」

「ま、大丈夫じゃなかったらあとでダムの水を抜いてスライムを退治すればいいだろ。とにかくやってみて損はないさ」

パラメアから帰ってきた俺はカイルへと土産《みやげ》を見せながら言う。

俺は農地用の水の確保としてダムを造った。

だが、ダムはメンテナンスにも手間がかかるものだ。

川というのは水が流れているが、それに合わせて土も流れている。

その土がダムによってせき止められているところで溜まってしまい、ダムの底に溜まってしまうことになる。

そのために、定期的にメンテナンスをする必要があるのだ。

が、そんな手間を減らせないかと考えていたときに、パラメアでスライムのことを聞いた。

スライムがパラメア特有の水草を好んで食べ、泥の除去にも役立つということに。

これはダムのメンテの役に立つのではないかと思った次第である。

早速、この水草を植え、スライムを放流した。

あとは問題なくうまくいくことを祈ろうと思う。

こうして、カルロスに依頼された西への派遣仕事は大きな問題が起こることもなく無事に終わったのだった。

◇◇◇

「あー、生き返るー。やっぱり疲れた体を癒すには温泉は最高だ」

「確かに気持ちいいですね。この寒くなり始めた時期に温かいお湯に浸かって体を温めることができるのは気が休まりそうです」

「お、リオンもいいこと言うじゃないか。カルロス様はどうですか？　気持ちいいでしょう、温泉は」

「ふむ、悪くはない。が、それよりも湯に浸かりながら酒が飲めるというほうが画期的だな。温もった体に酒がよく合うぞ、アルス」

パラメアでの仕事を終えた俺はなぜかこうしてバルカ騎士領にある温泉でカルロスやリオンと一緒に湯に浸かっていた。

まあ、なぜかというか、俺がカルロスを誘ったのだが。

以前、温泉にリリーナと入りに来た時にクラリスに言われたこと。

それは温泉宿が外からの客を招くにはあまりにも宿のグレードが低いという問題点についてだった。

そこで、あれからクラリスなどの意見を参考にそれなりの建物を建てさせたのだ。

グラハム家の紹介する建築家が新たに湯船から作り直す形で温泉宿を造ったのだ。

その建物が完成し、調度品なども揃えた。

とりあえずはそこそこの商人をメインターゲットにしつつ、俺の妻であるリリーナを招待するだけの建物が出来上がった。

その報告を受けた俺が一度実際に入ってみようと思っていたのだ。

で、いつものごとく付加価値を高めるための手段としてフォンターナ領の領主であるカルロスが認めた宿だというブランド力をつけようとしてカルロスを温泉に誘ったというわけだ。

ただ、俺としてはカルロスは来ない可能性のほうが高いものだと思っていた。

俺以上に忙しく働いているらしいからだ。

が、声をかけたら二つ返事で了承し、こうして一緒にバルカ騎士領までやってきて湯に浸かっている。

もっとも、カルロス自身はそこまで温泉に入るという行為に意味を見出してはいなかったようだが。

あくまでも付き合い程度なのだろうか。

「でも、いい旅館ができましたね、アルス様。以前までのように外で裸になる必要がないというのはいいと思いますよ」

「ああ、さすがに前までのは自由すぎたかもな。あの場では喜んでくれたみたいだったけど、リリーナもクラリスも俺が誘わない限り自発的には温泉に来ていなかったみたいだし」

「けど、この宿ができたと聞いて姉さんは喜んでいたのではありませんか？」

「みたいだな。それにバルカニアに来ていた商人も物珍しさで温泉に入っていったらしい。まあ、薬草湯が人気っていうところがちょっと微妙なんだけどな」

「いいではありませんか。この村は薬草と温泉の村として名が広まり始めているみたいですよ。アルス様がいろいろやったおかげではないですか」

「そうだな。ま、有名になってくれるのならそれはありがたいことだよ」

俺個人としては変にお湯に混ぜものをせずに入ったほうがいいのではないかと思うのだが、今温泉として人気なのは薬湯だそうだ。

このリンダ村のガラス温室で年中安定して育てている薬草の一部を活用して、温泉に薬草を入れ薬湯としているらしい。

実はミームがこれを臨床試験として効果の程を確かめたらしいが、確かに効果が認められるということのようだ。

であれば、俺が個人的嗜好《しこう》で薬湯を禁じるわけにもいかない。

こうして、商人を通じて薬草温泉がひそかなブームになり始めているということらしかった。

「温泉については俺からも他の者達に話しておいてやろう。が、そろそろ本題に戻すぞ。西への抑えは問題ないのだな、アルス？」

「はい、カルロス様。住人も取り込み、パラメアも要塞として復活しました。あそこがすぐに突破されて取り返される可能性は低いのではないかと思います」

「よし。ガーナはもともとアーバレスト領と一番大きく接する騎士家としてフォンターナに仕えていた。やつに任せておけば無難《ぶなん》に対処するだろう。では、次の問題は東のウルク家ということになるか」

「次ですか？　もう冬が来ますよ、カルロス様。さすがに雪が積もる中で兵を動かせば、戦う前に凍死してしまいます」

「そんなことはわかっているさ。実際にすぐに行動を起こすことは難しいだろう。だが、ウルク家の力はかつてないほどに弱まっている。それを見逃すのは得策ではない」

「確かにウルク家はこの二年で大きく勢力を減らしています。ウルク家の実子だけでも二人が討ち取られていますし、兵力も大きく減っています」

「そのとおりだ、リオン。だからこそ、今のうちに楔《くさび》を打ち込んでおきたいところだ。なにか案はないか？」

「あ、それなら……」

なんだかんだで今年もあっという間に時間が過ぎ去っていた。

もうすぐ冬が来る。

だんだんと寒くなっていくこの季節にこうして温泉で体を温めるのは極楽と言っていいだろう。

もっとも、そこで話されている内容は不穏なものだったのだが。

「なんだ、アルス？　まさか今度も貴様が出張っていってウルク家の人間を皆殺しにしてくる気にでもなったのか？」

「いやいや、むちゃくちゃ言わないでくださいよ、カルロス様。そうじゃなくて普通に調略《ちょうりゃく》したらどうかと思っただけですってば」

「調略、か。具体的には？」

「いや、具体案を聞かれると困るんですけど……。こんなのはどうでしょうか。この間の戦いでフォンターナから裏切り者が出たでしょう？　そいつと内通していたウルクの人間を利用するんですよ」

「ウルクの人間を利用する？」

「いわゆる二重工作員みたいな形にでっち上げるんですよ。ウルクの騎士Xさん（仮名）はフォンターナの裏切り者と連絡をとって西のアーバレスト家と協調し、挟撃を仕掛けるように計らっていた。が、実はそれは嘘で、裏ではカルロス様本人とつながりがあった。あの戦いはフォンターナ家最大の危機に見えて、実はカルロス様がXと通じてそう仕向けていたものであり、両貴族家の当主級を討ち取るための作戦だったのだ、てな具合に事実を捻《ね》じ曲《ま》げて情報を流すんですよ」

「……こちらの裏切り者と連絡をとっていたウルクの騎士は実は俺と協力関係にあった。すなわち、そいつはウルク家にとっての裏切り者である、という嘘の情報を広めるということか？」

「そうです、カルロス様。それが実際に正しいかどうかは関係がありませんから。なぜ攻撃を仕掛けたほうが当主級を揃って討ち取られたのか。それはやはり情報を事前に流している者がいたからだ、と疑いだしたらきりがありません。こっちを裏切っていた内通者からウルクのどの騎士と連絡をとっていたかは調べたのでしょう？」

「ああ、情報はしっかりと搾《しぼ》り取《と》っている。そうだな。どうせ冬は軍も動かせず、こちらとしても手が出せないからな。ならば偽りの情報を流して、それがウルクに浸透するための時間として活用するか」

「それでしたら、アーバレスト家にも同様のことをしたほうがいいかもしれません。確か、向こうの情報を内通者は持っていたはずです」

「そうだな。リオンの言うとおりだ。両家の中で連絡を取り合っていた連中は、こちらを挟撃前に事前に侵攻時期と軍の構成などをすべて俺に話していた。ついでに、当主級を討ち取るための手伝いもしたことにしようか。後でフォンターナ家から領地をもらい受ける約定を交わしていたことにしよう」

「あー、いいですね、それ。移動もままならない冬の時期に疑心暗鬼《ぎしんあんき》になったあと、新年の祝いでみんなが集まったときどうなるか楽しみですね」

「貴様もなかなかいい性格をしているな。よし、この案を採用する。こちらの手の者を使って情報を流しておくこととする」

うーむ、まさか相手もこんな策略が風呂に浸かりながら決められたとは思いもしないのではないだろうか。

まあ、これで今年中にもう一度軍を動かすということはないだろう。

こうして、西と東への対処を話し合い、冬の時期がやってきたのだった。

◇◇◇

「おーい、ミーム。ここにいるのか？」

温泉に浸かりながらの陰謀が終わった後、カルロスやリオンはフォンターナの街に帰っていった。

だが、俺はせっかくバルカ騎士領にある温泉まで来たついでなので、バルカニアにも立ち寄ってミームに聞きたいことを尋ねにきていた。

「どうしたのかな、我が同志よ。フォンターナの街に引っ越したはずなのに、よくこちらに帰ってきているようだが？」

「ああ、いたいた。ちょっと野暮用《やぼよう》でこっちに来ていたんだけど、ミームに聞きたいことがあってさ」

「ふむ。なんだろうか。解毒剤について何かわからないことでもあったのかな？」

「いや、それも聞きたいところではあるんだけど、今回は別件だ。ミーム、お前は消毒って知っているか？」

「……消毒？　いや、わからないよ、我が同志。それはいったいなんのことかな？」

おい、まじかよ。

解毒剤まで作っている医者のミームから恐ろしい言葉が発せられた。

ここらの医者って消毒の概念がないようだ。

といっても、これは別にこの世界の医者が消毒することすら考えないレベルの低さというわけではない。

むしろ逆なのだ。

このあたりでは消毒をする必要がないということなのだ。

俺の前世で得た知識では中世当時の街はひどく汚かったらしい。

そのへんにおまるに溜めた排泄物を捨てるので、日常生活ではかなり臭っていたというのだ。

さらにそれは人間の死亡原因にもなり得る。

中世では幾度もその不衛生さで病気が蔓延《まんえん》し、病によって多くの人の命が失われていたのだ。

だが、このあたりではそういうことはあまりない。

それは教会から授けられる生活魔法にあった。

どんな人でも産まれてから一定の年齢に達したら、教会によって洗礼式が行われて生活魔法を授けられる。

これは教会側が魔力を集めるためのシステムでもあるが、実際に住人たちにとって大きなメリットになっている。

【照明】や【着火】、【飲水】などそれ自体が生活インフラみたいなものが生活魔法として授けられるのだ。

だが、その中でも実は一番効果を発揮しているものがあった。

それは【洗浄】という生活魔法だ。

【洗浄】を使えば一瞬で綺麗になる。

皿を洗うのも【洗浄】を使うし、住宅の掃除にも【洗浄】を使う。

別に言葉どおりに水洗いするわけではなく、汚れを落としてくれる魔法であるので水で濡れるわけではない。

あらゆるものにスタンダードに通用する魔法なのだ。

この【洗浄】という魔法があるがゆえに、この辺りでは風呂に入るという習慣が一切なかった。

お湯を沸かして湯船に浸かる俺を見た人は例外なく俺を変人扱いしたものだ。

そして、【洗浄】によって消え去った別の行為として消毒というものがあったのだ。

人の体に治療のために刃物を使う際にも消毒する必要がないのだ。

体を【洗浄】すれば汚れがなくなるのだから。

実際にそれでバイキンがなくなるのかどうかは俺にもわからない。

だが、泥や血の汚れは確実になくなるので、誰もが消毒代わりに【洗浄】を行っていたのだ。

「それで、同志は何が言いたいのかな？　その消毒とやらの代わりに【洗浄】が使われているのが気に食わないということかな」

「違う。そうじゃない。そうじゃなくて、消毒する必要がないっていうのは、もしかして傷口を洗うのに酒を使ったりしないのかって聞きたかったんだよ」

「傷口を綺麗にするのに酒をかけるのかね？　そんなことをするくらいなら【洗浄】をしたほうが間違いなく綺麗になるだろう」

「やっぱり。ってことはだ、ミーム。お前も酒精の強い酒ってのも見たことないのか？」

「酒か……。特別に酒精が強いものというのは聞いたことがないな。種類によっては強いものがあるかもしれないが……。私はそもそも酒は体に悪いと考えているので、飲まないしね」

「いや、十分だ。それだけ聞ければ十分だよ、ミーム。いける。新しい金儲けのネタができたぜ」

まだ子どもの俺は酒を飲まない。

が、先日温泉に来たカルロスが飲んでいた酒を見せてもらったのだ。

麦から作る酒の他に果実から作るものもあるようだった。

だが、そのどれもがアルコール度数の低いものだったのだ。

そこで気になったので他にどんな酒があるのかとカルロスに質問してみた。

なんといっても多くの騎士をまとめる貴族家の当主なのだ。

カルロスの住む城には多くの酒がある。

が、話に出てきた中ではそれほど度数の強いものがなさそうだと感じたのだった。

なぜだろうかと理由を考えてたどり着いたのが、前述の生活魔法の存在だった。

【飲水】という魔法がある時点で飲み水には困らなくなる。

故に長期保存できる酒というものは完全に嗜好品になるのだ。

そして、その酒を消毒用に度数を高めるような考えも魔法によって生まれなかった。

便利な生活魔法によって度数の高いアルコール作りの文化があまり発展しなかったのではないかと思う。

であるならば、話は早い。

蒸留器を作ってしまおう。

酒を加熱し、その蒸気を適切に冷やすことで濃度の高いアルコールを作り出すことができるはずだ。

それを何度も繰り返せば、飲むには不適当なほどの度数にまで高めることもできるだろう。

尤《もっと》も、消毒用に必要かどうかは定かではない。

とりあえず嗜好品としての酒として度数の高いものを作ってみよう。

こうして、俺はミームのもとからグランのところへと移動し、その日のうちに蒸留器を作るように指示を出したのだった。

それにより、この冬には今まであまりなかった度数の高い酒がバルカに登場するようになったのだった。

◇◇◇

「坊主、最近いいものを作ったみたいだな」

「ああ、おっさんか。そうだ、新しい酒を開発した。飲んでみるか？」

バルカニアで蒸留器を作った俺は、未だフォンターナの街には帰らずに度数の高いお酒造りをしていた。

そこに、どこからか話を聞きつけたらしいおっさんがやってきた。

俺が新しく作る酒に興味があるようだ。

「お、いいのか。それじゃ、遠慮なく」

「飲みすぎるなよ。一応商品としての試作段階だからな。酒好きの父さんに飲ませてみて、気にいるものだけを残してみた。ま、あとで貴族や騎士の口に合うかも確認しないといけないけどな」

「ふーむ。聞いていたとおり、かなり酒精が強いんだな。だが、こっちのは喉が焼けそうなほどだぞ。こんなの飲みたがるやつがいるのか？」

「知らん。俺は試飲していないからな。けど、度数の高いものは何年か寝かせたほうがうまくなるかもしれない。そのへんは要研究だな」

「はー、そんなもんかよ。気の長い話になりそうだな。俺はこっちだな。普通のやつよりもガツンと拳《こぶし》が効いているけど飲みやすさもある」

「なるほど。おっさんはそっちが好き、っと。ま、最初は既存の酒を蒸留していろいろ試してみるしかなさそうだな。蒸留の回数と材料の組み合わせを記録していかないと。ビリーの研究のやり方を聞いて、リード家の中の酒好きのやつにやらせてみせようかな」

「ま、なんにせよ、売るほうは任せておけよ、坊主。変わった酒ができたんだ。間違いなく買うやつはいるからな」

「当然だろ。酒は販売禁止にすると社会が崩壊するほどのしろものだからな。需要が尽きることはない」

「うん？　そんなことがどこかであったのか？」

あったんだよ。

もっとも、それは前世での歴史上の話だが。

「ああ、いや、こっちの話さ。でも、酒に限らずバルカにはいい商品がそろってきたな、おっさん」

「そうだな、坊主。酒、服、紙、薬、レンガ、家具、ガラス製品、ほかにもいろいろあるからな。それに何より食料の自給が安定しているのもいい。商品が多いのもいいが、食べるものが豊富にあるっていうのもバルカの特徴だからな」

「まあね。俺の魔法だけの力じゃなくて、作物そのものも前から品種改良していいものを増やしてきていたからな。俺がもともと畑で育てていた野菜なんかの種は結構人気あるんだぞ、おっさん」

「そう言われると、昔のことを思い出すな。まだ坊主がちみっこいころから畑で動き回っていた姿が目に浮かぶぞ。坊主は覚えているか？　俺に初めて会ったときのことを」

「そりゃ覚えているよ。俺がおっさんのところにサンダルを売りに行ったんだろ？」

「そうだ、意外としっかりした作りのサンダルを売りに、名付けもされていない子どもが来たなと思っていたら、いつのまにかこんな風に騎士領まで治めるようになっているんだもんな。あれからまだ数年しか経っていないってのが信じられないよ、俺は」

そう言われるとそうだな。

俺もまさかこんな風になっているとは夢にも思っていなかった。

だが、今でも覚えている。

俺が今も無事に、こんなふうに騎士領を統治していられるのは間違いなく行商人をしていたおっさんと知り合い、仲良くなったからだろう。

「懐かしいな。そう考えると、俺の今の姿の出発点はおっさんから使役獣の卵を買ったことから始まったっていっても過言じゃないな。あのときの卵からヴァルキリーが産まれたのは多分最大の幸運だったと思うしな」

「……ヴァルキリー、使役獣か。なあ、坊主。お前はまだ使役獣の卵の研究を続けるのか？」

「何だよ、おっさん。まだ使役獣の研究は無駄だって言いたいのかよ？」

「いや、そうは言わない。騎乗型よりも希少価値のある飛行型の使役獣が産まれたんだ。それだけでも俺はあの研究が成功だと思っている。だけど、やっぱり魔獣型の狙った魔法を持つ使役獣を孵化させるのは難しいんじゃないか？　領地の経営が安定してきた今だからこそ、出費の大きい研究に躍起《やっき》にならなくてもいいんじゃないか？

「……駄目だよ、おっさん。使役獣の研究は続ける。これは決定事項だ」

「どうしてそこまでこだわるんだ？　バルカの商売が安定して高収益を挙げられるようになったんなら、それでも十分じゃないか？」

「戦が原因だよ、おっさん。この間の戦いでわかったことがある。それはヴァルキリーの機動力の高さの優秀性だ。アーバレスト領内を西進しながら次々と騎士の館を落としていけたのはヴァルキリーの足があったからこそだ」

「また戦いがあるのか？」

「わからん。少なくとも俺は戦いたいとは思っていない。けど、戦わないといけない状況になったら俺は攻撃に出る側に回りたい。守るのはきついからな」

「そうか。わかった。だが、カルロス様はどうするおつもりなんだろうな？」

「さあな。一応新年の祝いのときにでも発表するんだろ。来年のフォンターナの動きを」

「そうか。戦ってばかりだな、俺たち人間は」

「そうだな、おっさん。平和な世界が来ればいいんだけどな」

新しく作った酒を試飲という名目で何度もグラスに注ぎながらつぶやくようにそう言った。

話していると、いつしかしんみりした話題になっていった。

雪が降り始めた冬の時期になったからなのか、昔を懐かしむようにして話し込む。

その中でやはりおっさんの中では使役獣の研究がバルカ騎士領の収支を大きく圧迫していることを心配しているようだった。

だが、俺としてはやめられない。

ヴァルキリーの大量生産ができるかもしれないとなれば、たとえ結果がすぐに出なくとも研究を続けるしかないのだ。

それに現実的にもヴァルキリーという戦力は大きい。

いつ戦が起こるかわからない状態だからこそ、この研究は必ず未来に役立つと考えている。

と、そんな風に俺がおっさんと話し込んでいるときだった。

「失礼します。報告申し上げます」

「どうした？　何かあったのか？」

「はい。北の森から鬼が出たとのことです」

「……鬼？」

「はい。森から出てきていた大猪を退治するために出ていた兵たちが鬼と遭遇したそうです。遠距離から魔法攻撃で討伐しようとしたようですが返り討ちにあいました。生き残った兵が証言するところでは尋常ではない強さを誇っていたようです」

……まじかよ。

あの森ってそんなもんまで住んでいるのか。

恐ろしいところに自分の領地があるのだと今更ながらになって思ってしまった。

だが、いまの報告だけでは何がなんだかよくわからない。

俺はすぐさまその鬼が出たという現場に出向くことにしたのだった。

第三章　鬼と検証

「あれが鬼か。ほんとに角があるな。体もでかいぞ」

報告を受けた俺はすぐさまバルカニアの北に広がる森との境近くにまで出向いていった。

もしかして、何らかの強力な敵が出てきたことを兵が「鬼が出た」と報告してきたのかもしれないとも考えていた。

だが、違ったようだ。

本当に報告のとおり、森から鬼が出てきていたようだった。

身長は人よりも大きく、全身がガッチリとした筋肉の鎧で覆われているその鬼の頭には角が伸びている。

なんというか、物語に出てくるオーガと呼ばれる怪物を彷彿《ほうふつ》とさせる。

ただ、報告によればバルカの騎士が【氷槍】を放っても全くダメージを受けていなかったようなのだ。

防御力だけでいっても大猪よりも高く、その姿からは恐るべき脅力《りょりょく》を持つだろうことが予想できた。

これはなかなか他の連中に任せるには危険だと判断せざるをえないだろう。

「アルス殿、あれはもしかしたらこの地に伝わる伝説の生き物かもしれないのでござる」

「どういうことだ、グラン。伝説の生き物？」

「そうでござる。かつてこの森を開拓していた時に大猪の被害があり、開拓失敗に終わったという話は知っているでござろう？　けれど、その話には別の話もあるのでござるよ」

「へー、知らなかった。もしかして、大猪ではなくて鬼が森から出てきたことが開拓の断念の原因になったとかいう話でもあるのか？」

「そのとおりでござる。それに考えてもみてほしいのでござるよ、アルス殿。本当に大猪だけが森から出てきたのだとしたら、当時の騎士たちも攻撃魔法で対処できたはずではござらんか。それができなかったということは攻撃魔法が通用しなかった相手がいたと考えるのは間違いではないと思うのでござる」

「なるほど。もしかしてあの鬼は大猪を捕食する側の存在なのかもしれないな。それが森から大猪が出ていくことが増えて、それを追いかけてあの鬼も追っかけてきたのかな」

「まあ、そんなことはどうでもいいのでござるよ、アルス殿。早くあの鬼を退治してくるのでござるよ」

「お、おう。お前は一緒に戦わないつもりなんだな、グラン。別にいいけど、なんでそんなに興奮しているのさ？」

「何を言っているのでござるか、アルス殿。あの鬼から素材を得られればまた新たなものが作り出せるかもしれないのでござるよ。興奮しないわけがないではござらんか」

遠距離から双眼鏡で鬼を観察している俺の隣にいるグランがものすごく息巻いている。

なるほど。

それで興奮しているのか。

確かに大猪の牙から魔法剣なんてものを作り出したグランからすれば、さらに上位に位置するであろう魔物の鬼を見ればテンションがあがるのも頷ける。

が、さらにその隣で興奮している奴がいた。

バイト兄だ。

鬼が出たという話を聞いて一緒に様子を見にきていたのだが、グランの言うことを聞いて新しい武器でも手に入るとでも考えたのだろう。

「よっしゃ、さっさと行くぞ、アルス」

「いや、ちょっと待ってよ、バイト兄。あの鬼がどのくらい強いのかまだ把握できていない。俺がまず様子を見てくるよ。バイト兄はグランとここで待機だ。もし万が一、俺が鬼に負けそうだったら助太刀に入るか、あるいはグランと一緒に逃げてくれ。判断は任せるよ」

目をキラキラさせて、今にも飛び出そうとしたバイト兄の肩に手を当てて、それを制止する。

あの鬼の強さが分からないまま、二人とも戦いを挑んで負けたらシャレにならない。

渋るバイト兄を説得して、まずは一人で戦うことに決めた。

俺は双眼鏡をしまってから、ヴァルキリーに騎乗して鬼のもとへと駆けていった。

「氷槍」

ヴァルキリーにまたがり、トップスピードで鬼へと近づき攻撃魔法を放つ。

報告でも聞いていたが自分でも本当に魔法が通じないのか試してみた。

俺の手のひらから人の腕ほどの太さと長さの氷柱が出現し、発射される。

その氷の槍は狙いがそれることもなく、鬼の体へとぶち当たった。

「本当に効果なし、っと」

丸太のように盛り上がった二の腕で飛んできた【氷槍】をガードした鬼。

そのムキムキの肉体には傷ひとつついていなかった。

大猪も耐久力が高かったがこいつはやはりそれ以上だと感じる。

その鬼が攻撃してきた俺を見て反撃をしてきた。

「グラァァァァ」

大きな声を発する鬼。

するとその筋骨隆々の体がさらにひと回り大きくなった。

ミシミシと音をたてながら体中の筋肉が盛り上がる。

なんというか、盛り上がった筋肉が金属鎧になったのではないかと思うような変化をする。

そして唸り声を上げながらたくましい腕を振り下ろすパンチを放ってくる。

かなり速いがヴァルキリーがとっさに避けると、そのパンチは空を切って地面に当たった。

ドゴン！

と、そのパンチが当たった地面が大きくえぐれるように陥没《かんぼつ》する。

拳の威力だけでそれほど破壊力があるのかと驚く。

あんなものを体に食らったらひとたまりもないだろう。

身近に恐ろしいやつがいたものだ。

「なら、こっちはどうかな？」

地面を殴った鬼が体勢を起こしているところへと再び駆け寄る。

今度は先程よりも近づいての攻撃だ。

手に持っている九尾剣へと魔力を注いで攻撃した。

【魔力注入】ではなく、自分で魔力コントロールしていつも以上に九尾剣へと魔力を注ぐ。

だが、思ったような効果は出ない。

ウルクの次期当主と言われていたペッシのように、九尾剣から黒焔を出すことはできないかとあれからいろいろと試している。

しかし、単純に魔力を多く注いでも意味がないようだ。

単に現出する炎の剣の長さがいつもよりも伸びるだけという結果に終わってしまっていた。

どうやら九尾剣や雷鳴剣は魔力を多く注げば【魔力注入】だけのときよりも出力は上がるものの、上限が存在するようだ。

全力で魔力を注いだところで九尾剣から黒焔が出るわけでもなく、雷鳴剣で雷を撃ち落とすこともできないらしい。

【黒焔】が使えればよかったのにとどうしても思ってしまう。

まあ、ないものは仕方がない。

そんな風に九尾剣の検証をしつつ、攻撃した鬼を観察する。

どうやら、この鬼も九尾剣の炎の剣に対してそれほどのダメージがないようだった。

こいつはもしかしたら人間でいう当主級に準じるような身体能力を持っているのかもしれない。

そこで、九尾剣を一度しまってから、別の魔法剣を使用する。

俺が名付けた斬鉄剣グランバルカを手にした。

大猪の幼獣の牙から作り、俺とヴァルキリーが大量の魔力を注ぎ込んで育て上げた日本刀型の魔法剣だ。

取り込んだ魔力によってもともと小剣程度の小さな武器だったものが、それなりの長さに勝手に成長し、しかも刀の形へと変わってしまった魔法剣。

その特性はとにかく折れにくく切れやすいというだけのものだ。

「グラアァァァァ」

「散弾」

その斬鉄剣を手にして鬼へと近づくと、向こうは再び攻撃態勢に移行して腕を大きく振りかぶって殴りかかってきた。

そのパンチの威力はかすっただけでも大ダメージになりそうだ。

なので目潰しがわりに【散弾】の魔法を放ち、鬼の目を攻撃する。

さすがに皮膚とは違い、目に石が入ると鬼でも痛かったようだ。

一瞬ひるんで隙ができる。

そこへさっと近づいて斬鉄剣による攻撃をお見舞いした。

スパッという音が出そうなほどのあっさりした手応え。

攻撃魔法や九尾剣による攻撃によって全くダメージのなかった鬼の体に傷がついた。

どうやらこの斬鉄剣であれば無事に攻撃が通用するようだった。

「はい、これで終わりっと」

そして、その後も数度同じような攻撃を繰り返して鬼の首を切り落とすことに成功した。

さすがに首から上と下に体を切り分けられると強靭《きょうじん》な肉体を持つ鬼といえども無事では済まないようだ。

なんとか無事に鬼の討伐に成功したのだった。

◇◇◇

「お疲れ様でござる、アルス殿。さ、その鬼は拙者が責任を持って持ち帰るのでござるよ」

「来るの早えな、グラン。ま、いいか。よろしく頼む」

「頼まれたのでござるよ、アルス殿。拙者はこれにてバルカニアに失礼するのでござる。アルス殿は引き続き、鬼退治を頑張ってほしいのでござる」

「……はい？　まだ鬼がいるのか？」

「当然でござろう。アルス殿はこの広い森に鬼がこの一体しかいないと思っているのでござるか？　そんなはずはないでござろうよ」

「ちょっと待ってくれよ、グラン。森から出てきた鬼っていうのはこいつだけなんだろ？　わざわざ森に住んでいるかもしれない鬼を倒す必要はないんじゃないのか？」

「そういうわけにはいかないでござろう。一度出てきたということは、森の境と鬼の住処《すみか》が近いということかもしれないのでござる。であれば、次にいつ鬼が出てくるのかわからず、住民は不安に思っていることでござろう。ならば、鬼の住処を把握し、そこに住む鬼を退治しておくことは当然でござる」

「もしかして、俺がやるのか？　その鬼探しと鬼退治を？」

「……逆に聞き返すのでござるが、普通の人間があの鬼を相手にできるのでござるか？」

ふざけんなよ。

俺だってこう見えていろいろ忙しいんだっつうの。

だけど、確かにグランの言うとおり、他の奴らだと手も足も出ずに殺られる可能性があるか。しょうがない。確かに俺以外であの化け物と戦える者は限られているだろう。

鬼の素材を引き取って帰っていくグランを見送りつつ、残ったバイト兄をアイコンタクトを取り合った。どうやら、バイト兄はやる気満々みたいだ。

こうして、バルカに現れた鬼を倒したにもかかわらず、まだまだ鬼の問題は終わりそうになかったのだった。


「鬼さんこちら、手の鳴るほうへ。よっし、バイト兄、うまく釣れたぞ」

「よし、任せろ、アルス」

森のなかで移動している鬼を見つけた俺がとある地点までその鬼を誘導する。

森のなかでもポッカリと開けた広場のような空間。

そこにバイト兄が待っていた。

その広場へとうまく鬼を連れてきたら、その鬼へとバイト兄が攻撃するところを見る。

最初に目撃された鬼を退治したあと、俺は森の中へ入って鬼を探しては倒すことを繰り返していた。

だが、数体の鬼を倒した辺りで、鬼と戦うのはバイト兄へと切り替わった。

これは別に俺がめんどくさくてバイト兄へと押し付けているわけではない。

バイト兄自らが志願したのだ。

「グオオオォォォォォ」

俺におびき出されて、目の前に武器を持った人間がいるところへと連れてこられた。

そのことを鬼が知って怒ったのかもしれない。

あるいはただ単に目の前に獲物が現れたから力を使ったのかもしれない。

どうやら、この鬼もまた魔法を使う生き物のようだ。

大きな雄叫びのような声を上げると例外なく、すべての鬼の体に変化が現れる。

それはもともとムキムキだった体がさらにひと回り大きくなるのだ。

しかも、単純に筋肉が膨れ上がるだけではなく、全身を覆う金属鎧のような形へと変化する。

勝手に名をつけるとすれば【鎧化】とでも言うべき魔法を鬼は使う。

が、これが単純ながら恐ろしい。

高い防御力を備えつつ、生来の圧倒的な力強さが同居しているのだ。

握り拳で地面を叩けば大きく陥没するし、森の生えた木を殴れば一撃で木を粉砕するようにして折ってしまうのだ。

攻守ともにハイレベルな、まさに化物と言っていい相手だった。

その鬼に対してバイト兄はひとりで戦っていた。

手にするのは硬牙剣だ。

俺もいろいろ試してみたのだが、斬鉄剣であれば普通に攻撃は通じるが、攻撃魔法や九尾剣、あるいはバイト兄の雷鳴剣ではそこまでの効果が見られなかった。

だが、斬鉄剣ではない通常タイプの硬牙剣はそれなりに攻撃が通じたのだ。

硬牙剣は魔力を通すと【硬化】という魔法効果が発揮されるだけの魔法剣だ。

九尾剣や雷鳴剣のように派手な見た目ではなく非常に地味だ。

だが、この【硬化】の効果は馬鹿にできなかった。

【硬化】を発動させた硬牙剣で鬼を攻撃すれば全くの無傷ではなく、手傷を与えられたのだ。

西洋剣の形をした硬牙剣で叩き切るように何度も何度も繰り返し攻撃することで鬼は倒せる。

そして、鬼の攻撃を受けても硬牙剣ならば折れずに受けきれる。

攻撃にも防御にも硬牙剣は通用したのだ。

といっても、硬牙剣があれば誰でも鬼と戦えるというものではないだろう。

なんといっても人間と鬼では力に差がありすぎるのだ。

鬼のパンチを硬牙剣で受けても剣が折れることはないが、それでも人間側が力負けしてふっとばされることになる。

普通ならば硬牙剣を持つ手の骨が折れ、吹き飛んだ先で木などに衝突して大ダメージを受けるだろう。

また、攻撃も叩き切るように硬牙剣を扱えばダメージは与えられるが、あくまでも一撃では倒し切ることはできない。

圧倒的な攻撃力を誇る相手にダメージをもらわず、何度も攻撃し続けるしか勝ち目がないのだ。

ぶっちゃけていえば、普通の人間が勝てる相手ではないと思う。

だが、バイト兄は鬼と戦うことを望んだ。

それは自分を高めるための行為だった。

鬼は強い、それは間違いない。

しかし、人間の中にもこの鬼に勝る相手がいるのだ。

いわゆる、当主級と呼ばれる相手である。

圧倒的な魔力を誇る当主級はさらに強力な魔法も持つことになるので、この鬼よりも強いと言えるだろう。

そんな当主級を相手にしても勝てるように、バイト兄はこの森に住む鬼を相手に鍛えていたのだ。

「武装強化ああああぁぁぁぁぁぁっっっっっ」

そのバイト兄は鬼を前にして言葉を放つ。

今はまだ意味のないただの叫びだ。

バイト兄は「武装強化」と叫びながら全力で硬牙剣へと魔力を注ぎ込んで鬼に攻撃を行っていた。

魔法剣は魔力を注ぐと魔法効果が発揮される。

だが、その効果には上限がある。

九尾剣に魔力を注ぐ量を増やすと炎の剣の長さが伸びるが、一定の長さで伸びるのが止まるのだ。

それと同じで硬牙剣も魔力を注いでも、ある程度のところで硬化が止まっているはずなのだ。

だが、バイト兄はそんなことはお構いなしに硬牙剣へと魔力を流し込んでいた。

普通ならば意味のない行為だ。

だが、バイト兄が注ぎ込んでいた魔力は無駄にはなっていなかった。

というのも、硬牙剣へと注いだ魔力で【硬化】の能力を発揮させた分を引いた残りの魔力が、剣身を包むようにして維持されていたからだ。

バイト兄が注いだ魔力が剣を包み込むことで攻撃力が増していたのだ。

つまり、バイト兄は武器の攻撃力を上げるという魔術を発動させていた。

バイト兄が攻撃力を上げた硬牙剣は何もしなかった状態の剣と比べると明らかに鬼に与えるダメ

ージが多かった。

だが、危険な行為と言わざるをえない。

自分の持つ魔力の多くを防御ではなく攻撃へと割り振るということは、一度でも鬼の攻撃が当たれば死に繋がりかねないのだから。

しかし、バイト兄は引かなかった。

命をかけて鬼と向かい合い、自分の全力を振り絞る。

見ているこちらが何度も心臓が飛び上がりそうになるくらい危険な瞬間があった。

それでもバイト兄は鬼と戦い続けていた。

そうして、来る日も来る日も鬼と戦い続け、死体の山を積み上げるようにして鬼を倒し続けたころ、バイト兄は【武装強化】という呪文を編み出すことに成功したのだった。

◇◇◇

「新年明けましておめでとうございます、カルロス様」

「ああ、こちらこそこれからも頼むぞ、アルス。貴様ら兄弟はどうやら魔法を生み出すことに長けた家系のようだからな。これからもしっかりと働いてもらうぞ」

雪が降り積もるなか、森の中でひたすらバイト兄と鬼退治をしていた俺。

凍死するのではないかと思うような中をずっと戦い続けていた結果、バイト兄はついに念願の独自魔法を習得するに至った。

そして、そのころになると森の中で動く鬼を見かけることはなくなっていた。

それをみて、俺は開拓による森の減少が原因の鬼との遭遇のリスクはかなり減った、という判断を下して鬼退治を終了することになった。

それから程なくして、冬が深まり、新たな年へと変わった。

そうすると、毎年恒例の当主への新年の挨拶という行事があることになる。

今はフォンターナの街に住んでいる俺は新年が明けたその日の朝からカルロスの居城へと行って、こうして挨拶をしているというわけである。

「はい。我が兄バイトの【武装強化】はかなり強力です。必ずやフォンターナの平和を守るための力となるでしょう」

「守るため、か。どうやら、貴様は積極性がないようだな。今年は我がフォンターナをはじめとして周辺勢力図が大きく変わることになるだろう。そのようなままではその動きについてこられないぞ？」

「バルカ騎士領は正直申し上げると当分はしっかりとした内政をして力を蓄えたいというのですよ」

「ふむ。あえて動かずに力を溜める、か。それも悪くなかろう。だが、周りの動きがそれを許さないことはあり得る。いつでも動ける準備だけはしておけよ」

「わかりました、カルロス様。しかし、いつになれば戦が終わるのでしょうね。毎年戦っているのですが……」

「……フォンターナでここ数年、毎年戦が続いているのは誰がきっかけだったかわからんのか？」

「さあ、存じ上げませんね。あ、それよりもカルロス様、そのお召し物大変お似合いですね。バルカで作った新しい生地で早速服を仕立てられたのですね。素晴らしい仕立ての服でこのアルス、感激しております、はい」

「……まあ、よい。これは質のいい生地だな。さすがにリリーナが認めただけはある」

「そうでしょう、そうでしょう。ヤギの毛をリリーナの御眼鏡《おめがね》に適うように厳しく選別した結果、残った最上級の柔らかなものだけを生地へとしたのです。それ以外はバルカ軍の兵だけに支給して販売していないので、バルカ産の生地はかなり貴重なんですよ」

「ほう、なるほどな。厳しい基準で選び抜き、それだけを取り扱うことで希少価値をより高めているのか。数は揃いそうなのか？」

「少数生産で限りがあります。カルロス様がご所望であればいくらかは融通《ゆうずう》することができますが？」

「そうか。これは貴族用の礼服としても使える生地だと俺も思う。他の貴族へと交渉することがあれば贈り物としても喜ばれるだろう。いくつか生地を用意しておくのもいいだろう」

「なるほど。それならば早速用意しておきましょう。貴族の方が使っているとあれば、それだけこのバルカ産の生地の価値が上がりますから」

それまでの数年間の新年の挨拶のときよりもいくらか長くカルロスと話し込んでしまった。

そのなかでカルロスの格好に目が行く。

どうやら我がバルカ騎士領の新商品であるバルカ産の生地を使ってこの日のための衣服を仕立て

てくれていたらしい。

その服を着てフォンターナ領内の騎士たちから挨拶を受けている。

これはいい宣伝だ。

これから宴の間に移動してから他の騎士と話すときには積極的にこの生地をアピールしていこう。

そんな風に俺の十二歳の年が始まった。

◇◇◇

「アルス殿、元気そうで何よりだ」

「これはピーチャ殿、新年おめでとうございます。そちらもお元気そうで何よりです。あれからウルク領の様子はどうでしょうか？」

カルロスの居城にて新年の挨拶が終わったら、次は場所を移動してパーティーが開催されることになっている。

これも毎年のことで、俺は初めて参加した際は一人ぼっちで寂しい思いをした。

が、昨年同様に今年もどうやら一人でパーティーを過ごす必要はなさそうだ。

アインラッドの領地を治めているピーチャが話しかけてくれたからだ。

「ああ、次期当主と目されていたペッシが亡くなったのだ。混乱しているようだ。ただ、こちらの動きはかなり警戒しているようだな。もっとも、攻めてくることはないだろうが」

「そうですか、それは良かった」

「うむ、それもこれも昨年のバルカの働きによるものだ。貴殿らの活躍でわたしもウルク領を切り取ることができて助かった。礼を言わせてもらおう」

「前回の戦いは頑張りましたからね。ピーチャ殿の役に立ったようでよかったです」

「本当にありがたいことだ。で、少し話したいことがあるのだが、いいかな？」

「どうしたんですか、改まって？」

「うむ、実は昨年の麦の収穫はこちらが予想した以上のできだった。それはいいのだが、量が多すぎてな。脱穀《だっこく》作業に時間がかかりすぎるのだが……」

「ああ、なるほど。そういえば脱穀作業って手作業でやってたんでしたっけ？　バルカではもっと効率よくやるようになっていて忘れていました」

「そうだ、そのとおりだ、アルス殿。バルカではもっと手間を掛けずに脱穀や製粉をする方法があるというではないか。ぜひそれをアインラッドでも導入できないだろうか？」

俺に話しかけてきたピーチャは世間話をしつつも、言いたいことがあったようだ。

それは麦の収穫についてだった。

どうやらアインラッド周辺に対してバルカの騎士を派遣して農地改良をした結果、予想を遥《はる》かに上回る豊作になったようだ。

それ自体は何も問題ないのだが、いわゆる嬉しい悲鳴というやつだろうか。

あまりに豊作すぎて麦の脱穀作業が大変すぎると泣きついてきたのだった。

バルカではそれにうまく対応できていると聞いて助けを求めてきたので、助け舟を出すことにする。

「脱穀は道具を作って持っていけばいいだけですが、製粉には風車を作ることになりますけど建物を建ててもいいのですか？」

「ああ、必要であれば建ててもらってもかまわない」

「わかりました。考えておきましょう。……ついでなのですが、他に困っていることはありませんか、ピーチャ殿。今年もバルカでは各騎士領に人を派遣することを考えているのですが、行った先でついでに困っていることを解決してお金を稼ぐ方法とかがあれば助かるのですが」

「ものすごいぶっちゃけて聞いてくるな、貴殿《きでん》は。普通、なにか問題があってもそれを他の騎士に話したがるものではないぞ。だが、困っていることとは少し色合いが異なるかもしれんが思うことはある」

「お、それはなんでしょうか、ピーチャ殿」

「金だ」

「……は？」

「金だよ、アルス殿。金がないのだ、どの騎士領もな」

「……騎士領ですよね？　領地を持っているのですよね？　お金がないなんてことありますか？」

「ある。普通の騎士は領地の運営に麦などの収穫した作物を民に納めさせているのだ。そして、その麦を必要分以外売って現金にしている。正直なところ、そこまで大量に現金を持っている騎士というのは少ないだろう」

「はあ、そんなことがあるのですか」

「よくあるのだよ、実際にな。しかも、近年は常に戦があり、動員されていたからな。現に私は親交のある騎士たちから相談も受けているのだ。バルカの農地開発を自分の領地にも行いたいが現金以外で支払うことはできないものか、といった内容のな」

「うーん、そう言われても麦なんかで支払われてもこっちも困りますしね。それなら麦を売って現金化してから依頼しろって話になりますよ」

「そうだな。別に貴殿に、麦を報酬に人を派遣してくれと頼む気はない。が、現金収入の少ない者が仕事を依頼しにくいという現状が実際にある、というのを知っていてもらいたかっただけだ。すまんな」

「いえ、ピーチャ殿の話を聞くまで考えもしませんでした。情報感謝します」

なるほど。

いい話を聞けた。

やはり実際にこうして顔を会わせて話し合うということは重要なことだろう。

俺にはにわかには信じられなかったが、どうやらそれなりの騎士領で現金収入の不足問題というのは本当にあるらしい。

場所によっては特産品の販売収益などもあるらしいが、基本的にはその年に収穫する麦などが騎士の収入となるのだそうだ。

不作だったらどうするつもりなのかと思ってしまう。

というか、不作だったらそれこそ戦をするのかもしれない。

他の土地を奪うか、あるいは戦死者を出して口減らしをするかということを考えて。

ただ、まあ他の騎士領の金欠問題には俺の行動も関係していたりするかもしれない。

なんといっても、収入源の柱のひとつである通行税を撤廃させたりしたのは俺なのだから。

が、この情報は俺にとって新たな金儲けの話が転がり込んできたようにしか思えなかった。

早速、俺は今後の金儲けの方法について検討に入ったのだった。

◇◇◇

「おっさん、ちょっと相談があるんだけど」

「ん、どうしたんだ、坊主？」

「新しく金を稼ぐ方法を考えたんだけどな、ちょっといろいろ聞きたくて」

新年の祝いから帰った俺は早速この話を相談することにした。

その相談相手は元行商人のおっさんだ。

やはり、お金に関することならば技術屋のグランや農民の父さんなどよりも商人であるおっさんが一番だろう。

「お、またなにか新しい商品でも考えついたのか？　ちょっと待ってくれ、詳しく聞かせてくれ、坊主」

「ああ、つっても新商品ってわけじゃないんだけどな。金貸しをやろうかと思ってな」

「……なんだって？」

「金を貸すの。金が必要な連中に、利息を付けて」

「……坊主、金貸しは嫌われるぞ？　わかっているのか？」

「そりゃ、まあそうだろうけど、いないわけじゃないだろ？　金貸し連中ってそんなに恨まれてたりするのか？」

「それはそうだろう。奴らは金を貸したことを主張して恐ろしい利率の利子をつけて返済を迫るからな。当然、払えなくなる連中も多くいる。身ぐるみ剥《は》がされてケツの毛まで抜かれたやつの話も山程あるぞ」

「せ、世知辛《せちがら》いな。利率の上限とか決まってないのか？」

「おおよその相場はあるが、きっちりとは決まっていない。だが、どれも雪だるま式に借金が膨れ上がってくることになる。まあ、それが悪いってわけじゃないからな。貸したほうも回収できなきゃならねえしな」

「ふーむ、悪徳金融っぽい言い分だな。ま、それはとりあえず置いておこう。俺が金貸しの顧客として考えているのは庶民じゃない。騎士連中だよ、おっさん」

「騎士？　騎士に金を貸すのか？」

「そうだ。ピーチャ殿と話していたときに聞いたんだけど、意外と騎士領を持つ騎士も資金繰りには困っているところもあるらしい。そこを狙う」

「ちょっと待て、坊主。騎士領を持つ騎士を狙うって、金を貸して土地を巻き上げる気じゃないだろうな。それこそ本当に揉め事につながるぞ？」

「んー、そういうこともあるかもしれないけど、ちょっと違うかな。別に利率を高く設定する必要はない。どっちかと言うと確実に回収できるように金を貸したいと思っているんだ」

「……よくわからんが、どういうことだ？」

「まあ、俺も詳しくないからこれがうまくいくかどうかははっきりとわからないんだけどな。ちょっと聞いてくれ」

そうして、俺はおっさんに話し始める。

俺が新たに考えた金儲けの方法は金を貸して利息を得るという、いわゆる金貸し屋だった。

その狙いはピーチャに聞いていたとおり、現金がないらしい領地持ちの騎士たちだ。

もっと詳しく言うと、領地持ちの騎士の中でもバルカの農地開発を受ける意志がある連中がターゲットになる。

貧弱な農業技術しかないフォンターナの中で俺の【整地】や【土壌改良】というのはそれまでの収穫量とは一線を画す農業方法ということになる。

その農地改革を俺は去年から依頼を受けた土地へと人を派遣して行っていった。

そして、その効果は前年にもしっかりと現れていた。

ピーチャがいるアインラッド砦の周りだけでも手作業の脱穀が追いつかないほどの収穫量になっているのだ。

その話を聞いて、バルカの農地開発を自領にも行いたいと考えている騎士たちは確かにいる。

だが、頼むためには金がかかり、そのための現金を支払う方法に不安を思っている人がいるというのも事実だ。

だからこそ、そんな奴らに狙いをつけた。

やり方はこうだ。

一度、俺が騎士に対して金を貸す。

そして、その金を使って農地開発の仕事を依頼させるのだ。

借りた金の返済については翌年の収穫した麦の販売額から取り立てる。

よっぽどの天候不順がなければ問題なく金を回収できるはずだ。

ようするに将来の収穫量増加を当て込んで金を貸すということになる。

普通ならば危険な行為であるかもしれないが、収穫量自体が増えることはまず間違いないと思う。

それに将来の返済方法を決めておくことでそこまでアコギな利率にする必要もないだろう。

比較的良心的な利息設定にしておけば、他の金貸しに借りることがない分だけ、仕事を依頼しやすくなるのではないだろうか。

さらに言ってしまえば、これは俺にとって他の騎士に対する外交手段ともなり得る。

バルカは急に頭角を現した新興勢力で、割と力ずくで今の立場をもぎ取ってきた。

言ってしまえば、力はあるが信用度はかなり低い。

その状況を解消するのは生半なことでは難しいだろう。

であれば、手っ取り早くお金の力を利用しようと思う。

他の騎士に金を貸し、その債権を所有していれば少なくともこちらのほうが立場が上ということにもなる。

そうだな。

どうせなら、一年で返済するようなプランではなく、数年かけて返済する仕組みにして長く付き合っていく方向にしてみてもいいかもしれない。

実は今までにもこの考えはあった。

だが、バルカ騎士領の財政自体に赤信号がつきっぱなしだったので、金を貸すこともできなかったのだ。

しかし、去年のウルク・アーバレスト両家との戦いでバルカの財政に変化が起きた。

あのときの活躍でカルロスに報酬として金を要求した俺は、恩賞としてかなりの資金をカルロスから頂戴したのだ。

実はカルロスもかなりの金持ちだったりする。

今ではフォンターナ領内を張り巡らせるようにして作り上げた道路網のすべてがフォンターナの街へと繋がっているのだ。

俺の領地であるバルカに行くにもフォンターナの街を通ることになる。

結果として、フォンターナ領の経済の中心地としてフォンターナの街は未曾有の好景気に沸いているのだ。

そして、おそらくそれは今年以降も続くだろう。

なんといっても、最近になって各騎士領の騎士たちもみんな家族ごとフォンターナの街に引っ越してきたのだから。

そんなお金持ちのカルロスからの報酬は教会への支払いを終えてもしっかりと残っている。相変わらず使役獣の研究に金がかかっているが、それ以外の新商品がバルカには増えて財政が安定している。

金貸しをするには今が一番タイミングがいい。

こうして、俺はおっさんたちと協議を重ね、バルカ金融を始めることになったのだった。


「貴様、金貸しを始めたらしいな？」

「……もしかして、駄目ですか、カルロス様？」

俺が金貸し業を始めてから少し時間が経過した。

そのことはどうやらカルロスの耳にも入ったようだ。

俺が用事でカルロスの居城へと来た際に、そのことについて向こうから話を振ってきた。

「ふむ、騎士の領分は土地を治めることにある。金を貸しつけて私腹を肥やすことではない。その点でいえばいい行いとは言えんな」

「でも、もう貸付が始まっているのですが……」

「ああ、そう聞いている。まあ、よかろう。内容は農地開発が主なのだろう？」

「はい、そのとおりです、カルロス様。今のところ、貸した相手にはそのお金で農地の開発を依頼してもらい、数年かけて返済していくという形を取ることにしています」

「わかった。だが、あまりにも複数の騎士が返済不能に陥るようなことがあれば、俺もフォンターナ領の領主として問題解決に動かざるを得ないことになる。せいぜい、加減を見誤らんようにしろよ、アルス」

「わかりました。ご忠告感謝します、カルロス様」

おお、反対される可能性もあるかと思っていたが、バルカが金融事業を始めるのをカルロスが許可してくれた。

ただ、やはりあまり騎士としてふさわしい行為ではないようだ。

禁じてはいないが、望ましい行為ではない、という感じだろうか。

しかし、そうは言っても確実に儲けが出るのでやらないという選択肢はない。

というのも、農地開発というのはあくまでもきっかけに過ぎないからだ。

金を貸した騎士領でバルカの騎士が【整地】や【土壌改良】を行えば確実に翌年の収穫量は増えることになる。

が、実はそれはそこまでの話だ。

その次の年には増えた収穫量が再び減ることになるだろう。

もちろん、【整地】した畑は今までとは比べ物にならないくらい農作業しやすくなっている。

それに畑そのものの面積を広げることもできるだろう。

が、【土壌改良】の効果は次の年にまで引き継がれないのだ。

バルカに仕事を依頼した土地は農作物の収穫量が劇的に増えはするが、それを継続させるためにはそれ以降もずっとバルカへと仕事を依頼し続けなければならない。

依頼しない、という選択肢はおそらく取れないだろう。

なにせ、このあたりの価値観では騎士にとって領地がなにより重要で、領地とは麦が取れる場所、すなわち収穫量の多さこそが騎士にとって大切なのだ。

一度手にした収穫量を前に、それを自ら手放すことなどできはしないだろう。

ちなみに、融資の返済期間を翌年ではなく数年間に設定したのもそれが理由だ。

一年間で返す金額が少なければまるで自分が借りたお金が少額であったかのように錯覚するものだ。

だが、確実にその次も、更にその次の年にも返済しなければならないお金というのは発生する。

そして、その金を返すためには麦を作り続けなければならないのだ。

俺に仕事を依頼して。

だが、この計画には致命的な欠陥が存在する。

この話だけを聞けば、バルカは永遠に儲けを出し続けることができるのではないかと思ってしまう。

が、実際にはそうはならないだろう。

おそらくはそう遠くない未来に破綻《はたん》する。

それは麦の相場が下落するからだ。

今までの麦の収穫量を遥かに超える量が取れるようになれば、余剰分を売り現金化することができる。

それは間違いないのだが、他の騎士領の多くがそれに追随して収穫量を伸ばせば麦の販売単価が下がってしまうのだ。

おそらく数年間は大丈夫だろう。

だが、それ以降は確実に今と同じ重量の麦が低い値段で取引されることになる。

そうなると多くの麦を収穫しても販売価格が低く、手にする金が増えないことになる。

だからこそ、その問題を解決する方法を事前に用意する必要があった。

その解決方法こそが、酒だ。

それも今までになかったという蒸留酒だ。

収穫して作った麦から酒を作り、蒸留器によって濃縮して作る蒸留酒。

大量の麦からひとしずくのお酒を作るということは、収穫量が増えてダブついた麦を減らす助けになるはずだ。

つまり、収穫した麦が大量に取引されて単価が下がるのを、麦を酒に変えて防ぐのだ。

何なら最初のうちはバルカが麦を買い取って酒造りをしてもいい。

値崩れしないように麦相場を監視し、必要量を酒に変えてそれを売る。

多分失敗はしないだろう。

そこまでいけば、おそらくはフォンターナ領の多くの騎士がバルカから金を借りた状態になっているはずだ。

あとは酒造りの方法を騎士たちに教えて、バルカは【土壌改良】を毎年引き受けるだけでも良くなるだろう。

「おい、聞いているのか」

「え、なんですか、カルロス様？」

「全く、あくどいことでも考えていたのか、貴様は？　もう一度言うが、貴様が他の騎士に金を貸すのは構わん。が、金を使うのも忘れるなよ」

「金を使う？　バルカはかなり金遣いが荒いと思っているのですが？」

「いや、貴様が使っている金の多くは使役獣の卵などだろう。あれはフォンターナの騎士領で作られているものではない。そうではなく、他の騎士が領地で作る品を貴様も買え。そうしないと、フォンターナ領で金が回らん」

「ああ、なるほど。私が稼いだお金の大半は使役獣の卵か教会への支払いに消えていますからね。ただ、バルカが買い取るような品物を作っているところってあるのですか？」

「それは貴様が自分で調べろ。他の騎士とももっと話をしろ。たとえ商売上であっても、普段から他の騎士たちと付き合いがあれば貴様も揉め事を起こした時に話し合おうという気になるだろうしな」

「いやだな、カルロス様。私はいつも話し合いで問題解決したいと思っているのですよ」

「そう言うのなら実際にやれ。いいな？」

カルロスに正論を突きつけられてしまった。

まあ、確かに金の貸し借りだけの関係だと騎士同士では問題があるかもしれない。

が、バルカで買い取りたいと思うような商品があるのだろうか。

俺はカルロスからの宿題を抱えることになったのだった。

◇◇◇

「うーん、あんまり欲しいものってないもんだな……」

カルロスに言われたとおり、俺はフォンターナにある騎士領から買い取るものがないかどうかを調べていた。

だが、思ったよりも難しいかもしれない。

たとえばよくわからない工芸品みたいなものを買うことにしたとしても別に必要ではないので大量に買うこともなければ、継続して買うこともない。

が、カルロスの言うようにフォンターナ領内で金が巡るようにするにはもっとそれなりの金額が毎年のように動く必要があるのだ。

どうしようか。

リリーナやクラリスに相談してまた調度品などを購入することを考えたほうがいいのだろうか。

確かに、新しくフォンターナの街に作った館に合う調度品はもう少しあってもいいかもしれない。

しかし、それも数には限りがある。

どうしたものだろうか。

「どうしたんだ、アルス？　顔が暗いぞ？」

「バイト兄か。実はちょっと考え事があってな。聞いてくれないかな？」

「ああ、いいぜ。どうしたんだよ。次はどこと戦をするか悩んでるのか？」

「物騒なことを言うなよ、バイト兄。そうじゃなくてな、カルロス様に言われたんだよ。もっと他の騎士の領地から物を購入しろってさ。でも、何を買うのがいいか思いつかなくてな」

「なんだよ、そんなことか。簡単なことじゃねえか」

「……え、なんか思いついたの？　バイト兄が？」

「おい、俺がなんか思いついたら文句あるってのかよ」

「ああ、ごめん。そんなつもりじゃないんだけど、ちょっと予想外ではあったかな。で、聞くけど、バイト兄なら何を買うんだよ？　言っておくけど、それなりに大量に継続して買い続けるような商品じゃないと駄目だぞ」

「なんだ、やっぱり簡単じゃないかよ。食いもんだよ、アルス。食えるものを買え」

「……あのな、バイト兄。俺たちバルカが他の騎士領に行って農地改良するんだ。そりゃ買い取るだけの麦はできるだろうけど、別にバルカでも麦は作れるんだ。ある程度は酒造りのために買うつもりだけど、それ以外の商品を探しているんだよ」

「何いってんだ、麦以外にも買えばいいだろ。結構あちこちの騎士領を俺も回ったけど、そこでしか作ってないような食べ物ってのもあったぞ。それを買えばいいだろうが」

「麦以外を？　売れるほどの量があるのか？」

「知らねえけど、【土壌改良】を使えば畑のものも今までよりも収穫できるようになるんだ。多く作れれば売る分くらい確保できるんじゃないのか？」

……なるほど。

バイト兄の言うことは一理ある。

というか普通に考えれば工芸品よりも食べ物を買うほうが先に考えつきそうなものだ。

なんでそんなことを思いつかなかったのだろうか。

いろいろと売れる商品を考えることが多かったから、食べ物は腹を満たせれば十分だと思っていたからかもしれない。

基本的には他の騎士領もバルカ騎士領も自分の領地に住む農民に麦を作らせてそれを納めさせる。なので食べ物の基準は麦の収穫量になる。

が、実際の畑では俺自身も麦以外を作っていた。

しかし、それは家族の飢えを凌《しの》ぐためのもので税として納めるためでもなければ、商品としてでもなかった。

それに道路網が発達してきたといえども、基本は地産地消《ちさんちしょう》であり、他のところで何を食べているのかはあまり伝わってこない。

が、もしかしたら思ったよりも農作物のバリエーションというのはあるのかもしれない。

ならば、バイト兄の言うとおりその土地でしか食べられていない食材を探して買い取るのもありかもしれない。

それが畑から収穫できるものであれば【土壌改良】した土地で大量に作ることができる可能性もあるだろう。

いいぞ、バイト兄のアイデアを聞いてこっちも考えが膨らんできた。

そうだ。

なにも他の土地で麦だけを作る必要はないのではないだろうか。

逆にいろんな物を作らせたほうが天候不順などの不作にも対応できるだろう。

それに畑から収穫できるのは何も麦や野菜だけではない。

花を育てることもできる。

今までバルカでは腹を満たすためという目的で麦のほかはハツカなどの収穫までの期間が短いものばかりを育てていた。

だが、他の騎士領では花を育ててもらってもいいかもしれない。

花の中には蜜のあるものも存在する。

そして、蜜があれば、それを集める虫も存在する。

そうだ、ハチミツだ。

これまであまり口にする機会もなかった甘味を確保できるかもしれない。

それに花の利用は蜜集めだけにはとどまらない。

油だ。

アブラナのような花であれば、絞って油を取ることもできるだろう。

実は油というのはそれなりに貴重な品だ。

絞って取れる量というのはそう多くないため、常に品薄で高価なのだ。

だが、油は使える。

それは料理だけではなく籠城したときにも使える。

壁の上から熱した油を落として攻撃側を迎撃するのにも使えるのだ。

なにげに油は戦略物資として認識されていたりする。

よし、他の騎士領から購入するものはこれらのものをメインとしていこう。

なんなら油作りなんかはこっちが積極的に推奨してもいいかもしれない。

農地開発した畑で油を作ると約束するなら、貸し付ける金の金利を通常よりも低くするとか言えばやるやつはいるのではないだろうか。

別にその騎士領のすべてで油を作る必要もないのだ。

領地の一区画を油を作るためのスペースとして設定して、そこでアブラナを育てる。

そうしてできた油をバルカが買い取る。

お互いウィンウィンの関係となれるのではないだろうか。

「よし、バイト兄。今までどこで何を食べてきたか全部教えてくれ。そこでしか取れない食べ物があれば、その騎士領ではそれを増産して販売できないか相談してみることにするから」

こうして、フォンターナ領では各騎士領でそれぞれよそでは手に入りにくい作物などが販売用として増産され始めることになったのだった。

とくにカルロスなど貴族に献上されるような貴重な品として知られるものではなく、庶民がひっそりと食べていたものが発見されることにもなり、俺の食卓に並ぶ料理のレパートリーも増えはじめたのだった。

◇◇◇

「あ、アルス様。例の件、聞きましたか？」

「リオン、いや、噂話程度にしか聞いていない。本当なのか？」

「はい。間違いありません。すでにカルロス様はそのお話をお引き受けしているようです。……内密なことですが、もうすでにカルロス様の居城にて身柄を確保されているようです」

「……まじか。しばらくはカルロス様のところには近づかないほうがいいな。俺の場合、下手すると礼儀知らずで罪にでも問われそうだ」

新たな年が明けてから時間が過ぎ、春を迎えた。

雪の積もり方が減ってきたころになると、俺たちバルカはフォンターナ領内へと人を派遣して農地改良を行っていった。

前年に農地改良していた地域は麦の収穫量が大きく伸びたという情報はフォンターナの街に集められた騎士たちの間では有名であり、その効果そのものを疑う者はあまりいない。

そして、俺が設定した金利のバルカ金融は何かあればカルロスによる仲裁も入るということが示されていたためか、そこそこの借り手がついた。

そうして、各地に人をやり収穫量を増やすべく【整地】や【土壌改良】をして過ごしていた。

実に平和な時間を過ごせていた。

フォンターナの街にいながらにして、バルカ騎士領からの報告に目を通して指示を出したり、他の騎士たちと交流を持ったりと、今までとは少し違う仕事の仕方になっていたがようやく落ち着いて暮らせていたのだ。

だが、その波ひとつない水面のような平穏な生活へひとつの雫《しずく》がぽたりと落とされ波紋が広がっていった。

それはフォンターナ領の外の話。

東のウルクでもなく、西のアーバレストでもなく、更に南にある領地の話だ。

だが、そこで起こったことがフォンターナへと影響を及ぼそうとしていた。

王がやってきたのだ。

南に位置する王領を離れて、最北に位置するフォンターナへと王が来た。

おそらく王は自ら望んでここまで来たのではないだろう。

それは生命の危機を逃れての逃避行の末だったのだから。

第四章　覇権争い

王家、それはかつてこの地を平定し国を作った初代王の末裔《まつえい》。

長い間、この国は王を中心に貴族家が領地を与えられて統治されていた。

だが、その王家の力は今はかつてのものと比べると見る影もなく落ちてしまっていた。

かつて存在した愚王とよばれる王が統治していた時代に有力貴族が複数離反したのだ。

その結果、王家だけが使えていたという強大な力を持つ魔法が王には使えなくなってしまった。

そこからは、各貴族家が自分の領地を増やすべく周囲の勢力と争い続け、国は乱れてしまった。

だが、そうなってから長い年月が過ぎているにもかかわらず王家は存在している。

かつての王家としての力はなくなってしまったものの、王領として自前の領地を保有し、勢力を保っていたのだ。

そして、その状態が続いた結果、いつしか不思議な現象が起こるようになったのだ。

それは王家が強い力を持つ貴族家と同盟を結ぶというものだった。

国内の勢力図が変動し続けるなか、王家は常に強い勢力と同盟を結び続けたのだ。

衰えたとはいえ、王家の影響力が各貴族へまったくないわけではない。

力をつけた貴族家は王家と同盟を結ぶことで、自らの正当性を証明し、他の貴族家の行動に口を出すこともあった。

覇権貴族の誕生である。

なんとか領地を保つことができているレベルの弱小貴族はその覇権貴族と王家の同盟に名を連ねることでなんとか生き永らえようとした。

だが、それに納得できない貴族も当然いる。

あるいは同盟内の貴族間でも問題が発生したりもした。

それを王家に代わって覇権貴族が時に戦で、ときに交渉で解決していったのだ。

しかし、覇権貴族もずっとその勢力を保ち続けることができはしなかった。

さまざまな理由によって覇権貴族が力を失い、別の貴族が勢力図を塗り替えて新たな覇権貴族へと躍り出たことが何度もあったらしい。

だが、そのたびに覇権貴族は王家と同盟を組むことになり、王家は存続していったのだった。

そして、その歴史は現在まで続いていた。

それはもちろん、当代の覇権貴族というものが存在しており、王家はそこと同盟を組んでいたのだ。

だが、それが崩れた。

すなわち、覇権貴族が戦で敗れて王家との同盟を維持できなくなったのだ。

フォンターナがウルクやアーバレストと戦をしても、他の貴族家は大きく動いてこなかった。

それはこの覇権貴族周辺の動きがあったからだ。

王家の治める王領よりもさらに南にある当代の覇権貴族である、大貴族リゾルテ家。

そのリゾルテ家が三貴族同盟と争っていたのだ。

かなり規模の大きな戦が続いていたらしい。

もちろん、それは他の貴族家も巻き込んでのものだった。

そのため、北に位置するフォンターナとウルク・アーバレストの争いは見逃されていたらしい。

そして、そのリゾルテ家が敗北した。

かなりの大敗だったようだ。

そのため、本来であれば次の新たな覇権貴族が誕生するはずだった。

だが、そうはならなかった。

覇権貴族のリゾルテ家を力のある三つの貴族家が共同して打ち勝つまではよかった。

しかし、この三つの貴族家はそれぞれ強力であり、しかし、どこかが抜け出すほどの力を持っていたわけではなかった。

すなわち、勝利したはずの三貴族同盟が王家との同盟にあたって揉めたのだ。

どこが王家との同盟を主導するか、という問題である。

静かに始まった主導権争いは過激さを増し、ついには王家へと直接手が伸びてきたという。

力ずくで王の身柄を確保して、覇権貴族となる。

だがそれは王の身を危険に晒した。

そして、王は身の危険を感じ取り、一時的に王領を脱出したのだ。

王の身を保護するだけの力がありそうな場所へ。

複数の貴族から攻撃を受けてもそれをはね返し、あまつさえ撃破することのできる力を持つ貴族のもとへ。

こうして、王はフォンターナ領へとやってきたのだった。

◇◇◇

「お呼びですか、カルロス様」

「アルスか。よく来てくれたな。今回の件、貴様も話は聞いているだろうな?」

リオンから王についての話を聞いて、俺はなるべくカルロスの居城へと行かないようにしようと心に決めた。

だというのに、カルロスから呼び出しがかかってしまった。

主君からの呼び出しを無視することはさすがにできない。

いったいなんの話かと思い、嫌々ながらもカルロスへと謁見《えっけん》した俺に対して、カルロスは嫌な話の切り出し方をしてきた。

「カルロス様が王を保護されたというお話ならリオンから聞きました。……大丈夫なのですか？」

「大丈夫、とはどういう意味だ？」

「そのままの意味ですよ、カルロス様。王の身柄を保護するということは、つまり三つの貴族家から睨《にら》まれるということでしょう。実際に力ずくで王の身柄を確保しようとした貴族もいるというのに、いいんですか？」

「正直なところ、難しい判断だった。だが、断ることのできない話でもあった。貴様が危惧《きぐ》していることも当然考えている」

「そうですか。今後、フォンターナはどうするおつもりですか？」

「今しばらくは大貴族たちにはしらを切る。知らぬ存ぜぬを通せば時間は稼げるし、なにより、例の三つの貴族家はお互いがお互いの動きを牽制しあっているからすぐには動けんはずだ。その間に少しでも危険性を排除しておきたい」

「危険性ですか？」

「そうだ。他の貴族家がもしこちらへと侵攻してきた場合、それを防ぐために無視できない存在がいる。貴様はそれがどこかわかるか？」

「……ウルクとアーバレストですね」

「そうだ。フォンターナの東と西に位置する二つの貴族家。そこが三つの大貴族のどこと手を結んでも厄介だ。そこで、貴様にやってもらうことがある。バルカは今どのくらいの戦力を動員することができる？」

「今は最大で千五百程ですかね。って、もしかして……」

「そのとおりだ。バルカは全兵力を以《もっ》て東へと侵攻し、ウルクを打倒せよ。大貴族が動き出す前に、可及《かきゅう》的速やかにな」

あー、カルロスに呼び出しを食らった瞬間に変なことを言われると思っていた。

だが、やはりこうなるのか。

断ったら怒られるんだろうか。

どうやら、カルロスもあとには引けない状況に追い込まれているらしい。

そこまで状況が悪くなるなら王様なんて受け入れなければいいのにと思ってしまう。

しかし、現状況から判断を下すとなるとカルロスの出した指示は間違ってはいない。

他の大貴族がフォンターナに目を向ける前に身近な敵を排除しておく。

フォンターナは北に広がる大森林によって今まで領地を広げにくかったという面はあるが、逆に言えば背後から襲われる心配はない。

であれば、東と西を制圧しておけば、少なくともどの貴族家が来ても南へと注意を向けるだけでよくなる。

そして、昨年の戦いで西のアーバレスト領は難攻不落のパラメア要塞を落としてこちらが手に入れている。

パラメアはアーバレスト領の玄関口のひとつであると同時に、アーバレスト領からの出口でもある。

つまり、現状ではアーバレストがこちらへと襲いかかってくる危険性は低い。

すなわち、東西では東のウルク家のほうが邪魔になる可能性が高くなるということだ。

「しかし、ウルク家に攻め込むにしろ、大義名分はいるでしょう？　バルカが理由もなくウルク領に乗り込んでいっても、仮に勝利したところで大義がなければ統治もままなりません。東の安定化には繋がりませんよ、カルロス様？」

「わかっている。そのために、昨年蒔いた種を使う。貴様も覚えているだろう？　ウルク領に偽の情報を流したことを」

「ああ、フォンターナにいた裏切り者と連絡をとっていたウルクの者を二重工作員に仕立て上げるっていうあれですか。その後、進展があったのですか？」

「そのとおりだ。こちらが思った以上の効果があったようだ。ウルク領内ではすでにそいつは敵同然として認識されており針のむしろのような立場に立たされているらしい。こちらに泣きついてきたぞ」

「なるほど。ということはそのフォンターナと繋がっていたというウルクの騎士を利用する、というところですか。ウルクの騎士からの救援要請を受けてそれを助けにウルク領へと入る、って感じ

「でしょうか」

「それでいい。よほど切羽詰まっているのか、本当にフォンターナに助けを求めて手紙を送ってきているからな。救援が受けられればフォンターナへと忠誠を誓うとまで言ってきているぞ」

「……すごいですね。そんなやつ、信用できるのですか？」

「別に信用する必要もないだろう。利用できればそれでいいし、忠誠を誓ってフォンターナのために行動するというのなら、それなりに評価はするさ。もっとも、こちらを裏切るような行動をするようならば容赦せんがな」

「まあ、なんにしてもその裏切りの騎士を救援して、ウルク領を攻め落とせばいいんですね。わかりました。やりましょう」

「ほう、存外思い切りがいいな。貴様はもっと戦いたくないなどと言うかもしれないと考えていたのだがな」

「いやー、あんまり積極的に戦いたくはないんですが、状況も状況ですから。それに、私が功績を上げれば領地をもらえるんですよね、カルロス様？」

「ん、ようやく領地に興味が出てきたのか？　構わんぞ。バルカがウルク領を切り取った暁《あかつき》には相応の領地を約束しよう」

「ありがとうございます。実は兄のバイトが独立してバルト家をたてたものの、私が与えられる領地がなかったのが気になっていたんですよ。では、さっそく行ってくるとしましょう」

「なに？　すぐに出陣するのか？」

「はい、カルロス様。前からバルカは農民を呼び集めて作る軍ではなく、常備軍になっていますので。出陣するのにそれほど時間はかかりません。では、失礼します」

こうして、三度目となるウルク家とバルカの戦いが幕を開けたのだった。

◇◇◇

「アルス様、ウルク攻略へと向かわれるのですね？」

「そうだけど、リオンは行かないのか？」

カルロスとの謁見が終わって城を出ようとしているときだった。

城の中で仕事をしていたリオンに話しかけられた。

どうやら、今回俺がカルロスから命じられたウルク攻めについて、リオンは事情を知っているらしい。

まあ、こいつも一緒に温泉で悪巧みを考えた仲なので知っていてもおかしくないのだろう。

「はい。私はカルロス様のもとでする仕事がありますので。残念ですが今回はアルス様とはご一緒できそうにはありません」

「そっか。本当に残念だよ。リオンの戦略があれば助かるんだけどな」

「それではお詫びと言ってはなんですが、ひとつ助言しておきましょうか？」

「お、なんかあるのか？」

「はい。今回アルス様がウルク領を攻める時に考慮するべきことがあります。それはあまりウルクにいる住人に被害が出ないようにするということです」

「うん？　被害を抑えて戦うってこと？」

今回のウルク攻めだが、リオンは不参加のようだ。

残念だが仕方がないと諦めたとき、リオンからちょっと不思議なアドバイスをもらった。

被害を出さないようにする、というのはどういうことなのだろうか？

「もちろん直接戦うことになるウルク軍に対しては普通に戦っても構いません。が、ウルクの住人に対しては気を使ったほうがいいと思います。水上要塞パラメアのように、すばやく攻略するために全滅させるといった手段は取るべきではない、ということですね」

「まあ、そりゃ虐殺をしに行くわけじゃないから当然だろ」

「いえ、そうではありません。今後の戦略にとっても重要ですし、なによりアルス様にとって大切なことです」

「どういうこと？」

「まず戦略について説明しましょう。今回、ウルクを攻める理由は表面的にはウルクの騎士からの救援要請であり、実際はフォンターナ領の安定のためです。この目的を達成するためにはなるべく早くウルクの攻略を終えることが肝心です。しかし、急ぎすぎてパラメアのようになると、たとえウルクを撃破したあともウルク領が安定化しません。それでは結局、他貴族が攻めてきたときの危険要素となってしまいます」

「なるほど。奪った土地の統治を円滑にするためにも住人たちから嫌われるとまずいってことだな」

「そのとおりです。そして、もう一つの理由はアルス様にあります。アルス様自身の印象を良くしておくためですよ」

そういいながら、人差し指をピッと挙げてもう一つの理由について説明するリオン。

だが、のちのウルクの統治はともかく、俺の印象がどうしたというのだろうか？

「俺の印象がなにか関係あるのか、リオン？」

「はい。アルス様はここ数年で急速に勢力を伸ばした注目の人物として貴族や騎士、そして農民までがその名を耳にしています。ですが、その評判というのは一定していません。連戦連勝の戦上手であるという声もあれば、敵にも味方にも容赦のない極悪非道《ごくあくひどう》の人である、あるいは金に物を言わせて人を弄《もてあそ》ぶ成金である、とかさまざまですね」

「……どっちかっつうと、悪い印象のほうが多そうなのかな？」

「そうともいえません。バルカはどれほど血を流そうとも主君のカルロス様に従う忠義の心を持つ者であるとか、自身の部下を出自の差で差別せず取り立てる部下思いであるという人もいます。本当に多種多様な意見があり、そのどれもが間違いではないのですよ」

確かにどれも当てはまるような、けれどそれ一つが俺の全てではないとも言えるような感じだ。

つまりは、よくわからない力を持ったなにをするかわからないやつ、というのが現状の俺の周囲に与えている印象になるということなのだろうか。

「なるほどね。で、ウルクに行った時に俺が住人たちを殺しまくっていたら悪評のほうが広まるってことになるのね」

「はい。ですので、寛容《かんよう》の心をもって行動してください。降伏した相手は禍根《かこん》なく許し、降《くだ》した領地の住人は手厚く慰撫する。そうすればいずれアルス様と向かい合うことになった相手は向こうから頭《こうべ》を垂れることになるはずです」

「わかった。……けど、それって今からやらなきゃ駄目なの？　ウルク領を攻めるにあたってはあんまり意味ないよね」

「そうですね。ウルクとの戦いではその寛容さは効果が出ないかもしれません。が、寛容さを見せる相手はいます。今回、ウルクからこちらへと寝返ることになった騎士は味方だと思って対応するのがいいでしょう」

「あ、そのほうがいいんだ。あんまり信用できそうにないかなって思っていたんだけど」

「そうですね。信用はできないでしょうが、こちらが信用しない限りは相手も心を開きません。あまりないがしろにするような対応をしていたら、向こうも破れかぶれにアルス様に襲いかかってくる可能性がありますよ」

「ふーむ、難しいね。つーか、リオン、バルカの戦力でウルクに勝てるのかって問題もあるんだけど。そっちの助言もお願い」

「確実に勝てるとはいえませんが、十分勝機があると思いますよ、アルス様。なにせウルクを裏切ってフォンターナへとついた騎士が騎士ですからね」

そういいながらも、リオンがいくつかの資料を手渡してくれた。

最初から俺にアドバイスするために用意してきてから話しかけてきたのだろう。

その資料の中にはものすごく大雑把なウルク領の地図と、今回ウルクを裏切りフォンターナへとついた騎士の情報が書き込まれていた。

去年、フォンターナ内部にいた裏切り者と連絡を取り合い、西のアーバレスト家と連動して攻めるきっかけを作ったウルクの騎士。

そのウルクの騎士に濡れ衣を着せるようにして二重工作員であると情報を流していた。

その工作がうまくいったため、本当にその騎士はウルクを捨ててフォンターナへと忠誠を誓うとまで伝えてきたのだ。

その騎士の名はハロルド・ウォン・キシリア。

実はウルク領では有力騎士として知られた人らしい。

なんといっても、俺も聞き覚えがあったキシリアという名前。

かつて、俺が初めてウルク家と戦い、あのアトモスの戦士などを討ち取った奇襲地点、キシリア街道の地名に由来する歴史ある騎士だったのだ。

アインラッド砦から北東へと進んだ先にある奇襲に向いた隘路のキシリア街道。

その街道で夜襲を行い、多くのウルクの騎士と巨人を討ち取った。

そして、その後、指揮官でもある騎士の数を減らしたウルク軍はキシリア街道から撤退し、ウルク第二の街へと逃げ込んだのだ。

その街の名もキシリアという。

つまり、裏切ったハロルド・ウォン・キシリアという騎士はウルク領第二の街を治める領地持ちの騎士だったのだ。

彼は一度目の対バルカ戦で地元であるはずのキシリア街道という場所で攻城兵器まで投入した夜襲を相手に許して、ウルク軍五千を撤退させるという大失態を犯した。

そして、その翌年には彼が起死回生の策としてウルク家当主に進言し、実行されたフォンターナ東西二方面戦争。

これがさらなる失態を彼に呼び込んでしまった。

フォンターナは東西から襲われる事態になったにもかかわらず、その事態に即応し、逆にアーバレスト家の当主とウルク家の次期当主までもを討ち取ってしまったのだ。

そして、その相手が昨年手痛い損害をウルクに与えたバルカであるという。

さらに極めつけにハロルド・ウォン・キシリアはもとよりフォンターナ家と繋がっていて、ウルクへと被害を出すためにハロルドが仕組んだ罠であったという情報までもが出回ったのだ。

本来であれば、ウルク第二の街を任せられる騎士がそんなことをするはずがないと一笑に付すにとどまっただろう。

だが、二年続けてウルク家の直系の男児がここまであっけなく倒されてしまうことなど、そうそうない話だろう。

何度もアインラッド争奪戦で活躍してきた老将がついたキーマ騎兵隊のキーマが倒されるというだけでも信じられないのに、ウルクの上位魔法を使う次期当主予定のペッシまでもが討たれたのだから信じられるはずもない。

しかし、実際にその二人が討ち取られている以上、そうなった原因が存在するはずだ。

そして原因を考えるうちに、ウルクを罠にはめようとした存在がいるのではないかという推測につながっていった。

ウルクの人たちはそう考えてしまったのだろう。

そうなったら話は坂道を転がるようにして広がっていき、ハロルドの立場は決定的に悪くなってしまったということらしい。

それまで忠誠を誓っていたはずのウルク家を捨て去るほどの覚悟をさせるまでになってしまったのだ。

「ようするにこのハロルドは丁重に扱えってことね。なんならウルク領を落とすことに成功したら領都を与えるとかいえば、かつての主家とも積極的に戦ってくれるかな？」

「……領都は難しいかもしれませんが、所領安堵《しょりょうあんど》よりも領地加増の約束をしておいたほうが確かに働くかもしれませんね。カルロス様に相談されてはどうですか、アルス様？」

自分でも案を出しておいてあれだが、信頼関係がこじれるとここまで大変なことになるんだなとハロルドの資料を見ながら思ってしまう。

なるべくカルロスとは友好的な関係を築くようにしておこう。

リオンとの会話でそう学んだ俺は〝報連相〟を徹底すべく、再びカルロスのもとへと向かったのだった。

◇◇◇

「はじめまして。アルス・フォン・バルカです。以後お見知りおきを」

「ハロルド・ウォン・キシリアだ。こちらこそよろしく頼む、アルス殿」

ウルク討伐の命令を受けたバルカは準備を済ませたあと、すぐに東へと向かった。

アインラッド砦を経由して更に北東に進み、ウルク第二の都市キシリアへとやってきた。

そこで例の騎士と初めて顔を合わす。

ハロルドと名乗るキリッとした中年男性と挨拶を交わしながら、持ってきた手紙を渡す。

「では、早速ですが今後の話を詰めていきましょうか、ハロルド殿。まずはハロルド殿の立場についてです。こちらをご覧ください」

「拝見させてもらおう。ふむ、所領安堵だけではなく働きによっては加増もあり得る、と。これは本当なのだろうか？」

「ええ、カルロス様から正式に認められた書類です。嘘偽りはありませんよ」

「……だが、これは？　わたしの家族をフォンターナ領の領都へと送るようにとあるのだが？」

「ああ、それはハロルド殿に対してだけのものではなく、フォンターナ領の騎士全員に対しての処置です。私やアインラッド砦の防衛をしているピーチャ殿なども家族はフォンターナの街にいますよ」

「……子どもたちも送らねばならないのか？　キシリア家は代々このキシリアの街を領地として治めてきたのだ。我が子にはこの街で大きくなってほしいと思っているのだが」

「それはいけません、ハロルド殿。フォンターナ領では妻子も一緒になってフォンターナの街へと移住するように決まっています。新しくフォンターナへと忠誠を誓うことになったハロルド殿がいきなりその決まりを破っては信用が得られなくなります」

「ぐっ……わかった。我が家族をフォンターナの街へと送る手筈を整えよう」

「ご理解いただけて感謝します、ハロルド殿。ではこのあとの我々の行動について考えていきましょう」

バルカが先行してキシリアへと来たが、このあとアインラッド砦からも、以前カルロスが落としたアインラッドの北にある長年の係争地であった街ビルマからも兵が送られてくる。

そこにキシリアの兵までもが加わればかなりの勢力となるはずだ。

かつてはフォンターナよりも動員可能な兵の数が多かったウルクもその勢力を半減させてしまっている。

両家の係争地だったアインラッドの丘とビルマの街を奪われただけではなく、こうしてキシリアまでもが離反することになったのだ。

だが、さらにもうひと押し戦う前にウルク家へとダメージを与えておく必要がある。

「まず、どうしてもしなければならないことがあります。わかりますよね、ハロルド殿？」

「……わかっている。名を捨てよ、というのだろう、アルス殿」

「そのとおりです。キシリア家はこれよりウルクを捨てフォンターナに忠誠を誓うことになります。それは当然ながらウルクの名を捨て、フォンターナから名を授けられることを意味します」

「わかっている。それはわかっているのだ、アルス殿。しかし、少しばかり猶予をいただけないだろうか？」

「……猶予？　そんなものがあると思っているのですか？」

「このとおりだ。私はウルクの名を捨てる前にどうしてもやっておかねばならないことがある。それだけは最後にやらせてもらえないだろうか」

そう言って、キシリア家の当主が頭を下げる。

向こうは名門騎士家であるので、元農民である俺に頭を下げるというのはよほどのことだろう。

「ハロルド殿がやらなければならないこと？　なんですか、それは？」

「説得だ。許しをもらえれば私はこれからウルク領の領都へと向かい、当主様を説得したいのだ。フォンターナへと降伏するようにと」

「ウルク家当主にですか？　さすがにそれは向こうが承諾しないでしょう。長年領地を隣り合って争ってきた間柄です。どれほど状況が悪いとしてもフォンターナの軍門に降ることはないのではないですか？」

「……そうかもしれない。だが、このままではウルク家が潰《つい》えてしまう。それだけはなんとしても避けたいのだ。お願いだ、アルス殿。このとおりだ。私に当主様を説得する機会を頂けないだろうか」

頭を下げ続けながら懇願《こんがん》するハロルド。

明らかに自分のほうが格が上だと感じているだろうに、俺に対して頭を下げている。

よほど、ウルク家が大切なのだろう。

肝心のウルクからはすべての信頼を失ったはずなのに、それでも忠誠を尽くすということか。

さすがにこれを無碍《むげ》にするわけにはいかないのではないかと思った。

リオンも寛容の心を見せろと言っていたし、何よりハロルドの説得が成功すれば戦わずしてウルク家がフォンターナの下につくことになる。

それでウルクの危険度が減るのかどうか疑問にも思うが、そのへんのバランスはカルロスやリオンに任せたほうが無難かもしれない。

「……わかりました。ハロルド殿の忠義の心が私にも痛いほどわかります。いいでしょう。ハロルド殿はすぐにウルクの領都へと向かい、ウルク家当主を説得してきていただきましょう」

「あ、ありがとう、アルス殿。感謝する」

「ただし、条件はあります。ハロルド殿のご家族は先にフォンターナ領へと移送させていただきます。いいですね？」

「わかった。必ずや当主様を説得してみせよう」

こうして、ハロルドは最低限の供回りを連れてキシリアからウルク領都へと向かっていった。

そして、俺が襲撃を受けたのはまさにその日の夜だったのであった。

◇◇◇

「うわっ！　なんだ？　何が起きた？」

俺がウルク第二の街キシリアへとやってきたその日の夜のことだ。

ウルクの当主を説得に向かうというハロルドを送り出し、その後、貸し与えられた建物で体を休める。

さすがにフォンターナ家当主のカルロスの代わりにやってきたような立場の俺に提供された建物は上等なものだった。

きれいな建物と調度品を鑑賞しながらウルク領のごちそうを食べて、ベッドに入る。

そうしてぐっすりと眠っていたところだった。

その眠りが唐突に妨げられたのだ。

ドゴンという大きな音と揺れ。

まるで地震でも起きたのかと思うような震動を感じとって、俺は瞬時に飛び起きたのだった。

「ウォオオオオォォォォォォォォォォ！！！」

その揺れを感じ取ったときからものすごい大きな声が聞こえてきている。

何が起こっているのだろうか。

もしかするとこれは普通の地震などではないのかもしれない。

そう考えたときだった。

「おい、アルス。起きているのか？　あいつが出たぞ！」

「バイト兄、状況報告頼む。何がどうなった？」

「巨人だ。前に戦った巨人が生きてやがったんだ。あの巨人がまた出てきやがったんだよ」

「巨人？　あのアトモスの戦士ってやつがか？　あいつは池に沈めて倒したはずだろ」

「知らねえよ。俺もそう思っていた。だけど今この建物の外で暴れているのは間違いなくあいつだ。

あの姿を見間違えるわけねえだろ」

「わかった。とにかく行動しよう。もう起きていると思うけど外の兵も起こしてくれ」

「よし、任せろ」

ドアを突き破りかねない勢いで部屋へと入ってきたバイト兄。

そのバイト兄が驚愕の事実を話す。

あの巨人が生きていた？

まさかとしか言いようがない。

あのとき、俺達は間違いなく巨人を池へと沈めて日の出の時間まで浮いてこないか確認していたのだ。

だが、と思ってしまう。

俺は暗い中で巨人が池を出ようともがく音がだんだんとなくなっていき、一切の水音がしなくなったので巨人が死んだものだと判断した。

しかし、肝心の死体を直接この目で見たわけではなかったのだ。

もしかして、生きていたのか？

あのとき、俺たちバルカ軍をやり過ごして今日まで生存していたというのだろうか。

おかしい。

それはおかしいような気がする。

いや、巨人が生きていたということがおかしいのではない。

あのとき、池の水の底をさらうようにしてでも死体を確認しなかったのは俺の責任だ。

もしかして、水没したはずの巨人がなんらかの理由により生き延びたという可能性自体はあるのかもしれない。

だがしかしだ。

その巨人がここにいるというのはおかしい。

このキシリアの街に巨人が無事に生き延びて帰ってきただけではなく、今日まで存在を知られず、そしてここに俺が来たその日の夜に現れる。

どう考えてもおかしいだろう。

やりやがった。

ハロルドは俺たちをはめたのだ。

立場の悪くなった自分を利用し、この街に俺たちがとどまるように仕向け、そして、その絶好のチャンスに切り札を投入してきたのだ。

巨人という存在を。

たった一人でも軍と戦うことすら可能な最強の戦士。

当主級の力を持つ存在を、バルカを、俺を消すために投入したのだ。

「一本取られたな。忠義がどうとか感心している場合じゃなかったってことか」

もしかして、最初からこのつもりだったのかもしれない。

俺たちがハロルドを二重工作員であると仕立て上げようとしたこと。

それを察知してこの罠を用意したのではないか。

救援要請を受けてフォンターナの軍勢がのこのことやってくるのを今か今かと待っていたのかもしれない。

「しょうがない。戦うとしますか」

まあ、それならそれで話は早い。

やるべきことをやるだけだ。

そう判断した俺はいまだドスンドスンと大きな音をたてる巨人のもとへと向かっていったのだった。

◇◇◇

「ウォオオオオォォォォォォォォォォ」

「ん？　なんだ？　もう戦っているのか。つうか、あれはバイト兄かよ」

俺が準備を整えて外へと出た。

そこで巨人の姿を確認する。

相変わらず腰回りだけ隠して、あとはすべてすっぽんぽん状態の巨人がそこにいた。

でかいのも相変わらずだ。

成人男性の背丈の三倍はありそうで、【壁建築】で作る壁の半分ほどのところに頭がくるくらいの身長。

「ん？　けど、前と少し違うな？　痩《や》せたのか？」

だが、その巨人の姿に違和感を感じた。

身長が高く、丸太をぶん回している姿は恐怖そのものだ。

であるのだが、以前出会ったときよりもプレッシャーを感じない。

普通なら巨人と戦うバイト兄の姿を確認したら、俺もすぐに参戦するのだが、少し余裕がある。

それはバイト兄とその周りにいる兵が巨人に対して後《おく》れを取っていなかったからでもある。

巨人が痩《や》せているようにみえる。

かつての、ギリシア彫刻にあるような筋肉質の肉体を持つ一種の美しさもある姿とは違うのだ。

筋肉がやせ衰えて、体が一回りも二回りもしぼんでしまったのではないかという印象を与えるのだ。

「「「「武装強化」」」」

その巨人の周りを取り囲んで攻撃しているのはバイト兄とバイト兄にバルト姓を授けられたバルトの騎士だ。

彼らが呪文を唱えて手に持つ武装へと魔力を注ぎ込む。

それによって武装が強化された。

バルトの騎士が持つのは剣と盾だった。

そして、【武装強化】という呪文はそのどちらにも影響を与えていた。

そう、剣だけではなく、手に持った盾までも強化しているのだ。

巨人が振り回した丸太を五人がひとかたまりになり、盾を重ね合わせるようにして防いだ。

すごい、と言わざるを得ない。

かつて俺はあの丸太の攻撃がかすっただけで肩が上がらなくなったくらいの攻撃力があるのだから。

「「「「氷槍」」」」

そうして、複数の盾で巨人の攻撃を防いだ後方から魔法攻撃が放たれる。

が、こちらは巨人に直撃したものの倒すことは叶わなかった。

痩せた巨人といえども遠距離からの魔法だけでは倒し切ることはできなかったようだ。

「オラアアアアァァァァァァァァァ」

だが、その魔法攻撃はあくまでも巨人の注意を引くための目くらましだったらしい。

【氷槍】が着弾し一瞬ひるんだ巨人に対してバイト兄が駆け寄って攻撃する。

両手には別々の魔法剣が握られていた。

右手に硬牙剣、左手に雷鳴剣。

バルカの北の森に出現した鬼に対してもダメージを与えられる硬牙剣と、電撃を纏う雷鳴剣。

その魔法剣の効果を発動させつつ、【武装強化】で攻撃力も強化して巨人へと攻撃した。

「グルワアアアァァァァァァァァァ」

「詰めが甘いぞ、バイト兄」

バイト兄による強烈な攻撃。

しかし、それでも巨人は耐えた。

雷鳴剣による電撃を体に受けつつ、硬牙剣に対して腕でガードをし、致命傷を避けたのだ。

一瞬で武器の特性を見抜いて防御するほうを正しく選んだのだ。

が、それは悪手《あくしゅ》だ。

攻撃を防ぐために視界を腕で隠してしまった。

その一瞬のスキを見逃さず、俺が接近し、斬鉄剣を抜く。

そして、バイト兄へと反撃しようとしていた巨人へと飛びかかり、後頚部《こうけいぶ》のうなじへと斬鉄剣を振るったのだった。

◇◇◇

「お、気がついたか」

「ぐ……だれ……だ」

意識を失っていた巨人がしばらくして目を覚ました。

その気配を察知した俺が警戒しながらも通常の人間サイズに戻った巨人に話しかける。

だが、俺の問いに返事をした巨人の言葉はたどたどしかった。

なので、普段とは違う言葉でもう一度話しかける。

『俺の名はアルス。こっちの言葉のほうがわかりやすいか？』

『……アルス？　俺の名はタナトスだ。お前、言葉が話せるのか？』

『大雪山の向こうの、東の言語だな。東の出身のやつに習った。簡単な言葉はわかるぞ』

キシリアの街に滞在している俺たちへと襲いかかってきた巨人。

その巨人をバイト兄をはじめとする兵たちが迎撃した。

バイト兄は確実に強くなっているようだ。

以前は手も足も出なかった巨人相手にと十分に戦えていた。

だが、相手もまた強かった。

硬牙剣と雷鳴剣というふたつの魔法剣による攻撃を受けながらもバイト兄へ対して反撃を仕掛けたのだから。

しかし、その反撃が成功することはなかった。

自らの視界を悪くしながら行った巨人のカウンター攻撃がバイト兄へと届く前に、俺の攻撃が巨人へと叩き込まれたからだ。

俺の持つ斬鉄剣グランバルカによる攻撃。

圧倒的な魔力を持ち高い防御力を誇る当主級すらも倒すことのできる武器での攻撃。

だが、その攻撃によって巨人が息絶えることはなかった。

俺が手加減したのだ。

片刃の日本刀型の魔法剣である斬鉄剣で巨人のうなじを峰打ちすることによって。

首の後ろを攻撃されることはさすがに巨人といえどもこたえたようだ。

当たった場所と角度がよかったのか、攻撃の直後に巨人は膝をガクンと落として意識を失ったのだった。

そうして、倒れた巨人を拘束して今に至る。

わざわざこちらを攻撃してきた巨人を殺さずに捕まえた理由。

それは巨人と会話をするためだった。

『俺は負けたのか……』

『そうだな。これでお前に勝つのは二度目だぞ。覚えているか？　以前にも俺たちと戦ったことを』

『……もしかして、お前たちか？　俺を水の中に落としたのは？』

『正解だ。あれで死んだもんだとばかり思っていたぞ。よく生きていたな』

以前、巨人のことをグランから聞いた。

大雪山という天をつくほどに高い山を越えて東に行った先には別の国がある、と。

人が行き来できないほどの大自然の障害を越えてやってきたグラン。

そして、そのグランと同じくこの巨人タナトスも東からやってきたそうだ。

どうやらグランと違ってこちらの言語をあまり流暢《りゅうちょう》には話せないらしい。

なので、俺はコミュニケーションをとるために、以前グランから習った東の言語で巨人へと話しかけていた。

『ほとんど死んだも同然だった。偶然この街のやつらに水から浮いたところを発見された。それからはここで牢へと閉じ込められていたのさ』

『牢に？　巨人になれるなら逃げられるんじゃないのか？』

『食べるものを最低限しか与えられなくてな。あの状態で抵抗してもいずれ捕まって命を落とす。しかたがないから、機会をうかがっていたんだ』

『へー、大変だったんだな。……あやまんねえぞ？』

『いいさ。お前たちに負けた俺が悪い。それが俺の運命だったということだ』

すごいな、こいつは。

一度殺されかけたというのに、そんなことは気にするなと本気で言っているように感じた。

グランいわく巨人ことアトモスの戦士たちは傭兵の一族だと聞いていたが、みんなこんな考えなのだろうか。

『そのことなんだけどな。タナトスっていったっけ？　お前はなんでここにいるんだ？　普通なら越えることができない大雪山を踏破してまで、なんでこっちに来たんだよ？』

『……来たくて来たわけではない。逃げてきたんだ』

『逃げた？　お前たちみたいな強い戦士がたくさんいたんだろ？』

『そうだ。だが、アトモスの里は潰された。俺たちアトモスの戦士を雇うと言っていた連中が揃って騙し討ちしてきたんだ。抵抗したが数が違いすぎた。追い詰められた俺たちはお前らの言う大雪山を越えて西に向かうしかなかったんだ』

『俺たち？　っていうことは、他にも巨人が、アトモスの戦士がこっちに来ているのか？』

『多分、いない。俺は運が良かった。だけど、ほかのやつらはここまでたどり着いていないと思う』

『……そうか、タナトスには嫌なことを聞いたな。で、なんでそんな思いをしてこっちに無事についたお前が戦場で俺たちに会うことになったんだよ？』

『俺は戦うことしかできない。だから戦って生活をすることにした。だけど、はじめてのこちらの戦場で負けるとは思わなかった』

『なるほどな。ていうか、タナトスってこっちの言葉も喋れるのか。それともウルクの連中の中にも東の言葉を話せるやつがいたのか？』

「こっちの、ことば、おぼえた。おれ、はなせる」

『いや、面倒くさいから俺と話すときはいいよ。でもまあ、その片言言葉でウルクとやり取りしてたってわけね。じゃあ、本題に入ろう。なんで今日、俺たちを襲ったんだ？』

『命令された。お前たちを殺せば腹いっぱい飯をくれると。夜になって牢から出されて、ここの建物の中にいるやつを全部殺せって言われた』

いいね。

すごくいいよ、タナトスくん。

ウルクの連中はタナトスに俺たちを襲わせて、その首謀者を見つけられることはないと踏んでいたのだろうか。

あるいは、もしかすると片言でしか話せないタナトスが野蛮な動物にでも見えて、命令したやつを覚えていないとでも考えたのだろうか。

だが、そうではなかった。

タナトスは俺達の言葉を流暢には話せないが、別にバカではない。

普通の人間だった。

これで少なくとも命令した奴らを探すことはできるだろう。

「バイト兄、ウルクの騎士を捕らえろ」

「おう、任せろ、アルス」

タナトスから言質《げんち》を取った俺はすぐにバイト兄に命じてウルクの連中を拘束するように動く。

さすがにここで寛容の心を示すことできるかと言われればノーと言わざるを得ない。

『で、タナトス。お前に質問がある』

『なんだ、アルス？』

『お前はこれからどうするかを決めなければならない。ここで死ぬか、俺と一緒に来るかをだ』

『アルスと一緒に？』

『そうだ。俺はこれから戦場に向かうことになる。俺を攻撃してきたお前は死に値する。が、俺と一緒に戦うって言うなら許してやらんでもない。どうだ？』

『……報酬は？』

『報酬？』

『俺はアトモスの戦士だ。アトモスの戦士は報酬を得て戦場に立つ。それは絶対だ。お前は報酬を出すのか？』

『……なるほど。いいね。なら取引といこうじゃないか。そうだな。とりあえずまずは飯と酒だな。それが報酬だ。好きなだけ食って、飲め。そんで戦でお前の価値を証明しろ。そうしたら、住処と金をやろう。どうだ？』

『わかった。だけど、俺はたくさん食うぞ、アルス。覚悟しておけよ』

『契約完了だな。これからよろしく頼むぞ、タナトス』

こうして、ウルク領の中で襲われたバルカ軍には新たに強力な仲間が加入することになったのだった。

◇◇◇

「本当によく食うな。食料補充しておいたほうが良さそうだな」

俺が寝込みを襲われた翌日の朝、ベッドから起きて食事に向かうとタナトスがご飯を食べているところを発見した。

今のタナトスはごく普通の人間の兄ちゃんという感じで、これが巨人となるというのは信じられないように思う。

が、その食べっぷりは巨人の胃袋を通常状態でも腹の中に納めているのではないかと思うほど、ガツガツと食べていた。

『アルス、ようやく起きたか、お前も食え。これもうまいぞ』

『ありがとう。けど、酒はいらねえ。ていうか、よくそんな蒸留酒をガブガブ飲めるな。酔って暴れたりしたら今度は手加減しないぞ』

『大丈夫だ、問題ない。いくら飲んでもアトモスの戦士は酔わない。いつでも戦える』

『……じゃあ、別に飲まなくて良くないか？』

『駄目だ。この酒は今まで飲んだ中で一番うまい。だから飲む』

『そうか。けど、食べ物に関しては食い放題だけど、その蒸留酒は限りがあるからな。もうちょっと味わって飲めよ、タナトス』

「お、こんなところにいたのか、アルス。探したぜ」

「ん？　どうしたんだ、バイト兄？」

「どうしたんだじゃないぞ。昨日言っていたやつ用意しといたぜ。ほら、これだろ？」

「ああ、助かるよ。これなら巨人でも着ることができるだろ」

俺がタナトスと話しながら食事にありついたときだった。

そこへ声をかけてきたバイト兄が手に持つものを渡してくる。

そういえば、昨日寝る前にバイト兄に用意してもらうように頼んだんだった。

バイト兄から受け取ったものを両手で広げながら、タナトスに見せるようにして話しかける。

『タナトス。俺からお前に贈り物だ。これを着ておけ』

『もぐもぐ……ごっくん。それはなんだ、アルス』

『防具だよ。鬼鎧《おによろい》っていうバルカ製の新装備だ。お前にやるよ』

『……だめだ、アルス。アトモスの戦士はでかくなる。そんなものを着てもすぐに破れる』

『そんなことはお前が裸で戦っているのを見てわかってるよ。だから、そうならないようにこれをやるっつってんだ。この鬼鎧は大きくなっても破れないから大丈夫だよ』

俺がバイト兄から受け取ってタナトスに渡したのは、新しい鎧だった。

バルカニアの北の森から出てきた鬼を退治し、その鬼からグランが作った新しい防具。

それがこの鬼鎧だった。

グランが作ったというこの鬼鎧は実に不思議な装備だった。

なんと、この鎧を着ると、着用者にジャストサイズに変化する性質を持たせているのだという。

鬼からとった素材と大猪の毛皮と牙、ヴァルキリーの角、そしてさらにヤギのアキレス腱《けん》までをも使用して作り上げたのだという。

よくわからんが、ヤギのアキレス腱を素材に使用することで伸び縮みする性質がついたらしい。

どうやら、まだ体が成長中の俺でもいつでもピッタリと体に合った鎧をつけさせるために開発したのだという。

ちなみに鬼鎧を装着すると防御力の底上げだけではなく、力も向上するというおまけまでついているという。

なかなかにぶっ飛んだ性能の鎧をグランは用意してくれたのだった。

『おお、すごいぞ、アルス。本当に破れない』

その鬼鎧を着て巨人化したタナトス。

本当にもとの三倍くらいの大きさになったタナトスが着ていても破れていないようだ。

これで戦場で素っ裸の猥褻物陳列罪《わいせつぶつちんれつざい》を回避できる。

『ついでにこれも試してみろよ、タナトス。いつまでも丸太が武器ってのはしまらないだろうしな』

『おお！　アルス、それなんだ⁉』

『槍だ。ただし、俺のお手製の硬化レンガ製の大型のものだけどな』

そういって、タナトスに渡したのは武器だった。

五メートルほどの長さの硬化レンガの棒の先が鋭くなったものだ。

以前、騎兵の突撃用に作った硬化レンガ製の先が円錐《えんすい》状のランスを大型にしてみることにした。

普通ならば重くて持てないが、巨人化したタナトスだったら何も問題ないだろう。

もっとも、普段は他の人と同じような大きさの人間なので、持ち運びには不向きだろうから俺が毎回戦場で作る必要があるかもしれない。

まあ、最初から強力な武器をタナトスに預けておくよりもそのほうがいいだろう。

『感謝する、アルス。アトモスの戦士として、この報酬分は絶対に活躍してみせる。よし、それじゃまた食べることにする』

『え、さっきまでたくさん食べてたんじゃないのか？　まだ食うのか』

『俺、ずっと牢で食べ物少なかったから弱くなってる。もっと食べて、力を取り戻す必要がある』

『そういえば、前にあったときよりも威圧感少なかったしな。だいぶ痩せただろ』

『痩せた。今までにないくらい力も体力も落ちた。元気だったら、アルスたちみんなと戦っても負けてない』

まじかよ。

さすがに嘘だろうと言いたいが、前にあったときハメ技以外の倒し方が思い浮かばなかったのを思い返すと否定しきれない。

……もっと酒を増産しようかな。

蒸留酒のことをだいぶ気に入っていたみたいだが、現状、あの酒はバルカ以外では手に入らない。

ならば、ほかのところに行けばこの酒を飲むことはできなくなるぞ、というのはよそからのスカウトをはねのける力になるかもしれない。

満面の笑みを浮かべながら食料を食い尽くす勢いで食べるタナトスを見て、俺はそう考えたのだった。

◇◇◇

「申し訳ありません、バルカ様。我々の関知しないところでその者たちが独断で行動したのです。ですが、その責任は私にもあります。ぜひ、罰を与えるのであれば私へとお願いします」

「……つまり、この巨人が我々バルカ軍を襲ってきたのは数人のキシリア家の騎士による独断の行動で、他の者は知らなかった。そう言いたいのか？」

「はい。そのとおりでございます。何卒《なにとぞ》、みなの命だけはお救いくださいますようお願いいたします」

「ではハロルド殿はどうなのかな。ハロルド殿がウルク家当主の説得へと赴《おもむ》いたその夜にこのようなことが起きた。彼が命じていったということではないかという疑念が拭《ぬぐ》えないのだが」

「決して、決してそのようなことはありません。我が父はそのようなことをする男ではありません。父ハロルドが当主様へと説得へと向かったのは紛れもなくウルク家への忠義のためだけであり、決してバルカ様へと手を出すつもりなどありません」

一夜明けて食事を済ませた。

そして、今は昨夜の事後処理にあたっている。

すでにキシリアの街にいた騎士たちをすべて拘束しており、こうして話を聞いている。

キシリア家当主のハロルドが少数の供回りをつけてウルク家当主のもとへと向かっている。

つまり、現状ではこの場にキシリアの街の最高責任者がいない。

なので次に偉い人物と話すことになったのだが、その人物というのはハロルドの第一子だった。

ワグナーくん十三歳、まだ幼さの残る少年だったのだ。

責任は自分にある、とかなんとか言っているがこの子は責任をどうやって取るつもりなのだろうか。

みんなのために命を差し出すとか考えているのだろうか。

心情的には次にまた何をするかわかったものではないので、キシリア家に関する人間を全員排除したいくらいだ。

だが、そのへんの判断は難しい。

一応、名目的にはキシリア家の救援要請を受けたということでバルカ軍はウルク領まで来ているのだ。

そこへ到着した翌日に当主ハロルド不在の中でキシリア家次期当主予定のワグナー含む騎士すべてを処刑でもすればこちらが悪者に見られかねない。

タナトスの襲撃でこちらが大して被害も出ずに終わったこともあり、最初からキシリア家を騙し討ちするためにバルカ軍はやってきたのではないか、と事実とは違う受け取られ方をするかもしれない。

大義名分がなくなってしまうという問題があったのだ。

「バルカ様、お願いがあります。聞いていただけないでしょうか」

「なんだ、ワグナー？」

「我が父ハロルドは必ずやウルク家への説得を成功してくると私は信じています。しかしながら、もし万が一でもそれが成功しなかった場合にはぜひともウルク家との戦では我がキシリア家を使ってほしいのです。必ずや戦で働いてみせます。今回の一部の騎士の暴走という失態をキシリア家総出で償ってみせます」

「ワグナー、お前は軍の指揮を執れるのか？」

「はい。ぜひとも我らに最後の機会をお与えください」

「よし、わかった。だが条件がいくつかある。それを呑んでもらおうか」

「どのような条件でしょうか、バルカ様？」

「ひとつは今回の襲撃の首謀者となった騎士たちの処遇だ。彼らにも挽回の機会をやろう。巨人タナトスと戦ってもらおうか。タナトスに勝てば今回の件を不問にしよう」

「きょ、巨人と戦うのですか？」

「そうだ。俺達バルカは昨日戦ったぞ。巨人に対して絶対に勝てないというわけではない。そうだろ？」

「は、わかりました、バルカ様」

「次はキシリアの騎士についての処遇だ。最初はハロルド殿の家族だけの予定だったが、今回の件は連帯責任として問うことにする。キシリアの騎士全員の家族もフォンターナへと移ってもらうことにする。いいな？」

「そ、それはさすがに……」

「そうか。それが嫌な者は申し出るように。その者たちにも平等に機会を与えてやろう。タナトスと戦って勝てばその条件を不問とする」

「……わかりました。私からみなに説明しておきましょう」

「ああ、我々も決してキシリア家をないがしろにしているわけではない。フォンターナへと移された者たちが不利益を被《こうむ》らないように計らうと約束しよう」

「ありがとうございます。バルカ様のご温情にキシリアを代表してお礼申し上げます」

「言っておくが次はないぞ、ワグナー」

「はい、もちろんわかっています」


とりあえずはこんなものでいいだろう。

最初は全員処分してやろうかとも思ったが、一晩寝て冷静になれたように思う。

キシリア家はウルク家の配下の一騎士としての立場だが二千ほどの戦力を集めることができるという。

それがこちらのために必死になって戦ってくれると言うのであれば、せいぜい頑張ってもらおう。

それに本来は救援に来ただけのバルカ軍がキシリア家に対して主導権を握れるようにもなった。

大した被害も出ずにキシリア騎士領を実質的に手に入れたようなものとも言えるだろう。

思う存分こき使ってやることにしようか。

襲撃事件の首謀者の騎士が【狐化】してタナトスに向かっていき、大きく吹き飛ばされているところを見ながら俺はそう判断したのだった。

◇◇◇

「アルス殿、待たせたな」

「キシリアにようこそ、ピーチャ殿。用意した宿泊地はあれで十分でしたか？」

「ああ、問題ない。だが、貴殿は相変わらず仕事が早いな。キシリアへと向かった直後にキシリア家を手中に収めたと聞いて、急いでここまでやってこねばならなかった」

「たまたまですよ。キシリア家が弱みを見せましたからね。うまく主導権を握ることができるようになりました」

「ふむ。話自体は報告で聞いている。だが、あのときの戦いで話に出てきた巨人がふたたび現れるとはな。よく無事だったな、貴殿らは。当主級の強さを誇るのだろう、その巨人は」

「そうですね。巨人タナトスは間違いなく通常の騎士を凌駕《りょうが》する当主級の実力があると思います。が、それでもだいぶ弱っていましたからね」

「だが、その巨人までもをフォンターナの陣営に取り込むことができたのだ。必ず大きな戦力となるだろう。して、問題のキシリア家当主ハロルド・ウォン・キシリアはその後どうなったのかな？」

「そのことですか。ハロルド殿はウルク家当主に拘束されたようです。裏切り者として尋問されているとか」

「……貴殿はその情報をどのように考える？」

「おそらくハロルド殿は最初から捕まることを見越してウルク家当主の説得に向かったのでしょうね。キシリア家の存続のために」

俺がキシリアの街に到着してからしばらくしてアインラッド砦からピーチャが軍を率いてやってきた。

その直前に北の街ビルマからも別の騎士がフォンターナの軍を率いてきた。

おそらくこれで対ウルク家のためのフォンターナの戦力は集結したことになる。

キシリア家の軍と合わせて四千五百ほどとなるだろうか。

そして、最後にやってきたピーチャと少し雑談を交わしながら情報交換を行う。

その話のなかで出てきたキシリア家の当主ハロルドの動きだが、当主の説得に失敗したようだ。

だが、おそらくは失敗も予想の範囲内だったのではないかと思う。

ハロルド・ウォン・キシリアはキシリア家の未来をつなぐことを最優先に考えて行動したのではないだろうか。

偽情報によってフォンターナと繋がっていると噂され、どの程度かはわからないが間違いなく立場が低下した。

そこで、自分の地位や命ではなく、キシリア家を残すことを目標に定めたのだ。

こちらの陰謀によってある意味踏ん切りがついたのか、本当にフォンターナへと連絡をとってきた。

キシリア救援の要請を出してフォンターナから軍を派遣してもらう。

だが、このフォンターナ軍がウルク家に敗北するとキシリア家は本当に裏切り者として一族郎党皆殺しにされるだろう。

だから、保険をかけた。

フォンターナからバルカ軍が派遣されてキシリアの街に到着したあとになってから、ウルク家への忠誠も捨てられないとして当主の説得を申し出たのだ。

その申し出によりキシリアを離れて当主のもとへと向かう。

そして、説得そのものは成功しようが失敗しようが問題ではなかったのだろう。

成功しようが失敗しようが、肝心なのはどちらが勝ってもキシリア家が存続する可能性があるということだ。

もしも、ウルク家が勝利した場合、最後までウルクへの忠誠を捨てなかった騎士とでも言われたりするのだろう。

そのとき重要なのがキシリア家の後継者だった。

キシリア家はウルク家第二の街を治める貴族であり、ハロルドの子どもは複数いる。

そして、父ハロルドとは離れてウルクの領都で暮らしているワグナー以外の子どももいるのだ。

ウルクが勝利した場合でも父ハロルドの最後の忠誠を認めて、その子どもをキシリア家の後継者として存続させてもらえるかもしれない。

領地は失うかもしれないが、ウルク家がフォンターナに勝利した場合にもキシリア家の血が残ることになる可能性が残る。

ようするに、ハロルドの目的はどっちが勝ってもキシリア家に未来が残っているように行動するというものなのだろう。

ハロルドの子どもを両陣営のもとに預ける形にして、自分の身は拘束させる。

そうすれば、ハロルドの身柄を解放するようにという名目でこちらも動くことができる。

そう遠くないうちに両陣営がぶつかり合って勝敗を決めることになるだろう。

「本当にそうなのだろうか？　それなら巨人がバルカ軍を襲撃するはずがないと思うが……」

「もしかしたら、ハロルド殿は本当に襲撃に関しては知らず、一部の騎士の独断だったのかもしれませんね。そのほうが今のハロルド殿の状況を説明しやすくはあります。まあ、実際にどうなのかはわかりませんけど」

「ふむ。農民出身から騎士になった私であれば最後まで自分の力で運命に抗おうと考えるところであるが、家を優先するというのは歴史ある騎士家らしいとも言えるか。で、そのハロルド殿はいつ迎えに行くのかな？」

「ピーチャ殿の連れてきた兵たちを少し休ませる必要もあるでしょう。数日体を休めてから出陣しましょう。ウルク家もハロルド殿を拘束したあと軍の動きが活発になっていますから」

「わかった。準備を進めておこう。ウルク家も出てくるのであれば、決戦の地はミリアス平地あたりになるのかな？」

「そうです。キシリアからウルク領都の間にあるミリアス平地。そこでウルク家と決着をつけます」

拘束されたハロルドを解放するように、という内容の使者はすでに出してある。

だが、ウルク家はそれを突っぱねた。

向こうの戦力は偵察による報告だと五千ほどだという。

おおよそ、同数同士の軍による決戦。

それがウルクとフォンターナの雌雄《しゆう》を決する戦いになりそうだ。

そして、予定どおり数日後にはバルカをはじめとしたフォンターナ軍はキシリアの街を出発してミリアス平地へと向かっていったのだった。

第五章　ミリアス平地の戦い

ほぼ同数のフォンターナ軍とウルク軍の両軍が向き合って陣取っている。

その場所はキシリアの街からウルクの領都へと向かう途中にあるミリアス平地と呼ばれる場所だ。

ミリアス平地ではあちこちに麦が実っており、その収穫を今か今かと待ち構えている。

だが、その麦畑のそばにいるのは農民ではなく、戦士たちだった。

そんな双方の軍の配置はすでにすんでいる。

フォンターナ軍は中央軍と右翼軍、左翼軍として陣取っており、バルカ軍は中央軍の後方に位置している。

中央軍の前方にはキシリア軍がおり、右翼にアインラッド軍、左翼にビルマ軍ということになった。

キシリア軍がどのような動きをするかは少し微妙なところだが、少なくともワグナーのやる気は十分だった。

この戦いで活躍してくれることを祈ろう。

今回のウルクとの戦いは奇襲などを行わずに戦うことになった。

バルカ軍は今までほとんど奇襲ばかりで勝利を得ていただけに、俺は今回もそうしたほうがいいかとも思った。

だが、ピーチャなどをはじめとした他の騎士たちとの協議で奇襲は却下された。

というのは、俺達の戦略目標が関係している。

今回の戦略でいちばん重要なのは、いち早くウルクを平定することにある。

カルロスが王を保護したことで、他の大貴族から睨まれる前にウルクからの横槍が入らないようにすることが目的なのだ。

そのために必要なのは、ウルク領全体がフォンターナへと負けを認める必要があるということ。

すなわち、奇襲などではなく正々堂々と正面からぶつかった戦いでフォンターナ陣営がウルク家に勝ち、ウルク領を手に入れることが重要なのだ。

と、いうわけで両軍が時間を示し合わせてミリアス平地へと集まり、こうして正面から向き合っているのだ。

ウルク家も奇襲されたり、領内を荒らされるよりこの平地で勝利を得て追い払いたいということなのだろう。

そして、いつものように戦の前に前口上が行われた。

今回は中央軍に俺がいるものの、軍の前に出て喋っているのは別の騎士だ。

北の街ビルマの守護を任されている騎士が張り切って大声を上げている。

話しぶりは参考になるが、少し言葉の使い方が難しいのか、あるいは声に魔力が通っていないのかもうひとつ士気が上がりきっていないがいいのだろうか？

だが、どうやら前口上は無難に終わったようで、軍の前に出ていた騎士が引き返し、ついにミリアス平地での戦いが始まったのだった。

◇◇◇

「「「「オオオオオオォォォォォォォォォォ」」」」

前口上を終えた騎士が引き返してしばらくして両軍が動き始めた。

こちらの動きは単純明快だった。

中央軍と右翼軍、左翼軍が一斉に攻めかかったのだ。

非常にシンプルすぎる作戦。

もしかすると、相手に超高性能軍師でもいれば術中にハマって負けるかもしれない。

だから、そうならないように俺はひとつの作戦をたて、実行に移した。

『やれ、タナトス』

『わかった、アルス』

俺がそう言うとタナトスが動く。

次の瞬間、バルカ軍の中に突然巨大な人型が現れた。

アトモスの戦士タナトスが魔法を発動させたのだ。

常人の三倍はあるかという大きな体。

魔法剣による攻撃すら防いでしまうほどの魔力に裏打ちされた防御力を持つ肉体。

そして、丸太を振り回すだけでも大きな被害を生み出す圧倒的な膂力。

かつてバルカ軍を苦しめた巨人が戦場で姿を現したのだった。

だが、俺はその巨人の力をそのまま使うつもりはなかった。

タナトスを突っ込ませればそれだけでウルク軍に被害を出すことができるだろう。

しかし、相手にもウルク家当主がいる。

【黒焔】という対象を燃やし尽くす地獄の炎を生み出すことのできる魔法を持つウルクの当主が相手ではタナトスといえども危険かもしれない。

だからこそ、俺はタナトスに別の攻撃をさせることにしたのだった。

巨大化したタナトスが地面に置いている硬化レンガ製の槍を拾い上げる。

そして、その槍をとある道具にセットした。

その道具とは投槍器《とうそうき》と呼ばれるものだ。

槍を持つ柄の端っこに引っ掛けるようにして、投槍器を握る。

そうして、槍そのものではなく投槍器のほうを持ち、腕を後ろから前へと移動させた。

巨大化したタナトス用に俺が作った硬化レンガ製の大きな槍が空を飛翔する。

投槍器という道具を使ったことと、タナトスの持つ尋常ではないパワーにより槍がものすごい速度で飛んでいく。

その槍は俺達バルカ軍の前にいるキシリア軍の上を飛び越え、そのままウルク軍へと向かっていった。

巨大槍が高速で飛行し、放物線を描きながら地面へと落下する。

ものすごい衝撃音とともに人も土も巻き上げるようにして弾き飛ばす。

やれば強いだろうとは思っていたがここまでの攻撃力を持つとは思わなかった。

以前から投石機を使ってレンガを散弾のようにばらまいたりする攻撃を行っていたが、それとは比べ物にならない一撃の破壊力がある。

そう、これこそが俺が今回用意した秘策だった。

タナトスという稀有《けう》な力を持つ者の存在により実現可能になった攻撃方法。

それと同時に、去年痛い目を見たウルクの上位魔法【黒焔】に対する対応策でもある。

【黒焔】は危険すぎる。

その攻撃をもらってしまうと、おそらく生きながらえることはできないだろう。

だったらその攻撃をもらわなければいい、と俺は考えたのだ。

【黒焔】は本来当主が目の前の相手を焼き尽くすための魔法だ。

それをペッシは攻城戦に用いた。

だが、今回その戦法はウルク家が使うことはできない。

ウルク家も投石機を作ることはできるだろうが、普通は投石機というのは戦場近くの木を切って組み立てるのだ。

木でできた投石機に大岩をセットして、その岩に【黒焔】をつけると、燃えている熱で投石機そのものも炎上する。

ペッシが【黒焔】という上位魔法を投石機の攻撃と組み合わせて使うことができたのは、あくまでも俺が作って放置したままだった耐火性の高い硬化レンガでできた投石機が存在したからである。

しかし、硬化レンガ製の投石機はペッシを倒したあとにきちんと回収して処分した。

今回の戦場でも俺が確認した限り、それらしいものはない。

つまり、ウルク側に【黒焔】を使った遠距離攻撃手段はおそらくないはずだ。

となれば、こちらは【黒焔】の射程距離範囲外から攻撃すれば安全に戦いを進められるということになる。

『ちょっとずれたな。タナトス、もう一度だ。今度は少し右に飛ばす方向を修正してみてくれ』

『よし、任せろ、アルス』

タナトスが行った遠距離からの重量物質の攻撃。

その攻撃の効果を確認した俺がもう一度タナトスへと声をかけた。

今の俺は、魔法で作った塔の上にいて、双眼鏡を覗き込んでいる。

タナトスが投げた槍が落ちた場所を双眼鏡で確認していたのだ。

そして、その場所が狙いをずれたことを見て、投げる方向の修正をタナトスへと命じる。

そう、別にタナトスが投げることのできる槍は一つだけではない。

事前に作り上げていた硬化レンガ製の巨大槍は複数ある。

そのうちの一本をタナトスが拾い上げ、再び投槍器を使って宙へと飛ばす。

そして、その槍が再びウルク軍を襲った。

『惜しい。今度はもうちょっと奥だな。気持ち高めに飛ばせるか？』

『大丈夫だ。ちょっと高めだな』

塔の上でしている俺の仕事は軍の指揮を執ることではなくタナトスという狙撃手のパートナーに当たる観測手だった。

そして、観測手たる俺はターゲットをしっかりとロックオンしている。

こちらと同様に中央軍と、右翼軍、左翼軍に分けているウルク軍だが、その中でもひときわ異彩を放つ存在がいる。

眼に魔力を集中させて観測することによって、ウルク軍の中でも最も魔力量が多い者が実際に見えているのだ。

体から溢れ出た魔力がまるで炎のように燃え上がるほどの人物。

ウルク軍の中にいるそんな人物など該当者は一人しかいない。

すなわち、ウルク家当主その人である。

『命中。いいぞ、タナトス。狙いどおりだ。当主にぶち当たったぞ』

三度目になるタナトスの投槍攻撃。

それが間違いなくウルク家当主へと命中した。

巨大な槍が高速で宙を飛び、重力の力も加わって落ちてきたところで命中したのだ。

これは魔法剣による攻撃を防ぐこともできる当主級といえども、防ぎようがないのではないだろうか。

その考えは間違いではなかったようだ。

塔の上から双眼鏡で観測していた視界内で当主が巨大な槍を防ごうと九尾剣を構えたまでは良かったが、当然槍の勢いを止めることなどできずに押しつぶされる。

そして、その直後からそれまであったひときわ多い魔力の立ち上る光景が消えたのだった。

「ウルク家当主討ち取ったぞ。バイト兄、騎兵で攻撃を仕掛けろ。一気に攻め潰せ」

こうして、ミリアス平地での戦いは開始直後にウルク家当主の死亡によって、戦況は大きくフォンターナ側へと傾いたのだった。

◇◇◇

「なるほどな。後継者のほうが先に死んでいたのか」

ミリアス平地での戦い。

長年にわたって続けられていたウルク家とフォンターナ家の因縁にケリをつける決戦となったこの戦いはフォンターナ側の勝利で終わった。

その原動力となったのは、アトモスの戦士タナトスの力にほかならないだろう。

タナトスが行った投槍攻撃によってウルク家当主が討ち取られてしまったのだから。

ちなみに俺はウルク家当主を討ったあとのことも少し心配していた。

それはウルクの後継者についてだ。

貴族や領地持ちの騎士は結婚した際に「継承の儀」を行う。

そうすることで、自身の子どもに貴族家が持つ魔法と配下たちの魔力的つながりを継承することができる継承権が与えられるのだ。

継承権を持つ者は生まれた順から上位が決まっている。

当主が生前に継承順位を越えて当主の座を譲ることは可能だが、そうでなくとも現当主が亡くなれば自動的に継承権の最上位者が当主の座を引き継ぐことになるのだ。

つまり、タナトスの投槍攻撃でウルク家当主を討ったあとに、自動的に当主の子どもに当主の座が受け継がれることになるのだ。

そうであれば、【黒焔】という凶悪な上位魔法を使うことのできる存在が突如としてウルク軍の中に現れることにもなる。

当主を討ったものと認識してこちらが攻撃している時に、目の前の相手が急に【黒焔】を使うことになれば被害が出かねない。

だから俺は当主を倒し、騎兵団を攻撃に参加させたあとも塔の上から双眼鏡を覗き込んで、目を皿のようにして戦場全体を見回していたのだ。

だが、実際には新たに当主となる者が戦場で出現するというようなことはなかった。

これは戦いが終わったあとからわかったことだが、当主のそばに次の当主となる者としてペッシの弟にあたる男性がいたらしい。

が、その弟くんはタナトスの一度目の攻撃で巨大槍に押しつぶされてこの世を去っていたという。

結果、次の継承権を持つ者はこの戦場にはいなかったようで、それはすなわちこの場で当主として【黒焔】を使う者も現れなかった。

かくして、何の障害もなく敵陣に突っ込んでいったバルカ騎兵団によってウルク中央軍はぐちゃぐちゃにかき回され、キシリア軍やアインラッド軍、ビルマ軍によって甚大な損害を被ることになったのだった。

◇◇◇

「なあ、アルス。あのタナトスくんというのは危険すぎないか？　あんな攻撃がこちらに向けられていたらと思うと父さん夜も眠れないぞ」

ミリアス平地での戦いが終わった。　朝から始まったその戦いの趨勢《すうせい》はすぐに決した。が、今はもう陽の光が大きく傾いている。

暗くなり始めた中でもまだ軍の統率をしつつ、俺はそばでバルカ軍の部隊指揮を執っていた父さんと話していた。

「うーん、そうだなあ。確かに危険ではあるけど悪いやつではなさそうなんだよな。それにあれだけ活躍したタナトスに対して文句は言えないだろ、父さん」

「それはそうだが、東でアトモスの里が騙し討ちされた理由もわかるな。あの力が報酬次第では自分たちにも向けられるかもしれないと思ったら誰だって怖いと思うぞ」

「確かにね。あれでもまだ体が弱った状態らしいし、本調子じゃないって言っているからな。まあ、不幸中の幸いは俺がグランから東の言語を教えてもらって覚えていたことだろうね。なんとか意思の疎通をしっかりとって、信頼関係を築いておくことにするよ」

「本当に頼むぞ、アルス。あと、タナトスくんには礼儀なんかも教えておいてくれよ。お偉いさんになにかして、アルスやバルカまで責任を負うことになるかもしれないからな」

「ああ、なるほど。そういうこともあるか。わかったよ、父さん。注意しておく。で、戦利品漁りはだいたい終わったのかな？」

「それならだいたい終わったんじゃないかな。そうだ、もうすぐ他の騎士の方々も集まってくるはずだ。話し合いがあるんだろ？」

「わかった。俺も本陣に戻るとするよ」

ほぼ同数による軍の衝突。

が、こちらの陣営にはさほどの被害も出なかった。

初っ端からウルク家当主を倒したというのも大きいのだが、それ以上にかき集められた農民兵たちにとって空を飛ぶ巨大な槍による攻撃が怖かったのだろう。

数度行われた攻撃が自分たちの頭上を越えてウルク軍本陣に向かっていく光景を見た一般兵の多くが逃げようとしたのだ。

なんとかそれを押し止めようとするウルクの騎士やその従士たちが声を張り上げて兵を逃さないようにしてはいたものの、限界があった。

そして、その恐慌状態にバイト兄が騎兵を率いて雷鳴剣による電撃攻撃を行いながら突入していったのだ。

もはやまともな戦いにはならなかった。

だというのに、その後始末には思ったよりも手間がかかった。

指揮系統が乱れたウルク軍を相手にするのはいいのだが、フォンターナ軍も自分の手柄を求めて好き勝手に動き、逃げていく農民兵まで追いかけるやつまでいたのだ。

まだ生き残っているウルクの騎士を一人ずつ潰していって、ようやく小競り合いも終わり、敗者からの追い剥ぎ行為という戦利品集めも終わったのはその日の夜が近づいてきた時間だったのだ。

◇◇◇

「どうだ、ワグナー？」

「はい、間違いなくタナトス殿が討ち取ったのはウルク家当主です。間違いありません」

「で、もうひとりの後継者もいなくなった。次の継承権を持つ者はウルクの領都にいる。それは間違いないんだな」

「はい。そうだと思います。万が一を考えて戦場には出ずに領都での仕事を任されていたのでしょう」

「ってことは、向こうの領都でも当主や次期当主候補が死んだのは間違いないとわかっているってことになるのか」

「そのとおりです。いきなり自分の身に魔力が増えるというのはそれ以外ありえません。必ず自身が当主になったことを理解しているはずです。ですが、……おそらくはもう当主を継承しても【黒焔】を使うことはできないのではないかと思います」

「……ああ、そうか。今回の戦いでウルクは更に騎士を失ったからな。当主が使うことのできる上位魔法を発動させるだけの魔力が得られない可能性もあるのか」

「はい、そうです」

本陣で各軍の指揮官と話し合う。

そのなかでワグナーが言ったことを理解した。

キシリア家にはすでにウルクの名を捨てさせている。

といっても領都にいるキシリア家当主のハロルドがキシリア家としてまだ存在しているのだが、ワグナーをはじめとしたキシリアの街に残っていた騎士たちには名を捨てさせたのだ。

そのうえで今回のウルクとの戦いで活躍した者には再びワグナーを頂点としたキシリア家としてカルロスからフォンターナの名を授けられることになっている。

その時点でウルク家当主は恐ろしく弱体化していたのだ。

そして、トドメとしてウルク軍にいたウルクの騎士が多数討ち取られた。

こうなってはさすがに貴族家の当主が強いとはいえども、上位魔法を発動させることすら困難になっているだろう。

そうなってはもう貴族としては終わったも同然だ。

もはやあと何人ウルクの魔法を継承する者がいたとしても敵ではないということになる。

結果的にはウルク家はキシリア家が離反する動きを見せた時点でほとんど詰んでいたのだ。

そういう意味で言えば、この世界の戦いは領地を奪うことよりも相手の騎士を離反させるほうが効果が大きいこともあるのだろう。

「よっし、じゃあ、明日からはそのまま軍を進めて領都を攻略することにしようか」

「ちょっといいかな、アルス殿」

「どうしたんですか、ピーチャ殿？」

「我々にも活躍の場をもう少しいただきたい。領都攻めは私に任せてもらおう」

「待ってください。それならばビルマ軍が領都攻めを引き受けましょう」

「領都攻めですか？　また、巨人の攻撃を使えば簡単に終わるのでは？」

「いや、それでは我らの立場というものがない。ぜひ領都攻めをさせてほしいのだよ、アルス殿」

「……わかりました。ではウルク領都はアインラッド軍とビルマ軍に任せることにしましょう。キシリア軍には別の仕事をしてもらうがいいか、ワグナー？」

「わかりました」

こうして、ミリアス平地での戦いは終わり、ウルクは領都を攻撃されることになったのだった。

◇◇◇

「我が家はこれよりウルクの名を捨て、キシリア家に忠誠を誓うことをここに宣言します」

「わかった。貴君のこれからの働きに期待する」

ミリアス平地での戦いのあと、俺達は軍を移動させてウルク領都を攻略することにした。

その主戦力となるのはアインラッド軍とビルマ軍だ。

その二つの軍が果敢に領都へと攻撃を繰り返している後方に俺はいた。

領都の近くで陣地を作り、そこに腰を据える。

そして、俺はウルク中へと伝令を走らせることにしたのだ。

ミリアス平地での戦いのあともまだ存在しているウルクの騎士家に対して通達を出した。

ウルクの領都が落ちるまでに俺達の本陣へとやってきて挨拶を済ませた者にはこれまでどおりの領地を治めることを許すという内容を伝えたのだ。

だが、この通達を出すことを提案したのは俺だったのだが、書類上では別の人物の名前が書かれている。

キシリア家の新たな当主であるワグナーの名だ。

つまり、手紙の正しい内容としては「ウルク家を打倒したキシリア家がウルクの騎士に対してキシリアの傘下に入れば所領安堵する」というものだったのだ。

なぜ、こんなふうにキシリア家が領地の行方に口を出すことになったのかというと理由がある。

それはやはり当初の目的どおり、早期にウルク領を安定化させたいためだった。

そのためにキシリア家の名を使うことにしたのだ。

もともと、この戦いの始まりはこちらの謀略《ぼうりゃく》ではあったとはいえ、ウルク家からの信頼を失ったキシリア家がフォンターナへと救援要請を出して始めた戦いなのだ。

それはつまり、ウルク領内で勃発したウルク家とキシリア家の内乱にフォンターナ家が介入しただけであるとも言える。

すなわち、ウルク家を打倒してウルク領を手に入れたのはキシリア家であるということになるのだ。

キシリア家がウルク家を打倒し新たな貴族家として君臨する。

今回の戦いを文字に書き起こすとすればこうなるだろう。

まだウルク領内に残っていたウルクの騎士家はこれ以降も領地を持ち、騎士であり続けたいのであれば選択しなければならない。

キシリア家の傘下《さんか》へと入るか、あるいはキシリア家と戦うかだ。

だが、戦うということを選択するのは非常に勇気が必要だった。

なぜならすでに多くの騎士家がミリアス平地での戦いで戦力を消耗していたからだ。

しかし、そうなるとフォンターナ家は兵力を消耗して戦ったというのにメリットがないのではないかと思ってしまいそうになる。

が、実際には大きなメリットがあったのだ。

ウルクの騎士はウルクの名を捨ててキシリア家の傘下へと入る。

が、すでにキシリア家はウルクの名を他の騎士よりも先に捨てているのだ。

すなわち、キシリア家は【狐化】や【朧火】などの魔法を使うことができない。

それはつまり、キシリア家の傘下に入り、キシリア家から名付けを受けた騎士たちは魔法を失ってしまうことになるのだ。

領地を安堵されると言われてもなかなか受け入れられないことに違いない。

だが、それでもキシリア家へと忠誠を誓う騎士たちが多くいた。

今もこうして新たな騎士家が俺達の本陣へと馳せ参じてワグナーに忠誠を誓っている。

それは、キシリア家がこの戦いが終結した際にはフォンターナ家から名を授かることになっているからだ。

今は魔法を失っても、再び自分たちが魔法を授かることになる。

ウルクの魔法ではなく、フォンターナの魔法をだ。

そう判断しての苦渋の決断をウルクの騎士たちは選択せざるを得なかったのだ。

もちろん、ウルクの騎士たちの中にはそんなことは到底受け入れられない者たちもいるだろう。

彼らはキシリア家からの伝令を聞かなかったことにするか、あるいは反抗してくることになる。

が、そうなったらそうなったで問題はない。

その時は俺達バルカ軍の出番だ。

ウルク領都が落ちるまでにキシリア家へと挨拶に来なかった連中はバルカ軍が攻め落とすことになる。

いや、その仕事はバルカ軍だけではない。

おそらくはアインラッド軍とビルマ軍もすることになるだろう。

俺達、フォンターナ陣営から今回の対ウルク戦に参加した者たちはそこで領地を得ることになるからだ。

キシリア家が認めるのはあくまでも現在持っている領地だけであり、それ以外のウルク家の本領やキシリア家に反抗した騎士領はフォンターナ陣営が切り取り自由ということになっている。

ピーチャたちとの競争だ。

こちらも旨味の大きい土地が欲しいところではあるが、それで仲間内で衝突しないようにある程度気をつける必要もあるだろう。

俺がそんなことを考えているときだった。

「失礼します。アルス・フォン・バルカ殿とお見受けします。少しよろしいでしょうか？」

「なんでしょうか。キシリア家へと挨拶に来られたのでしたら向こうにワグナー殿がおられますよ」

「いえ、私がここまで来たのはアルス殿にお会いしたかったからです。わたしの名はペイン。あなたの配下にしていただきたいのです」

本陣にいた俺にいきなり話しかける者がいた。そいつを見るとまだ若い青年だ。何か用なのだろうか。

「……ペイン殿ですか。失礼ですが、あなたはウルクから騎士として名を授けられた方ではありませんか。ウルクの騎士がわたしの配下になりたいとはどういうことでしょうか？」

「確かに私はウルク家から騎士へと取り立てられており、騎士の身分を持っています。ですが、その名を捨てただのペインとしてアルス様のもとで働きたいのです」

「よくわかりませんね。ワグナー殿のもとで騎士として身を立てればいいのではないですか。正直なところ、わたしはウルクの騎士たちにとって嫌われているのではないかと思うのですが」

「……確かにウルク領内でアルス殿の名はいい評判ばかりではないと思います。ですが、わたしはあなたの実力を知っています。戦場でその力を実際に体験しましたから」

「ペイン殿はミリアス平地にいたのですか？」

「いえ、違います。私がいたのは昨年のアインラッドです。私はペッシ様の配下としてあの戦場にいたのです」

「あの時ですか？　そういえば、どこかで見たような顔の気が……。もしかして、あのとき、ペッシ・ド・ウルク亡き後のウルク軍をまとめていた指揮官じゃ？」

「少し違います。その時、軍の指揮をペッシ様亡き後に執っていたのは我が父です。その父はカルロス・ド・フォンターナ様に倒されました。私は父の補佐としてあの場にいたのですよ」

「そうだったのですか。お父上はペッシ・ド・ウルクという総指揮官がいなくなったあとも軍を崩壊させることなく戦われていました。大変見事な戦いぶりでした。正直、私はあの場で死を覚悟しましたよ」

「アルス殿のような豪傑《ごうけつ》にそう言って頂けて、父も騎士として本望でしょう。私は父のことを尊敬しておりました。そして、その父が数倍の戦力差でも倒すことのできなかったバルカ軍のことが私はあの日から頭から離れなかったのです。お願いします、アルス殿。いえ、アルス様。私をあなたのもとで戦わせて頂けませんか。私はあなたの、バルカの力に魅了されてしまったのです」

うーん、いきなりそんなこと言われてもなと思ってしまう。

だが、見た感じペインはかなり強そうだった。

それは魔力パスの恩恵で強くなったのではなく、自ら鍛え上げて作り上げた自信のようなものが満ち溢れているのだ。

あのときの戦場でウルク軍が総指揮官であるペッシを失っても戦い続けたのは驚嘆に値する出来事だった。

そのとき指揮を執っていた男の息子というのであれば、それなりにやるのではないだろうか。

しかし、いきなりウルクの騎士であるペインに俺が名付けするわけにもいかないだろう。

とりあえずは保留として、使えるかどうか見てみることにしようか。

こうして俺はウルクの名を捨てたペインという青年をウルク領についての相談役として雇うことにしたのだった。

「ん、ついに落ちたか」

俺が本陣にて他の者と話している最中に、非常に大きな歓声が聞こえてきた。

どうやら、アインラッド軍とビルマ軍が攻略していたウルクの領都が落ちたらしい。

攻め手が城壁を乗り越えて内部へと侵入し、そこから城門を開けたのだ。

それをきっかけとして両軍が城壁に囲まれたウルク領都へと我先に突入していく。

どうやらこれでウルクとの戦いは終わりだろう。

「よし、バルカ軍も動けるように準備しておけ。領都へと入るぞ」

「かー、ようやくかよ。おい、アルス、急ごうぜ。早くウルク城の宝物庫に行ってお宝を確保しようぜ」

「いや、そんなことはしないさ、バイト兄。もっと大切なものを確保しないと」

「はあ？　宝物庫のお宝よりもいいもんなんてあるのか、アルス？」

「当然だろ。ペインいるか？」

「はい、こちらに」

「ペイン、お前はウルク城の内部について知っているか？」

「はい。ウルク家のみが知る隠し通路以外の、あくまでも騎士が知り得る範囲ですが知っております、アルス様」

「よし、ならば城の中を案内しろ。書庫に行くぞ」

「……書庫、ですか。お言葉ですが、バイト様の言うように宝物庫や、あるいは後宮などに行かなくともよろしいのでしょうか？」

「いや、書庫を押さえる。案内できるんだよな？」

「もちろんです。案内させていただきます、アルス様」

正直なところ、貴族であるウルク家の宝物庫にどんなお宝があるのかは俺も興味がある。

だが、ここはグッとこらえた。

誰だってお宝が欲しいはずだし、領都を落とすために戦っていたアインラッド軍やビルマ軍の連中もそうだろう。

そんなところに、あとから突入していった俺達が宝物庫からお宝を持ち出したらどうなるかは明らかだ。

戦いで興奮度マックスの両軍の兵と揉める可能性があるだろう。

ならば、ここはひとつ両軍がそれほど重要視しないところへと行こうと判断した。

そう考えた俺が目をつけたのは書庫だ。

ウルク家が残してきたこれまでの資料が収められた場所。

そこへと直行する。

おそらくあるであろう宝物庫の魔法の品を諦める代わりに、俺はウルクに保管された情報というお宝を確保するために動き出したのだった。

◇◇◇

「ここが書庫か……。当たり前だけど羊皮紙ばっかりだな」

「おーい、アルス。ここにある本はどうするんだよ。お前また全部【記憶保存】で覚える気か？」

「いや、そんなことはしないよ、バイト兄。前と違って、今なら持ち出してもいいんだから。だけど、ちょっと確認しておきたいことがある。ペイン、お前この書庫の中の資料はどこに何があるかは知っているのか？」

ウルクの城が落ちたのを確認した俺たちバルカ軍は、ほかの軍とは違って城にある書庫までやってきていた。

さすがに貴族家の城というだけあるのだろう。羊皮紙の本ばかりだが、かなりの量の書物が保管されている専用の部屋があった。そこで俺は目的の内容が書かれたものを探すためにペインへと尋ねる。

「申し訳ありません、アルス様。さすがに書庫に収められた資料の内容までは把握していません。ですが、少しならわかるかもしれません。何が知りたいのでしょうか」

「とりあえずはウルク領内の地図だ。それとどこにどの騎士がいるのかについて。それともうひとつ知りたい場所がある」

「地図と騎士の情報ですか。騎士の情報は最近のもので良ければ私に聞いていただければ詳しくお答えできます。地図はおそらく奥のほうに保管されているのではないかと思います。しかし、知りたい場所というのは？　ウルク領内のどこかということですか？」

「そうだ。俺が知りたいのは九尾の生息地だ。知っているか？」

「……九尾ですか？　申し訳ありません、アルス様。お言葉ですが、九尾はすでに存在しません。かつて、ウルク家によってすべて狩られて絶滅したのです」

「そんなこと知っているよ、ペイン。俺が知りたいのは絶滅した九尾がまだ生きていたころに多く住んでいた場所だ。そこについて知りたいんだよ」

「九尾がかつて姿を見せていた場所ですか。そうとう昔のことになりますね。知っている者はいないかもしれません。なるほど。だから、この書庫で調べようと思ったのですね」

「調べられるか、ペイン？」

「お待ちください。確か、子どものころに祖父から伝承として聞いた記憶があります。かつて、九尾がいたのは狐谷と呼ばれる秘境だったとか。狐谷という文字が書かれている文献があれば、もしかするとおおよその場所を特定できるかもしれません」

「よし、いいぞ、ペイン。狐谷って場所だな。早速探そう」

俺が知りたかったのは九尾という魔物についてだった。ただ、その九尾はすでに絶滅したと言われているようで、現在では詳しく知っている者がいないという。だからこそ、城に保管された資料を調べようとここに来たのだった。

「……この書庫にある資料の多さを見てください、アルス様。探すといってもすぐには無理でしょう。何日も、いえ、もしかすると狐谷という単語を探すだけでももっと日数がかかるかと思いますよ」

「ん？　ああ、ペインは知らないのか。今回、バルカ軍にはリード家の人間も連れてきている。【速読】があればパラパラめくってりゃすぐに見つけられるだろ。問題ない」

「おい、ちょっといいか、アルス。お前が本好きだってのは知ってはいるけどな。九尾ってのはもういないんだろ？　今更そんな狐が住んでた場所のことなんて調べてどうする気なんだよ。キシリア家に従わない騎士連中の領地も取りに行く予定だろ。何考えてんだよ」

「何言ってんだよ、バイト兄。九尾だぞ、九尾。バイト兄はウルク家の魔法剣の名前が何だったのかも忘れたのか？」

「ウルクの魔法剣？　そんなもん忘れるわけないだろ、九尾剣だよ」

「わかってんじゃねえか。なら、九尾の生息地を調べる意味もわかるだろ」

「……いや、わかんねえぞ、アルス。何が言いたいんだ？　お前もしかして九尾がまだ生きているんじゃないかって思ってんのか。その九尾を倒して新しい武器にしようってか？」

「おいおい、何言ってんだよ、バイト兄。狐から剣が作れるわけないだろ」

「え？　いや、それはそうだろうけど、ウルクの魔法剣は九尾剣っていうんだから、九尾から作ってるんじゃないのか？　ていうか、硬牙剣だって猪の牙から作ってるんだから、作れないことはないだろ？」

「違うぞ、バイト兄。九尾剣の名前の由来は九尾という狐の体を使っているからじゃない。九尾が住んでいた場所が由来になっているんだよ」

「……お前たまにまどろっこしい言い方するよな、アルス。つまりなんだよ？」

「ようするにだ、九尾が住んでいた場所を、狐谷の場所を特定すれば九尾剣の材料となった鉱石を手に入れられるかもしれない。もしそうなれば、九尾剣を量産できるんだよ、バイト兄」

かつて、俺がウルク家との戦いでの活躍によってカルロスからもらった九尾剣という魔法剣。

俺はこの九尾剣をグランと一緒に研究したことがあった。

いったいどういう理由によって、魔力を注げば炎の剣が出現するのかという、素朴な疑問からだった。

そして、そのなかでグランが出した結論。

それは九尾剣という魔法剣には狐をはじめとしたいかなる生物由来の素材も使われていないということ。

すなわち、九尾剣は紛れもなく「金属によって作り出された剣」であるということだった。

グランいわく、こういう魔法武器の名称と素材の不一致は時たまあることだという。

理由はそのケースごとによって違うが、考えられるひとつに九尾剣の素材となった金属と九尾の狐という生物に何らかの関係があるというもの。

そこからグランが知り得る知識と経験から出した仮説の一つがこうだ。

金属が得られる場所と九尾の住む地域が一致していたのではないか、というものだった。

しかし、その場ではこの仮説を確証に導くまでには至らなかった。

フォンターナ領にいる俺とグランが知り得る情報では、すでに九尾が過去の生物となっており、現存しないこと。

そして、九尾剣の製法が失われているらしいこと。

ようするにその時手に入れられる情報では結論を出すには不足だったのだ。

だが、今は違う。

かつて九尾剣を作り上げ、自らの領地の繁栄のために使用してきたウルク家の書庫へと俺はたどり着いたのだ。

ここならば、かつての九尾の生息地がわかるかもしれない。

「すごい！　驚きました、アルス様。【速読】というのはすごいものですね。もう見つかったようですよ。九尾のいた場所、狐谷の記述が書かれた資料が発見されました」

「よし。どこだ、ペイン」

「ええっと、この記述によると……、大雪山の麓《ふもと》にいくつかある山と山の間、らしいですね。おそらくは地図でいうとこのあたりになるでしょうか」

「ふーん、そのへんを治めている騎士が誰かわかるか？　今回、キシリア家の傘下に入ったところなのかな？」

「……いえ、違いますね。ここのアーム騎士家は伝令を無視して何の反応も示していないはずです。おそらく、無視を決め込むつもりなのではないでしょうか」

「いいね、すごくいい。ちょうどいいよ、そいつ。よし、バイト兄。書庫の資料を全部出したら出陣するぞ。アーム家とかいう騎士家を潰しに行こう」

どうやら、思った以上に早く欲しい情報が手に入ったようだ。

ならば、こんなところでゆっくりしている場合ではない。

俺はペインが地図で指し示した旧ウルク領の南東部にあるアーム騎士領に狙いを定めてバルカ軍を動かし始めたのだった。

第六章　九尾と金属

ウルク領という土地は周りを大自然に囲まれている。

フォンターナもそうだが、ウルク領の東には天にも届きうるとさえいわれるような高さの山、大雪山が存在している。

この大雪山だが、厳密に言うと一つの山ではなく、いくつもの山から構成されている。平地に住む人間から見ればまるで巨大な雪の積もる壁のように見えるからこそ大雪山と呼ばれているが、実際には名前もつけられていない山々で作られた大雪山系とでもいうべき山が続いているのだ。

ウルク領はこの大雪山を東に、北はフォンターナと同様に魔物の住む森、そして西にフォンターナ領と接している。

そして、南は別の貴族家の領地とも接しているのだが、その貴族家とウルク家は今まであまり争ったりしてはこなかったらしい。

それはウルク領の東にある山々の一部が南の貴族領とウルク領を隔てるように横に伸びていたからだった。

ようするに、大まかな地図で見るとウルク領と南の貴族領は接しているのだが、お互いに交流がない間柄だったのだ。

だからこそ、西のフォンターナ家と交通の要衝と呼ばれるアインラッドを長年争っていたのだった。

そして、俺がウルクの領都で見つけた資料に記述されていた狐谷と呼ばれるのは、ウルク領の南東部にある騎士領の中のどこかということらしかった。

アーム家と呼ばれる騎士家によって長らく統治されてきた土地。

だが、山がちな土地とそれ以上領地を拡大しづらい場所ということで、ウルク領内ではウルク家からもあまり干渉されない土地だったようだ。

つまり、アーム家はウルク領内にあってもウルク家とは縁遠い場所であると言える。

それをペインから聞いて納得した。

ウルク家をキシリア家が打倒したから所領安堵を求めて挨拶に来い、といっても来なかったわけだ。

向こうからしたら、そんなこと知るかと思ってしまうほど一種の独立した風土でもあるのだろう。

だが、そんなことは俺には関係ない。

今回のウルク家との戦いに際してカルロスからも許可をもらっているのだ。

キシリア家に従わなかったウルク領内の騎士家が治める土地は好きに切り取ってもいいという許可を。

なので遠慮することはない。

俺はバルカ軍を率いてウルク領内から急いで南東方面へと向かい、アーム騎士領へとたどり着いたのだった。

◇◇◇

「おい、どーするよ、アルス？」

「うーん、あれって白旗か？　降参するってことなのかな、バイト兄」

「アーム家っつったけか？　まだ戦ってもいないのに降参するものなのか？　実はこちらの油断を誘って、近づいたらグサリとやろうって考えてんじゃないのか？」

さあ、領地を手に入れましょうと考えてウルク領内を移動してきた俺たち。

長い距離を移動して、ついにその騎士領が見えてきて戦いが起こるかもしれないと誰もが考えていた。

　だというのに目的地のアーム騎士領へと入ったら、急に向こうから白旗を掲げた兵がこちらへと近づいてきたのだった。

「ちょっと待ってください、お二人とも。あれは普通に白旗を揚げているだけでしょう。正式な様式に則《のっと》った行動ですよ。あれを無視してアーム家を攻めたら、無抵抗の者を攻撃したとして非難されてしまいます」

「あ、やっぱり？　あれは降参するって意思表示で間違いないのか、ペイン？」

「はい。そうだと思います。アルス様、もしよろしければ私が使者として向こうの話を聞いてきましょうか？」

「ペインが使者に？」

「そうです。アルス様のために働きたいですが、いきなり戦で兵法《へいほう》をお見せできるとは私も考えていません。ならば、こういった交渉の事前調整にでも使っていただければと思います」

「……よし、わかった。行ってきてくれ、ペイン。とにかく向こうの要求を引き出してこい。キシリア家からの使者を無視したらどうなるかは伝えていたはずだ。今更許されるとは思うなって伝えてきてくれ」

「わかりました。それでは早速行ってまいります」

　ペインの言うとおり、あれを無視して攻撃するのは風聞が良くないかもしれない。

　ここはせっかくだし、やる気を見せているペインにまかせてみることにしよう。

近づいてくる白旗に対して向かっていくペインを見て、俺は今後どうすべきかを考えながらペインの帰りを待つことになったのだった。

◇◇◇

「お初にお目にかかります、アルス・フォン・バルカ様。わしの名はジタン・ウォン・アーム。アーム家の当主をさせていただいている者です」

今、俺の目の前には老騎士が頭を下げている。

その老騎士はアーム家の当主を名乗る騎士で、先程こちらに白旗を上げていた集団の中にいた。ペインが交渉に行き、その報告から俺が直接顔を合わせて話をすることにしたのだ。

ジタンと名乗る老騎士がバルカ軍までやってきて、俺へと自己紹介したのを受けて、こちらも聞きたいことを問うことにする。

「アルス・フォン・バルカです。よろしく、ジタン殿。それで早速だけど、ペインが伝えてきたことは本当ですか？　アーム家はキシリア家ではなく、バルカへと忠誠を誓うというのは」

「そのとおりです。我がアーム家はウルクの名を捨ててバルカ家へと忠誠を誓います」

「なぜですか、ジタン殿。アーム家は古来よりウルク家に仕えた騎士家だとペインから聞いています。それがつい先日まで敵だったバルカ家に忠誠を誓う？　なぜウルクを裏切るような行動を取るのですか」

白旗を上げてまでこちらに接触してきたジタン。

そのジタンの要求はこちらの思いもしないものだった。

というのも、ウルク家を捨てて、キシリア家の求めもはね除けて、バルカにつくというのだ。

「それは違います。我が家がこれまで忠誠を誓っていたのはウルク家であり、決してキシリア家ではないのですじゃ。たとえどんな理由があろうともウルク家を裏切ったキシリア家の下にはつかない。むしろ、それこそがウルク家への裏切りになる、とわしは考えておるからです」

「なるほど。そう言われれば道理があるように思えますね」

「それにそこにいるペインと会ったのも関係しています。こやつがアルス様のことを認めたというのであれば、わしもその判断を信じようと思ったのです」

「……ペインの目を信じる？　もしかして、ペインのことを知っていたのですか？」

「はて、これは驚いた。もしかして、こやつのことを知らずに使っていたのですかな。ペインはわしにとって馴染みの友人の孫に当たる。その友人こそ、ウルクにこの人ありと言われたミリアム殿です。かのミリアム殿の孫に当たるのですよ、そやつは」

「……ミリアム、ミリアムって確かアインラッドにいたウルクの騎兵隊の爺さんか。え、ペインってあの人の孫だったのか？」

「そのとおりです、アルス様。我が祖父、そして父は揃ってアルス様に負けました。アインラッドのキーマ騎兵隊についていたのは間違いなく我が祖父です」

「まじかよ。お前実は自分の爺さんと親父の敵討《かたきう》ちのために俺のそばにいるんじゃねえだろうな？」

「違います。もしそうなら、私は父や祖父と同じように兵を用いてバルカと戦い、敵を討ちます。

決して騙し討ちのような卑怯なまねは行いません」

「ふぉっふぉっふぉ。相変わらず堅物よな。アルス様、どうかこのペインの言うことを信じてやってはいただけませんかな。こやつの親どももみな、同じように頭の固い連中じゃった。じゃが、だからこそわしはペインの人を見極める目を信じることができるのです」

どうやらペインとジタンは昔からの知り合いのようだ。というよりも、老騎士であるジタンはペインのことを小さいときから知っている子どもといった扱いをしてるようだ。まさかそんなつながりがあるとは思いもしなかったが、だからこそ白旗を上げたアーム家にペインは使者として行ったのかもしれない。

「わかりました、ジタン殿。まあ、ここでペインのことをどうこう言っても仕方がないですし」

「感謝する、アルス様。ああ、それとわしのことはジタンでかまいませぬ。それで、少し先に聞いておきたいのですが、アルス様は狐谷についてお調べになられていたそうですな」

「そう？　じゃ、遠慮なく。ジタンは狐谷についてなにか知っているのか？　古い文献ではこのアーム騎士領の山と山の間にあると記述されていたようだけど」

「もちろん知っておりますのじゃ。ですが、おやめなされ。狐谷は踏み込んではならぬ場所です。あそこに行けば生きては帰れませんぞ」

「生きて帰れない？　どういうことだ、ジタン」

「ふむ、いいでしょう。わざわざ行く前にわしからお話ししておきましょう。狐谷についてを」

なんか妙なことになったな。

ウルク領の切り取りに来たのだが、戦わずしてバルカの軍門に下るとか言い出されてしまった。アーム騎士領という領地を治めるジタンという老騎士を見ながら考える。

本当に俺に忠誠を誓う気なんてあるのだろうか。

だが、古い文献にわずかにしか残されていなかった九尾の狐の生息地である狐谷。

その狐谷についてこの老騎士は知っているという。

しかも、わざわざ説明までしてくれるというではないか。

ジタンがどういうつもりなのかはまだはっきりとはわからない。

が、俺は老騎士の語るウルク領の忘れ去られた秘境について聞くことにしたのだった。

「そうですな。まずはどこからお話しすればよいかの。狐谷のことをお話しする前にアルス様に確認じゃ。狐谷に行きたいというのは九尾剣が関係しておるのですかな？」

「そうだ、ジタン。九尾剣の材料となった金属は九尾が住んでいたという狐谷にある、と俺はにらんでいる。だからこそ、こうしてこのアーム騎士家までやってきたんだ」

「ふむ、九尾剣の材料ですか。じゃが、アルス様のその考えは正しくもあり少し違います。九尾剣の材料となる鉱石は狐谷から採掘したものではありませんのじゃ。九尾の狐という、今は絶滅してしまった魔物を倒して手に入れたものなのです」

「え？　だけど、こちらの調べでは九尾剣の素材には生物由来のものはないって結論だったんだけど。本当に九尾を倒して、その素材から九尾剣を作ったのか、ジタン？」

「そうです。といってもわしも九尾の狐という実物を見たわけではないのじゃが、アーム家に伝わる話ではまず間違いなく九尾剣は九尾を倒して作ったと伝わっておるのです、アルス様」

「……ちょっと待って。よくわからん。もしかして、九尾の狐っていうのは九尾剣の材料となる金属鉱石でも作り出せる魔法かなにかを持ってたとか、そういう話だったりするのか？」

「いえ、それも違うのですじゃ。九尾の狐はそのような魔法は持っていなかったようです。ですが、その体内から特殊な金属を得られたそうなのです」

「狐の体内から金属が？」

「そうです。順を追って話していきましょうかの。九尾剣と狐と狐谷の関係について」

アーム家の当主である老騎士ジタンが語り始める。

かつてこの地にいた九尾の狐と呼ばれる魔物。

その魔物を倒して九尾剣という魔法剣が作り出され、そしてそれは今もウルク家に伝わり、俺も所有している剣についての秘密を。

◇◇◇

かつてこの地にいた九尾の狐。

生息地の狐谷をはじめとして、近くの山々で大昔はよく見かけたという。

しかし、この狐はなかなかに曲者だった。

普通の狐ではなく、魔法を使ったのだという。

炎を吐くという魔法を持ち、別名炎狐などとも言われていたらしい。

そんな危険な狐がうろつくということになれば人々の生活にも影響を与える。

そのため、山に現れる九尾を退治することになった。

だが、魔法を使う危険な相手である。

当然、その狐退治には騎士が投入されたという。

もしかしたらウルク家の魔法のルーツはこの九尾に関わっているのかもしれない。

【狐化】や【朧火】などといった狐と炎に関する魔法を使うのは無関係であるとはとても言えないだろう。

そうして、長い年月、騎士と狐の戦いがこの山々のなかで繰り広げられていた。

だが、どの段階でかはわからないが、ある時騎士の一人が九尾の狐の体内から金属が取れるということを発見したそうだ。

この金属が変わった性質を持っていた。

なんと、魔力を注ぐと炎を生み出すという特性を持っていたのだ。

狐の体内から取れるこの特殊な金属。

しかし、一匹から取ることができるのはそこまで多くはなく、少量だった。

だが、なにせ駆除する必要があるくらい九尾の数が多かったこともある。

いつしか、退治した九尾からその特殊な金属を取り出し、集めていくとひと抱えもある量へと溜まっていたという。

そして、それこそが九尾剣の素材となった金属だった。

魔力を注げば炎を現出する金属を魔法剣として作り上げたのだ。

しかもかなり強い。

人を消炭《けしずみ》にできるほどの出力の炎の剣は防御が非常に困難だったのだ。

この事実を知ってウルク中が沸いた。

強力な魔法剣を作り出すことができる、と。

だが、その後の研究でこの特殊な金属は九尾の体内から取れるものの、九尾自身が作り出しているものではないということが判明したのだ。

おそらくは、なんらかの手段で九尾の狐を捕獲し、飼育でもしたのではないかと思う。

だが、飼育した狐からは次々とその金属が取り出せる、などということはなかったのだ。

なぜだろうか。

当時からいろいろと調べた結果、わかったことがあった。

それは狐谷から離れたところにいる、似たような狐は炎の魔法も使わず、特殊金属も取れなかった。

狐谷を住処にしている九尾という生き物だけからしか、その金属が得られなかったのだ。

そこから、金属の秘密は狐谷にあると考えられた。

そこまでわかれば、次にどのような行動に移るかははっきりしている。

さらに九尾剣を作り上げるために欲をかいた人間が次々と狐谷に押しかけたのだ。

だが、その者たちは帰ってくることがなかった。

狐谷に向かった人はすべて生きて帰ってこなかったのだ。

もともと、九尾という危険な魔物がいるであろう狐谷に向かう人というのは一般人ではなく、騎士ばかりだった。

だが、その騎士が次々と狐谷に向かっては消息不明になる。

しかし、狐谷に向かう人はあとを絶たなかった。

なぜならば、だんだんと付近の山に現れる九尾の数が減っていったからだ。

強力な魔法剣を作りたいが、その材料を得られる九尾が年々数を減らし続け、しかし、まだいるだろうと思われる狐谷に向かえば生きては帰れない。

これにはさすがにウルク家側も騎士の自己責任とだけで終わらせるわけにもいかなかった。

もしかすると、ボスとなる強力な九尾などがいるのかもしれない。

何というけしからんことだ。

貴重な鉱石を得るための邪魔をするようなものがウルク領にはいるのではないか。

そんなことは許してはならない。

ウルク領を治めるウルク家の人間が出陣してでも、狐谷にあると言われる不思議な鉱石を確保せねばならない。

そう考えたウルク家はなんと当主級までもを投入して狐谷の探索へと向かったのだった。

結論からいうと、狐谷に向かった騎士を帰らぬものにしていたのは九尾などではなかったらしい。

なぜならば狐谷に入った面々はなにかに襲われることもなく、急に倒れてしまったのだから。

だが、運良く帰還できた者がいた。

それこそ、狐谷探索をウルク家から命じられて意気揚々とアーム騎士領にまでやってきた当主級そのひとだったという。

当主級の騎士は他の騎士たちが次々と倒れていくところを横目に見ながら、それでもなんとか地面をはって撤退してきた。

狐谷の外で待機して帰りを待っていた者たちのところまでなんとか戻ってきたものの、そこで息を引き取ったという。

最期の言葉として「毒だ……」という言葉を残して。

つまり、狐谷に向かった者は何らかの毒によって命を絶たれていたのだ。

その後、何度も探索を行ったウルク家によって出された調査結果によると、狐谷は生き物の接近を阻む毒に侵された土地だという。

空気中に散布されている危険な毒。

それこそが、狐谷が生きては帰ることのできない場所である原因だった。

だが、どうやら九尾は違ったようだ。

なぜかはわからないが九尾はこの狐谷に自由に入り、自由に出てくることができた。

はっきりとした理由は不明だが、九尾はこの毒に侵されることなく動くことができたのだ。

そして、問題となっていた九尾剣の素材となっていた特殊金属についてはほぼ間違いなく狐谷にあるものだと考えられた。

これは確保し飼育していた九尾が金属を食べたという報告があったからだ。

九尾は金属を食べる。

そして、狐谷に生息する九尾だけが炎の魔法を使い、九尾の狐の体内から取れる金属には魔力を注ぐと炎を出す特性がある。

長い年月の研究により、狐谷に生息する九尾は狐谷にある特殊な金属を食べて体内に取り込むことができると結論づけられた。

すなわち、狐谷には九尾が食べることができるような地表部分にその金属があると考えられる。

しかし、狐谷は九尾以外は入ることすらできない猛毒によって守られている。

つまりは、九尾剣の材料を手に入れるためには九尾の体内から取り出すしかない、となったのだ。

だが、残念なことにそれがわかったときにはすべてが遅すぎた。

九尾を狩り尽くしてしまっていたのだ。

それ以後、アーム騎士領で九尾の姿が確認されたことはないというくらい、徹底的に狩り尽くされてしまっており、以降九尾剣を新たに作ることはできなくなってしまったという。

そして、時は現在に戻ってくる。

今ではもうウルク領でもアーム騎士家でしか九尾のことは語られず、狐谷のことはウルク領内で殆《ほとん》ど知られなくなってしまっており、九尾剣の製法すら失われてしまったのだ。

だからこそ、ジタンは言う。

狐谷には行くな、と。

◇◇◇

「なるほどな。特定の生き物を絶滅するまで狩り殺すってのはどこの世界でも人間っていうのは業《ごう》が深いね」

「これでわかったはずです、アルス様。狐谷に行くのはやめるべきじゃ。いくらアルス様が連戦連勝の戦上手であるといえども人の手には余る。あそこは近づく者に死を与える土地なのじゃよ」

「そうか、よくわかったよ、ジタン。ま、そんだけ事情を知っているってことは当然狐谷の場所もわかってるんだろ？　どこにあるんだ？」

「それはわかりますが……、もしかして今までの話を聞いておらなんだか、アルス様。わしは狐谷には行ってはならんと言っておるのだぞ」

「いや、ちゃんと聞いてたよ、ジタン。だからこそ行くんだよ。狐谷の場所もその特徴もよく理解した。だからこそ、行くって言ってるんだ」

「なんと愚かな。人はまた過ちを繰り返すのか……。止めても聞かんようじゃな、アルス様。もう一度聞くが本当に行きなさるのか？」

「そうだ、くどいぞ、ジタン」

「……わかりました。狐谷に案内させましょう。ですが、どうなっても知りませんぞ。わしは何度も忠告しましたからな」

「ああ、もちろんだ。もし俺達に何かあってもジタンに責任を問うようなことはない。さ、そうと決まれば案内してくれ。その幻の秘境にな」

ジタンの長い話が終わった。

なので俺は早速目的地に行くことにした。

九尾剣が生物由来ではないが九尾から素材が取れたというのはこのことだったのかと、非常に興味深く話を聞くことができて楽しかった。

だが、狐谷には行くなと言うジタンの忠告は聞かなかった。

こっちはむしろそれを目当てにやってきたんだ。

行かないなんて選択肢は最初からない。

こうして、無理やりアーム家から案内人を出してもらってバルカ軍はそのまま九尾の元生息地、狐谷へと向かっていったのだった。

「ここです、アルス・フォン・バルカ様。ここから先が狐谷です。我々は幼いころからここより先には絶対に進んではならないと教えられて育ってきたのです」

「そうか、案内ご苦労さま」

「……アルス様、本当に行くのですか？　ジタン殿が語った狐谷の話が本当であればいくらアルス様といえども命はありません。危険すぎると思います」

「うーん、そうかもしれないな、ペイン。よし、こうしよう。誰か先に狐谷を偵察してこい」

「はい、アルス様。俺が行きます。偵察なら俺に任せてください」

「エルビスか。いいのか？　危険な場所だけど、ちゃんとわかって言ってるんだろうな？」

「もちろんです。アルス様のためにこれくらいどうってことありませんよ。任せてください」

「よし、わかった。行ってこい、エルビス」

「はい！」

アーム騎士領で当主のジタンから案内人をつけてもらって更に先に進んだ。

いくつかの山を越え、奥まった土地までやってきた。

そして、どうやらここから先が俺達の目的地である狐谷であるらしい。

だが、さすがにそのまま全員で先に進むわけにもいかないだろう。

俺は先行して狐谷を調べるために人を出すことにした。

自ら志願して狐谷に入ると言ってきたのはエルビスという青年だった。こいつはたしか、バルカに移住するためにバルカニアへとやってきて軍に所属したのだったか。ペッシと戦ったときに、陣地内で名付けをしたことでバルト家の騎士になっているその青年が意気揚々と毒のあるであろう場所へと向かっていった。

あとは偵察に行ったエルビスが無事に帰ってくることを祈るとしよう。

待っている間にこのあたりで陣地でも作って食事でも取ることにしようか。

「いや、ちょっと待ってくださいよ、アルス様。バルカ軍の兵士を何の準備もなしに出しましたが大丈夫なのですか？　というか、大丈夫ではないでしょう。絶対に帰ってきませんよ、エルビスとかいう彼は」

「なんでだよ、ペイン。エルビスが帰ってこないって決まったわけじゃないだろ」

「何を言っているのですか、アルス様。まさか本当にジタン殿の話を聞いていなかったのですか？　狐谷は古来より毒で守られている場所なのですよ。彼が何者かは知りませんが、きっとすぐに毒にやられて身動きが取れなくなってしまうに違いありません」

「いや、エルビスは普通の兵じゃない。バイト兄から名付けされたバルト家の騎士だ。だからきっと大丈夫だよ」

「これは失礼しました。エルビス殿は騎士だったのですね。ですが、それとこれとは関係ありません。騎士であろうとも毒は効きます。それはアーム家に伝わる話でもそうだったはずですよ、アルス様」

「多分大丈夫だよ。毒への対処はきちんとある。多分狐谷の毒も平気なはずだ。……たぶんね」

「……どういうことですか、アルス様？　毒の対処ができている？」

「ああ、そうだよ、ペイン。バルカやバルトの騎士は毒が効かないからな」

あ、ペインがぽかんと口を開けて驚いた顔をしている。

俺に仕えたいとか言い出してここまでついてきていたペインだが、ここまで間抜けな顔を見せたのは初めてかもしれない。

ということは、このことは知らなかったのか。

いずれ知ることもあったかもしれないが、教えないほうがよかったかな？

俺はポケッとしているペインの顔を見ながらそんなことを考えていたのだった。

◇◇◇

【毒無効化】。

俺が新しく身につけた新たな魔法。

文字どおり、毒に対処するためだけに作った魔法だ。

俺は昨年の戦が終わってからミームに毒について話を聞いた。

そして、毒に対応した解毒剤なども用意してもらったのだ。

これは今後暗殺などで狙われた場合を考えてのものだった。

だが、あとになって考えると解毒剤があっても困ることが多いような気がした。

というのも、ミームは別に俺の主治医として常に診察をしているというわけではない。

すなわち、俺がもし万が一毒に侵された場合、すぐにミームに診てもらうことはできないのだ。

すると、どんな毒が体を蝕《むしば》んでいて、それに対応するための解毒剤はどれかをキチンと判断できない可能性もある。

一口に解毒剤といってもたくさんの種類があり、決して万能薬のようなものはないからだ。

それではいざという時に困る、と思ってしまったのだ。

ならば、いつでもミームに診察してもらえるようにしておけばいいという話になるのだが、いかんせん俺はいつもフォンターナの街にいて、ミームはバルカニアにいる。

ミームは日々研究に忙しくて診察する体制を構築することは難しかったのだ。

だったら、いっそ医者いらずにしてしまおうではないか。

俺はそんな結論に達したのだった。

そこで、俺は毒に対処するための方法を確立することにした。

その手段が魔法だったというわけだ。

そうして、俺の新たな魔法開発が始まった。

ただ、【毒無効化】の魔法はかなり大変だった。

というのも、自分の体を実験材料にしながら魔法を作り上げたからだった。

ミームから受け取った解毒剤と一緒に、俺は毒そのものも受け取っていた。

そして、その毒を自分に対して使ったのだ。

もちろん、最初はミームに確認しながら致死量を遥かに下回る少量の毒を使った。

皮膚に塗ったり、体に傷つけて内部に入れたり、口から飲み込んだりしたのだ。

そして、その直後に体中に練り上げた魔力を高めて人間の体が持つ自然治癒力を高める。

最初は何度も少量の毒を使って、魔力がどのような動きをするか静かに集中して感じ取るようにしたのだ。

その結果、わかったことがあった。

いろんな毒を、いろんな方法で取り込んだところ、毒が体に触れた瞬間、魔力が自動的に防御反応のようなものを示したのだ。

それは全身の皮膚表面であり、口や鼻の穴から食道や胃、そして腸などの粘膜部分だったように思う。

あとはお腹にある肝臓や腎臓などの内臓にも魔力が集まっていた。

なので、俺はその微細な魔力の変化を認識してからは、訓練方法を少し変えた。

毒を使用した際に自分の意志でそれらの部分に魔力が集中するようにしたのだ。

すると、驚いたことに少量の毒ではほとんど体に変化が現れなかった。

ならばと少しずつ毒の量を増やしながら、更に実験を進めた。

何度も自分の体と魔力の動きを慎重に捉えながら、そのつど魔力コントロールの仕方を変えていった。

そして、その努力が実ったのか、冬が終わるころになるとミームが用意した毒はすべて致死量を超えて服用しても問題なくなってしまったのだった。

そこまでくれば、あとは呪文化するだけだ。

ひたすら「毒無効化」とつぶやき続けながら毒をのみ続ける日々が続いた。

それをみたリリーナなどにはそんな危険なことはやめてくれと言われてしまったが、心を鬼にして俺はその自傷行為を続けたのだ。

そうして、新しい魔法がバルカにもたらされたのだった。

その効果は俺以外の者が【毒無効化】を使ってから、毒を服用しても問題なかったことできちんとした効果のあるものであると証明された。

さらに実験に使っていない毒を新しくミームに用意してもらい、それを使っても体には異常が現れなかったのだ。

つまり、この【毒無効化】は未知の毒からでも体を守ってくれる効果がある、はずだ。

例外があるかもしれないだろうと言われれば反論できはしないのだが。

正直に言えば、自分自身でもどこまで【毒無効化】の効果が有効なのかははっきりと分かっていない。

だが、ジタンの話が正確であったとすれば九尾はこの狐谷へも平気で入っていたのだ。

ということは、毒ではなく空気そのものがありませんでした、とかいう話のオチではないはずだ。

であれば、一度呪文を唱えればしばらくは効果が持続する【毒無効化】が体を守ってくれるはず。

がんばれ、エルビス。

お前が帰ってこなかったら、あれだけ啖呵《たんか》を切ってこの狐谷までやってきたというのに、すごすごと引き返さなければならなくなる。

なんとか無事に帰ってきてくれ。

俺は我が身可愛さに保身のことばかり考えながらエルビスの応援をし続ける。

その願いは無事に天に届いたようだ。

夜遅くなったころになって、エルビスが陣地へと帰還してきたのだった。

手には今まで見たこともない金属の塊を握りしめて。

◇◇◇

「おおー!!」

深夜になってエルビスが持ち帰った、見たこともない鉱石。

その鉱石を受け取った俺がそれに【魔力注入】を行うと炎が出現した。

手に持てる程度の大きさの鉱石から勢いよく炎が燃え盛るように出ている。

本物だ。

これこそまさに九尾剣の素材となった金属に違いない。

間違いようもない現物をエルビスは持ち帰ってくれたのだ。

「よくやったな、エルビス」

「ありがとうございます、アルス様。実はもっと持ち帰ろうかと思ったのですが、たくさんありすぎて無理でした」

「そんなにたくさんあったのか？　これと同じ金属が？」

「はい、そうです。狐谷は土の壁があって、そこがまだら模様みたいになっているんです。その壁面にこれと同じものがたくさんありました」

「ふーむ、断層でも露出しているのかな。ま、なんにしてもお手柄だ。よくやってくれた。明日の朝になったら【毒無効化】の魔法が使えるやつだけで狐谷に入ろうか。とりあえず回収できるだけしておこう」

「おい、アルス。やったな。これで九尾剣が作り放題じゃないか」

「バイト兄、落ち着けよ。まずはきちんと明日の朝に回収できてからの話だ。それに九尾剣の製法は大昔に失われたって話だしな。同じのが作れるとは限らないぞ」

「大丈夫だって。グランならできるさ。夢が広がるじゃねえか。ヴァルキリーに騎乗したバルカの

騎兵団が九尾剣を持って敵を倒す。絶対強いぞ」

「そうだな。ま、とにかく明日狐谷に俺達も向かおう。さっさと飯食って寝るぞ。明日の朝は早いんだからな」

「おう、わかってるぜ」

こうして、俺達はすでに手に入らないといわれていた幻の金属、炎鉱石を手に入れた。

そうして、一晩経って狐谷へと向かい、荷車に積めるだけ積んでその鉱石を回収したのだった。

◇◇◇

「まさか……、本当に狐谷に行ってこられたのですな……。それが失われた幻の炎鉱石。ああ……、まさかこの目で実物を見ることができるとは思わなんだ。信じられませぬ」

その後、俺たちバルカ軍は狐谷に入り、無事に帰ってきた。

もちろん、その手にはたくさんの鉱石を持ってだ。

狐谷にある断層から露出していた炎の鉱石は拾い集めるだけでも持ち帰るのに苦労するほど集まった。

それを持って、一度アーム騎士領まで引き返し、ジタンに報告したところだ。

「ジタンが狐谷に案内を出してくれたおかげだ。思った以上に早く回収を済ませられた。感謝する」

「いえ、狐谷から炎鉱石を得ることができたのはアルス様のお力以外の何物でもありますまい。

……それで、その炎鉱石を入手されたアルス様は次はどのように動くおつもりなのか聞いてもいいですかな？」

「決まってるだろ、ジタン。俺達がここに来た目的は炎鉱石だけじゃない。ウルク領でキシリア家に反抗した騎士領から領地を得ることだよ。これから他の騎士領を攻めることになる。当然、アーム家も手伝ってもらうぞ」

「わかっています。我がアーム家はウルクの名を捨て、アルス・フォン・バルカ様に忠誠を誓うことを宣言します。いかようにもお使いください」

「それはちょっと違うな、ジタン。お前が忠誠を誓うのは俺じゃないぞ」

「な……、それは話が違いますぞ、アルス様。我がアーム家はウルク家を倒したキシリア家の下につく気は一切ありませんのじゃ。どうか、我が身に忠誠を誓うことをお許しください」

「いいから聞け、ジタン。別にジタンにキシリア家へと忠誠を誓えと言っているわけじゃない。そうじゃなくて、お前は俺の兄のバイト、すなわちバルト家に対して忠誠を誓ってもらうことになる」

「バイト……様にですか？」

「え、俺？　なんで俺なんだよ、アルス。お前が名付けするんじゃないのか？」

「何言ってんだよ、バイト兄。バルト家の領地が欲しいだろ。このへんの領地を切り取って統治しろよ。ま、基本的にはバルカ騎士領の飛び地の管理って感じになるかもしれないけど」

「いいのか？　本当に俺が自分の領地を持ってもいいのか、アルス？」

「いいけど、ちゃんと統治してくれよ？　領地運営失敗とかなったらバルカ家が領地を取り上げるからな」

「おっしゃ、任せろ、アルス。なんだよ、お前そんなこと考えてたのか。もっと早く言っておいてくれよな」

「頑張れよ、バイト兄。で、ジタンはどうだ。バイト兄に忠誠を誓う気はあるか？」

「……わかりました。我がアーム家はバイト・バン・バルト様に忠誠を誓います」

「よく言ってくれた。で、そんなジタンにもうひとつ頼みたいことがある。聞いてくれるか？」

「なんでしょうか、アルス様？」

「バイト兄が切り取ったウルク領をうまく統治するためにはバルカの力だけでは足りない。わかるよな？」

「……婚姻ですな。バイト様にはこの地を統治するに相応しい血筋の者と結婚していただく必要があるでしょうな」

「そうだ。誰かいい相手がいないか、ペインと一緒に考えておいてくれ。やったな、バイト兄。家族が増えるよ」

「まじかよ。急に結婚の話まで行くとは思わなかったんだけど……。おい、ジタン、血筋も大事だけどいい女を頼むぞ」

「かしこまりました、バイト様」

「よし、話は決まりだ。ってことで、バイト兄は早速仕事だ。領地の切り取りを開始するぞ」

「わかったぜ、アルス。早速攻めるか」

「その前に周囲の騎士に手紙を出そう。改めて、キシリア家ではなくバルカの一部となるかを問いただす手紙を出す。それに従って挨拶に来ればよし、来なければ攻め落とそう」

俺は当初の目的どおり、切り取った領地に関してはバイト兄に丸投げすることにした。

それから周辺の騎士へと通達を出し、従う者は味方へと取り入れて、反対する者には鉄槌を下す。

が、一応狐谷の採掘権だけはこっちで確保しておいたほうがいいだろう。

張り切るバイト兄が領地の切り取りをしている間、俺はアーム家の館を拠点としつつ、狐谷に何度も炎鉱石を回収に向かってありったけの量を確保したのだった。

◆◆◆

「皆の者、聞け。わしはアーム騎士家の当主として決断を下そうと思う。あのバルカ軍がこちらへと向かってきているそうじゃ。おそらくはキシリア家へと忠誠を誓わなかった我がアーム騎士領を狙ってのことだろう。そこでじゃ、わしはバルカの軍門に降《くだ》ろうと考えておる」

フォンターナ軍の中でも近年急激に名を上げはじめたバルカ。

そのバルカが再びウルクへと進軍を開始したと聞いたのはようやくアーム騎士領でも雪が溶け始めた時期になってからだった。

その報告を受けたが、山がちな土地柄ゆえすぐに兵をまとめて出陣することは叶わなかった。

幸か不幸か、結果的にそれがアーム騎士家の運命を変えたのではないかと思う。

次々に入ってくる情報には耳を疑う者も多かった。

ウルクを裏切ったというキシリア家が、バルカ軍が到着してすぐに戦闘状態へと発展した、が即座に鎮圧された。

その後、キシリア家はバルカによってウルクの名を捨てさせられ、戦場にて盾のように使われたようじゃという。

報告だけでは定かではないが、ウルク軍と戦うキシリア軍の後方からバルカは攻撃を行ったというのだ。

だが、それが勝負の行方を決定づけた。

ウルク軍はフォンターナの軍勢に一矢報いることもなく、ミリアス平地の決戦で敗北した。

バルカ。

最近出てきた騎士でありながら、今ではウルク領内でその名を知らぬ者などおらぬだろう。

隣の領地であるフォンターナで農民暴動を起こしてフォンターナ家の守護者と呼ばれた高名な騎士レイモンド・フォン・バルバロスを殺害。

その後、新たに当主として存在感を発揮し始めたカルロス・ド・フォンターナによって騎士へと取り立てられた。

だが、そのころはまだ知名度は皆無だったと言えるだろう。

その名が知れ渡ったのは、バルカ家当主として騎士になったアルス・フォン・バルカがウルクへとやってきてからだった。

我が盟友であるミリアムが補佐するキーマ騎兵隊を壊滅させたのだ。

だが、これはあり得るはずのないことじゃった。

ミリアムという騎士はわしも昔からよく知っておる。

なにせ、何度も肩を並べて戦場であやつと一緒に戦ったからじゃ。

しかし、そのミリアムが所属する騎兵隊が負けたという。

しかも相手はバルカ家当主のアルスただ一人であったというのだ。

到底信じられるものではなかった。

あのミリアムがいながらたった一人の相手に負ける？

しかも、千はいた騎兵すべてを殲滅されるという形でじゃ。

あまりのことにわしは何を信じていいのかわからなかった。

もはや自分の頭がおかしくなったのかと思ったほどじゃ。

だが、バルカの実力は間違いのないものだった。

その後、バルカは快進撃を続けた。

ウルクでは当主としての力を備えたペッシ様を討ち取ったうえに、アーバレストとの戦いでは当主その人を討ったのだ。

その実力を疑う者はすでに誰もいなかった。

そこで、わしは気づいた。

時代が変わる、その節目にあるのだと。

それは実際に自分の目で見てはっきりした。

我がアーム家に近づいてきたバルカ軍を見てそれをはっきりと分かってしまったのじゃ。

バルカ軍がアーム騎士領に向かっている。

その報告を受けてわしは騎竜へとまたがり、偵察に出たのだ。

そして、バルカ軍を目にした。

それはわしの知っている軍の進み方とは全く違っていた。

列をなし、一定速度でアーム騎士領へと向かっていたのじゃ。

普通、軍というのは統率を取ることが何よりも難しい。

集めた農民たちを遅れずについてこさせて目的地へと向かうというのは、言葉にするよりも難しいのだ。

下手な者に兵を預けて進軍させると、目的地に到着するまでに大きく兵の数を減らすことすら珍しくない。

それはそうじゃろう。

兵として連れて行かれた先では命をかけた戦いが待っているかもしれないのだ。

逃げる者がいてもなんらおかしくない。

だが、バルカ軍は違った。

きちんと整列した兵たちが列を乱すことなく進軍しているのだ。

誰かに見られているわけでもない、田舎の道を進むだけであるというのにである。

それを見て悟ってしまった。

バルカはアルス・フォン・バルカただ一人が強い軍なのではない、と。

あの軍は異質すぎる。

ウルク家が敗れたのは偶然ではなく、必然であったのだと理解した。

そう考えたわしは館に帰り、すぐに自分たちの配下へと告げたのじゃ。

アーム家はバルカの下につく、と。

反対する者も当然いた。

だが、事態は急を要する。

これが残りの命の短いであろうわしの最後の仕事だと思ってなんとか説得した。


そして、なんとかバルカ軍がアーム騎士領に入ったころには我が家は方針を固め、白旗を揚げて降参したのだ。

そのバルカ軍からは驚いたことにあのミリアムの孫であるペインがおり、使者としてアーム家と交渉にやってきた。

わしはすぐさま丁重にもてなしてペインと語り合った。

やはり、ペインもわしと同じように感じたのだという。

もっともペインは昨年あったペッシ様の軍とバルカ軍が衝突したあの激戦で気がついたのだから、わしよりは早かったようだが。


そのペインによって引き合わされた少年。

今年で十二になるという少年だ。

わしが挨拶をすると、「よろしく、ジタン殿」と話しかけてくる。

わしはてっきり、もっと偉丈夫が相手だとばかり思っておったのじゃが違った。

アルス様の隣におった兄であるバイト様やそのバイト様とは反対側にいる青年タナトス殿のほうがよほど体も大きく押し出しが利く。

だが、やはり真に恐ろしかったのは当主であるアルス様じゃった。


魔力だ。

長い間わしも幾度も戦場で騎士たちを相手に戦ってきた。

だが、その誰よりも魔力が濃かった。

魔力量だけならば貴族家の当主様のほうが多いじゃろう。

じゃが、その濃密な魔力は今まで一度も見たことがなかった。

魔力が濃すぎて黒い闇のように見える。

バルカの通り名の中に「白い悪魔」などというものがあったが逆じゃろう。

あれはどう見ても漆黒の悪魔にしか見えん。

この人は今、何を考えているのだろうか。

わしと話し狐谷についての説明を聞きながらでも時折目線が離れる。

あたりを見渡しているのだ。

わしの供回りの騎士や遠くで待機しているアーム家の兵たち。

そこにわずかでもおかしな動きがあれば、おそらくは即座に対応するじゃろう。

この場にいる者を皆殺しにし、アーム家へと襲いかかる。

恐ろしかった。

何がこの人の機嫌を損ねるのかわからない。

質問された狐谷について知りうる限りを教えた。

が、それ以上に絶対に行ってはならぬと伝えた。

狐谷はかつてウルク家が総力を上げて調べ上げ、そして諦めるしかなかった土地だ。

危険すぎる。

が、それ以上に不用意に近づいてバルカの兵が死んだ場合、そのことがアルス様のお怒りにつながるかもしれない。

だが、行ってしまわれた。

狐谷に入れば兵だけではなくアルス様本人も無事では済まない。

そう思っていたのに、帰ってきたのだ。

幻の金属と呼ばれる炎鉱石を手にして。

底が見えない。

心底、そう思った。

だからこそ、バルカではなくバルト家へと忠誠を誓えと言われた時にも承諾した。

絶対に逆らってはいけないと心から思ったからじゃ。

そして、それは間違いではなかった。

アルス様は周囲の騎士領へと手紙を出したのだ。

アーム騎士領を起点として周囲でキシリア家へと忠誠を誓わなかった家に対して、バルカへとつくようにという内容を。

そして、待った。

手紙を受け取って即座に動けば挨拶に来られるだけの時間をだ。

逆に言えば、即時返答がなければ手紙を無視したとみなしたのだ。


あっという間だった。

すぐに頭を下げに来た騎士家は許された。

それはおそらくわしと同じようにバルカ軍の進軍の光景を見ていたのじゃろう。

あれに無意味に逆らってはいけないと見ただけでわからされたのだ。

だが、そうではないところもあった。

もしかしたら、ゆっくりと検討する気だったのかもしれない。

だが、そんな猶予は一切なかった。

バルカが騎士領を攻め始めたのだった。

それも恐るべき速さで周囲を平定していった。

最終的にバルカの軍門に降るか、あるいは攻め取られた領地は旧ウルク領の三分の一ほどになったのではないだろうか。

我がアーム騎士領のあるウルク領南東部をはじめとしてそこから北上する形で領地を切り取ったのだ。

もともとあったウルク領の東部分が取り尽くされたと言ってよいだろう。

だが、この快進撃にはアルス様自身は参加していなかった。

バイト様だ。

アルス様の兄であるバイト様、我が主でもあるバイト様がバルト家の力で領地を得たのだ。

その間、アルス様がしていたのは炎鉱石を取りながらの街づくりじゃった。

四方を高い壁に囲まれた新たな街。

それをアルス様は作り上げてしまわれたのだ。

バルカが持つ魔法によって。

旧ウルク領南東部の中で比較的交通の便がよく、狐谷にも行ける場所という理由で旧ラムル騎士領に街を作ってしまわれた。

一辺一キロメートルというバルカ独自の長さで壁に囲まれた都市、バルトリア。

白のレンガで作られた同一規格の建物が規則的に並ぶその街の中心に見たこともない建物が作られた。

ステンドグラスというらしい、色鮮やかなガラスのついた壁。

光が当たると幻想的な光景が現れる、今までにない建物。

生まれてこのかた、わしが見たこともない優雅な城が新たな街に造られた。我らの主であるバイト様のための城をごく短期間で造ってしまわれたのだ。

その城でバイト様が我らに名付けをしてくださった。

ウルクの名を捨て、バルト家へと忠誠を誓う我らに新たな名が授けられたのだ。

こうして、旧ウルク領の東にはバルト騎士領が誕生し、それによりアルス様は名実ともに当主級になられたのだった。

番外編　新生バルカ軍

「ちょっといいか、アルス？　相談したいことがあるんだが」

「どうしたの、父さん？　それにマドックさんまで」

これはまだ俺がバルカ騎士領の隣にあるイクス家とカイルダムによる水利関係で揉めることになる前のこと。

ある日、バルカ城の執務室で仕事をしている俺に父さんがなにか言いたそうにして近づいてきた。

その父さんのそばにはマドックさんもいる。

どうしたんだろうか？

相談というが、なにかあったんだろうか。

気になった俺は書類から目を離して二人のほうへと向き直って、話を聞く姿勢へと切り替える。

「実はな、ちょっと気になることがあるんだ。最近、バルカニアにやってくる人の数が多くなっているのは知っているだろう？」

「もちろん。うちはできたばかりの騎士領だし、有能な人材はほしいからね。わざわざ、おっさんとかにも知り合いに声をかけてもらって集めたり、カイルの魔法を報酬にして一芸に秀でた人を求めたりしたくらいだからね。むしろ、人が集まってくれないと困るというか」

「うん。お前はそう言うと思ったよ、アルス。けどな、ちょっと問題が起こっているんだ。いや、正確にはまだそこまで大きな事態にはなっていないんだけどな。マドックさんからも言ってやってくれないか？」

「うむ。アッシラの言うとおりだ。お主が人を集めておるのはこちらも重々承知だ。だが、人が集まれば揉め事も起こる。最近、バルカニアで住人同士の揉め事による裁判沙汰が増えつつあってな。そのことがちと気になっておるのじゃよ」

「裁判が？　それは穏やかな話じゃないね」

「そうじゃろう。お主は先程言ったな？　優秀な人間が集まってきてほしいと。それは儂《わし》らも同じじゃ。なんせ、こっちはもともと満足に読み書き計算もできんのじゃからな。それらができる者たちがこの地に集まってくれたほうが何かと助かるのは事実。じゃが、このバルカ騎士領に集まってきている者どもはみなそんな人材ばかりではない。むしろ、他所で食べていけなくてここに流れてきた者が多いんじゃよ」

「ああ、なるほど。ようするに食い詰め者がバルカ騎士領に集まってきているってこと？　で、そいつらが問題を起こしている、と」

そういうことか。

確かにそういう問題はあり得る話だ。

というか、もともと識字率なんて高くないのだから、文字も読めない計算もできない人間なんてごまんといる。

よそからバルカ騎士領にやってくる者がそういう者たちばかりだというのは、何らおかしな話ではない。

「だけどな、アルス。流れてきた人たちも決して悪い人ばかりってわけじゃないんだよ。むしろ、善良な人のほうが多い。けど、それでも問題が起きるんだよ」

「……そうなの？　善良なのに？」

「ああ。もともと、このバルカ騎士領はバルカ村とリンダ村という二つの村だけの領地だ。だけど、そのあとにもういくつかの村が増えてバルカの騎士によって畑を耕せるようになって収穫量が多くなっているだろう？」

「そうだね」

「だから、一応他所から来た人の分の食料はある。けど、それも限りがあるんだ。いきなり着の身着のままでこの領地にやってきた人間を受け入れて、仕事を与えて、住む場所を用意して、食べ物を提供する。そんな人の数がもとの村の住人数を越えてきたら、お前ならどう思う？」

「……そうか。既存の住人数に匹敵するほどの移住者になってきているのか。受け入れるための限界が近いことを住民は肌で感じ取っているってことだね？」

「そのとおりだ。それになにより、一番重要なのが流れ者に与える仕事がなくなってきているという点が問題だな。誰でもできる簡単な仕事ってのはもうほとんどなくなってきているんだ。それが理由でバルカ騎士領に来た者で仕事にありつけなくて、農地から収穫物を盗んで食べるやつまで出てきている」

「裁判所でもその話は確認しておる。件数はまだ少ないが、盗みを働く者は犯行を繰り返すのじゃよ。なんせ仕事がない、金がない、食うものがないんじゃや。盗まなければ飢える。やらざるをえんのだろう」

「……で、それに住人が怒る、と。問題は犯行を犯した個人ではなく、移住者という存在が悪いと考えてしまうことにあるってことだね」

「そうだ。このバルカニアでも少しずつそんな空気が広がってきている。もし、この問題を放置すればいずれは血を見ることになるかもしれんのう。もともと、よそ者を受け入れ難いのが都会とは違う村社会の性質じゃからの」

父さんとマドックさんの話を聞いて、思わずため息が出そうになった。

まさか、カルロスに騎士へと叙任されて1年ほどでそんな問題が出てくるとは考えもしていなかったからだ。

だが、たしかに気持ちはわかる。

俺だって自分の土地に人がやってきて好き勝手なことをされたら怒るからだ。

その土地を守ろうと行動することは当然のことだともいえる。

が、だからといって、バルカ騎士領に住む住人たちが、よそからうちに来る者を受け入れないという空気が出来上がるのは困る。

そんな排他的な空間が出来上がってしまったら、優秀な人材を集めるなんてことは不可能になってしまうだろう。

すぐに対処せねばならない。

「とはいえ、どうするかな。一時的に移住者は受け入れられないようになったと言って、フォンターナの街に行くように言うしかないかな？」

「それも問題だぞ、アルス」

「そうかな、父さん？　現実的な対応だと思うけど」

「俺もそうだ。けど、住人の中にはそう思わない者もいるかもしれない。なにせ、バルカ騎士領の住人の意思は統一されているわけではないからな」

「……なんで？　よそ者には来てほしくなさそうだってさっき言ってたじゃないか」

「そうだ。だが、それはもともとバルカ村などに住んでいた者の気持ちを代弁しただけに過ぎない。実際はバルカニアなんかは他の出自の者もいる」

「……もしかして、すでに移住してここでの生活にある程度馴染んだ連中のこと？」

「ああ。現在のバルカ騎士領の住人には二種類の人間がいる。もともとこの地に住んでいた村人たちと、すでに移住して定着した者だ。そして、後者の連中は流れ者を受け入れることにはある程度寛容な姿勢でいる。そういう者は畑を持っているわけじゃないしな。相対的に被害に遭《あ》いづらい立ち位置で、村の出身者とはちょっと立ち位置が違うんだよ」

「でも、移住者が問題を起こし続ければ困るのは先に移住してきた連中も同じだろ？」

「だろうな。だから、いずれはこれ以上の移住受け入れには反対の立場に変わっていくだろう。けど、まだその考えにはなっていない。なぜなら、先に移住してここの生活が気に入ったからといって地元の連中を呼び寄せる者もいるからな」

そういうことか。

俺がバルカの動乱という事件を起こしてフォンターナ家家宰のレイモンドを討ち取った。

そして、その後にフォンターナ家当主のカルロスから騎士として認められて土地を得た。

その土地は非常に豊作で、新たに大きな街も作って発展途中だ。

そのうえ、他から人が来ることも歓迎しているときている。

そんな情報を手に入れて、よその土地から人が集まってきた。

が、決してすぐに全員が飛びつくようなことにはならない。

だってそうだろう。

全く新しい土地で、なんの経験もない農民出身の騎士が統治者としてその地を治めているんだ。

これからの生活がうまくいく保障なんてどこにもない。

むしろ、バルカ騎士領に移住するという選択肢は大博打《おおばくち》に近いものだろう。

だからこそ、すでに移住してきた連中は様子見の偵察部隊であるとも言えた。

食うに困った土地から僅かな希望にすがってバルカ騎士領へと向かう勇気ある決断者たち。

そして、彼らはこう考えている。

バルカ騎士領での生活がうまくいったら、同郷の者も呼び寄せるのもいいだろう、と。

つまり、このバルカ騎士領では住人の中に「これ以上、移住者が増えるのは嫌だ」と考えている層と「まだ受け入れ拒否をされるのは困る」という層がいるのだ。

そして、すでにその二つの層は数的にも拮抗しているか、あるいは後者のほうが多いくらいになってきている。

つまり、俺が元いた村人に配慮して受け入れ拒否を決定すると住民の半数からは不満の声が上がる可能性がある、ということなのだろう。

どうしろってんだよ。

とはいえ、俺個人としてはまだもう少し移住者を受け入れてもいいと思っている。

なんとか、村出身の連中も納得しつつ、移住者の増加数をもう少し抑制する方針を探すしかないだろう。

こうして、父さんとアッシラによってもたらされた新たな統治上の問題点について検討していくことになったのだった。

◇◇◇

「と、いうわけでだ。この川北城に移住希望者を集めて軍を作ることになった。バイト兄とバルガスはその軍に入った新兵の訓練を頼みたい」

父さんたちと話し合ってから少し経ったころ。

俺はバルカ騎士領の最南端に位置する河北城にいた。

ここはバルカの動乱時に作り上げた城だ。

そのときは、フォンターナ軍の注意をひくために壁で周囲を囲って陣地にしただけのような場所だった。

だが、それも今はもう少し改良されている。

あのときよりも整備されているのだ。

といっても、軍用施設とは違う使い方がされていた。

今、この河北城はフォンターナの街との間にあるという関係から、主に宿場町兼関所として機能していた。

別に関所で通行税などを取っているわけではないが、バルカ騎士領にやってくる連中の中に明らかに変なやつがいないかどうかのチェックなんかをしているというわけだ。

そのためのバルカの騎士の寝床としても機能している。

そんな河北城で俺はバイト兄とバルガスに状況の説明をしていた。

これからここで二人には仕事をしてもらう必要があるからだ。

「ある程度は聞いているぜ、大将。金のない連中には軍に入ってもらうんだろ？」

「ああ、そういうことだ、バルガス。移住希望者に対してバルカ騎士領に住むには条件をつけることになった。文字の読み書きや計算ができるやつは居住権が与えられる。あと、一定の金額を治めるだけの財力があるやつもだ。それ以外は女性も受け入れる方針になった」

「で、学がなく金もない男では軍に入れる、ってか」

「そういうことだな。こちらの条件を満たせなかった者は移住できない。が、バルカ軍に入って数年ほど真面目に軍で頑張ってくれたやつにはバルカニアに住む許可を与えるってことになった」

いろいろと話し合った結果、受け入れを完全に拒否することはなく、しかし、移住者の数の増大ペースを抑制するための方針が決まった。

条件をつけて数値の伸びを抑えようということになったのだ。

バルカ騎士領に新たに住むには、こちらにも相応のメリットがある人間が望ましい。

ということで、ある程度教養がある人間か、金を持つ者がそれに当たる。

ちなみに、移住してくるのはだいたいが若い男たちだったので、女性は無条件に受け入れることにした。

あとは、一芸に秀でた者であればこれまでどおり、リード姓を与えてバルカで雇い入れるのにも変わりはない。

が、それ以外の者はバルカ軍へと入ってもらうことになった。

この河北城で移住者をチェックして、軍に入る意志があるかどうかを確認する。

もしも、数年間軍に入ってもいいからバルカ騎士領に来たいというのであれば、それでもいい。軍で頑張ってもらえればこちらにとってもメリットがある話なのだから。

「ふーん。それはいいけどさ。バルカ軍に入隊した新人たちはどんな訓練をするんだ、アルス？お前、前に言っていただろ。バルカ軍はヴァルキリーの脚の速さを生かした騎兵を中心にするって。もしかして、他所から来た流れ者にいきなり騎乗訓練でもさせるつもりなのか？」

「いや、さすがにそういうわけにはいかないよ、バイト兄。というか、騎兵団の構想はヴァルキリーに乗ったバルカの騎士が、騎乗姿勢を保ったまま移動しつつ魔法を使って遠距離攻撃するためのものだ。当たり前だけど、新しくバルカ軍に入る連中にいきなり名付けをしたりはしない。だから、ヴァルキリーに乗せることもないよ」

「ってことは歩兵部隊を作ろうってことなんだな？」

「そうなるな。バルカ軍全体としては機動力が落ちることになるけど、新兵たちは歩兵として鍛え上げることになる」

「了解だ。じゃあ、最強の歩兵部隊を作るためにガンガンしごいていくってことでいいよな」

俺の説明を聞いてバイト兄がそんなことを言い出した。

どんな厳しいシゴキが待っているんだろうか。

ちょっと想像もできないが、訂正しておく必要がある。

それは、別に俺はとしてはバルカ軍に最強の歩兵部隊が必要ではないという点だ。

「それもいいけど、俺としてはもっと違う点を重視したい。兵個人の強さよりも、組織としての強さを求めたいんだよ、バイト兄」

「あん？　どういうことだよ、アルス。兵を強く育て上げれば軍は強くなるだろ」

「バイト兄の言い分は正しい。けど、組織としての強さとしてみるとそうじゃない。兵士が強ければそれはいいが、それよりももっと重要なことがある。規律を守ることさ」

「規律？」

「そうだ。戦場ではこちらの出した指示に従ってもらわなければならない。例えばだけど、俺が右に進めって指示を出したときに、即座に全員が右に進んでくれないと困るんだよ。ダラダラ動いたり、指示に従わない連中がいれば軍という組織として弱くなる。つまり、こっちの指示にはしっかりと従うようにしていかなければならないってことだな」

「ふーん。規律ねえ。ま、そりゃそうだわな。言うことを聞かないやつが多かったら話になんねえし」

「だろ？　それに、この移住希望者をバルカ軍に入れる目的のこともある。いずれはバルカニアなんかに住むことになる連中なんだ。バルカニアでは人のものを盗んではいけません、とかそういう決まりを守る連中じゃないと、いずれ問題が出てくるからな。要するに、このバルカ軍では決まり事はきちんと守ることってのを徹底してほしいんだよ」

俺が求めたのはそれだ。

最強の歩兵部隊がいたら、それは確かに頼もしいだろう。

だが、それ以上に決まりを守ることを徹底させたかった。

というのも、現状のバルカ軍も結構ひどい状態だからだ。

いや、そもそも、この辺りではそんなものなのかもしれない。

もともと、俺のイメージする軍とこの辺りの軍では性質が異なるからだ。

フォンターナ家などやほかの貴族や騎士の家はなにかあると人を動員して戦場へと向かう。

が、その際に手駒として連れて行くのは別に軍隊とはいえないものなのだ。

例えば、フォンターナ家当主のカルロスがウルク家と戦があるから、騎士に対して人数を集めて来いと命じたとする。

すると、騎士家は騎士が従士に命じて自身の領地で募集をかけることになる。

これから戦があるから男連中は出てこいというのだ。

が、それは完全な強制ではない。

どこの村は何人くらい出せという暗黙の了解みたいなものはあるだろうが、あくまでも兵として出てくるのはその農民たち自身の判断に委ねられている。

なので、その呼び出しをかけた騎士やその上司の貴族が戦に強いか弱いかや、報酬が気前良く払われるかなどで集まる兵の数は変わったりする。

つまり、戦があるたびに不特定多数の人間が臨時に集められて構成されるのがこのあたりでいう軍なのだ。

その点でいえば、今回のバルカ軍は他の貴族や騎士の軍とは全く別物といえるだろう。

なぜなら、土地もなく、仕事もなく、食べ物もない移住希望者を一定年数訓練だけをさせる組織となるのだ。

これは言ってみれば、常備軍と同様だ。

だからこそ、規律を重んじる必要がある。

これまで通常の軍というのは本当にひどいものだ。

基本的には騎士やそれに連なる従士が集まった農民をその場で指揮系統に組み込んで使うことになる。

が、もちろん、農作業をしている農民たちが戦場で上官からの細かな指示に従って動くなんていうことはできない。

前世でもそうだった。

集団行動をしたことがない小学生低学年を校庭に集めて整列させる。

たったこれだけの行動がどれほど難しいことか。

たいていの場合は先生が声を張り上げて、何分も、あるいはもっと時間をかけて全員を整列させていたものだ。

全員集まれ、といってすぐにそれを聞いて皆が一箇所に集まりつつ、きれいに並べるようになるのは時間がかかるのだ。

それはこの世界でも同じだ。

いや、むしろこっちは戦場で命がかかっている分、さらに難しいかもしれない。

武器を持った相手と向かい合い、こちらの指示に従って一歩も引かずに戦うなんてことを強要するのはそれだけ難しいということだ。

だからこそ、それを普段から訓練させる。

こちらの指示ひとつで兵が集団として行動できるように訓練する。

右を向けと言えば全員が右を向き、前に進めと言えばそれに従う。

一糸乱れぬ集団としての動きをできるように、バイト兄やバルガスには訓練してほしい。

そして、できればその中に集団としてのルールを守らせるということも徹底して身に付けさせたい。

これは指示を聞くというのとは少し異なるかもしれない。

というのも、あんまり時間を守るという意識がない者が多いからだ。

基本的にバルカ村でもそうだし、ほかの食い詰め者が出るような農村もそうだが、農民なんてものは日が昇ったら起きて畑仕事をして、暗くなったら眠る。

時計なんてものはないから時間を気にするなんて習慣がない。

毎日の日の傾きを頼りに、自然とともに生活しているのだ。

【照明】という生活魔法があるから、夜暗くなってからもある程度なら行動を続けることはできるだろう。

が、わざわざ【照明】をしてまで畑仕事をする意味なんかないし、家にいても娯楽がない。

なので、さっさと寝てしまうのだ。

ゆえに、何時になったら集合、みたいなこともない。

基本的には「明日の昼頃、お前んちに行くよ」みたいな約束の仕方をするので、昼っていつだよという話になる。

が、それでもお互いの認識がそうなので特に問題が起こらない。

が、バルカ軍ではもう少しそのへんのルーズさをなんとかしたいとも思っていた。

そんなにのんびり動かれては機動力のある軍なんてものにはなり得ないからだ。

しかし、時計なんてものはないので、多分、鐘でも鳴らすことになるだろう。

つまり、鐘を鳴らしたら即集合、というルールを作り、それを徹底させる。

もちろん、ほかにもいろんなルールがある。

それは常識的なものばかりで、上官の言うことは聞くだとか、命令違反しないとか、あるいは喧嘩しないや盗まないなんてものもある。

兵としての強さよりも、まずはそのへんの意識改革が優先ということになるだろうか。

「なるほどなあ。相変わらず大将はそういう細かいことにこだわるんだな」

「いやいや、常識的なことばかりだろ。そんなこだわっているつもりはないぞ、バルガス」

「いやー、俺としては十分決まり事が多くて大変だって感じるぜ。それに、この規則は今後、絶対に変わらないのか？」

「ん？　別にそうでもないよ。それは移住希望者をバルカ軍に入れるって決めたから、急いで俺が作り上げたものだからな。多分、実際に試してみたら不備が出るだろうし、実践してみて必要があれば修正を加えてもいいよ」

「それは俺たちも意見してもいいんだよな、大将？」

「もちろん。訓練するのはバルガスたちだからな。ここはもっとこうしたほうがいいとか、これは厳しすぎるとかがあれば言ってくれれば変更するよ。もっとも、決定権は俺にあるから勝手に規則を変えるなよ？」

「了解した。それじゃ、さっそくやっていくか。もう、移住希望者が集まっているからな。バイトじゃないが、ビシビシいくぜ」

「頼んだよ、ふたりとも」

　こうして、バルカ軍は新たに生まれ変わることになった。

　それまでの騎兵団としての方針を修正して、規律正しい軍隊へと、そして、この辺りでは他にいないであろう常備軍として出発することになったのだった。

　もっとも、すぐにはうまくいかなかったのだが。

　俺は自分で想像していた以上に常備軍には金がかかるというのを、その後になって初めて実感することになったからだ。

　働かない人間に対して訓練だけさせておいて、しかも食わせていく必要があるのだ。

生産性が一切なくこちらの財政的な負担にしかならない。

ほかの貴族や騎士がなぜ常備軍を持たなかったのかがよく理解できた。

バルカ騎士領がお金稼ぎに精を出していなかったらすぐに破綻していたことだろう。

それに、規律を守らせるというのも思った以上に難しかった。

というか、規律を破った場合の罰し方がまだ完全に定まっていなかったのだ。

どの程度の罰を与えるべきか、適正であるかが見極められておらず、最初のうちは非常に混乱することになった。

当初は決まり事を守らなかった者に対して上官がその都度罰していた。

が、それには人によって判断が異なり、いろいろと問題になったのだ。

なので最終的には、マドックさんなどの裁判担当の者も入れての軍法会議みたいな話し合いで罰を決定するという形に落ち着くことになった。

だが、そんな問題を乗り越えて出来上がったバルカ軍は間違いなく強くなった。

厳しい訓練に明け暮れて、一致団結した行動をとる集団。

そんなバルカ軍はウルク家の次期当主であるペッシとの戦いでは、【黒焔】という圧倒的火力の攻撃で死に瀕《ひん》しながらも全員で勝利をもぎ取ることができた。

あの絶体絶命の状況で内部崩壊を起こさなかったのは、ひとえに普段からの訓練の賜物だと思う。

こうして、バルカ軍はこれまでにはない最高の軍へと変わり、最終的にはウルク家の打倒のための原動力となったのだった。

番外編　名人誕生

「……負けました」

椅子に座り、机に向かった状態で俺は頭を下げた。

もう何度目だろうか。

世間では俺のことを負けなしの騎士だと言ってたりするそうだ。

だが、俺は決して無敗というわけではなかった。

弟に負けた。

カイルに負けたのだ。

といっても、それは初めてのことでもなければ、それなりに繰り返されたものでもあるのでことさらショックを受けるということでもなかったが。

とある日の夜、バルカ城の一室で俺はカイルとボードゲームをしていたのだ。

それは一対一で駒を動かすもので、ありていに言えば将棋だった。

俺はカイルに将棋での勝負をして、そして負けてしまったのだ。

「やった。また、アルス兄さんに勝ったよ」

「くそー。将棋ならまだもうちょっと勝てると思ったんだけどな。これももう駄目かよ。カイル君、強すぎんよ」

ふー、と息をついて椅子の背もたれに体重を預ける。

そして、グッと伸びをして体をほぐした。

どうやら、思ったよりも緊張して力が入っていたようだ。

カイルとの将棋での勝負は負けてしまったものの、最後まで接戦だったのでずっと肩に力が入っていたのだろう。

伸びをした後は、首を回してコキコキと音を鳴らしてリラックスしていた。

なんかいいな、と思ってしまう。

なんだかんだで、最近はずっと忙しかったからな。

西へ東へと駆け回っての戦が続いていたのだ。

特に、ウルク軍の総大将を務めていたペッシ・ド・ウルクとの戦いでは本当に死んでしまうと覚悟さえしていた。

ウルク家の当主級が使う【黒焔】はあらゆるものを燃やし尽くすまで消えない黒い炎なんて触れ込みどおりの凶悪な魔法だった。

あやうく、生きたまま真っ黒こげにされかねないところだったのだ。

それが終わって、バルカ騎士領のことを切り盛りし、そして、パラメアの慰撫に向かってとやることが山積みだったのだ。

極めつけが北の森から鬼が出る、という始末だ。

俺が何か悪いことでもしたのかといいたいことだらけだ。

だからというわけではないが、俺が忙しくしていることによって一番被害を被っているカイルをなるべく労わるようにしていた。

カイルはまだ子どもだってのに、俺やバイト兄や父さんが戦のために出払っている間も、バルカ騎士領のことをずっと任せっきりだったのだ。

世が世なら、子どもを働かせた罪でしょっぴかれてしまうかもしれないくらいなのだ。

そんな苦労をかけっぱなしのカイルは独自の魔法まで作って、お兄ちゃんが見ていない間にもどんどん成長していた。

が、それでもやはり寂しい思いもさせているだろう。

そう思って言ったのだ。

時間があったときに、なんでも好きなことにつきあってやるぞ、と。

そうしたら、カイルが持ち出してきたのが卓上遊戯だった。

将棋ではない。

もともと、フォンターナの街などでそれなりに人気の娯楽用品だったらしい。

それを俺と一緒にやりたいと言ってきたのだ。

もちろん、その言葉に俺は首を縦に振って頷いた。

断るはずもない。

苦労を掛けているのを帳消しにはできないが、せめて時間があるときくらいはこうして兄弟で遊んでみるのもいいだろうと思ったからだ。

のんびり話でもしながら兄弟の仲を深めよう。

そう思っていたのだ。

だが、現実は違った。

俺が連戦連敗したからだ。

その卓上遊戯がすごろくのようなものだったのなら、まだよかったのかもしれない。

さいころでも転がして、運がいいほうが勝った負けたと言い合うならば、俺もムキにはならなかっただろう。

しかし、カイルが用意していたゲームは一対一で戦う頭脳戦のゲームだったのだ。

それに俺は負け続けた。

最初はこのゲームに慣れていないから、経験者であるカイルに負けるのも仕方がないかと思っていた。

だが、どうやらそうではなかったらしい。

俺が駒の動かし方を覚え、効率的な攻め方、あるいは守り方を身に付けて再戦を挑んでも全然勝てないのだ。

そして、バルカ城で他の者に聞いたところ、このゲームでカイルは負けなしだったのだ。

どうやら、カイルはバルカ城にいる者では相手にならないからといって、俺ならいい勝負ができるかもしれないと考えてそれをやりたいと言ったみたいなのだ。

だが、現実は非情だった。

俺はカイルに一矢報いることすらできなかったのだから。

これじゃダメだ。

さすがに負けっぱなしというのも嫌だし、兄としての沽券《こけん》にもかかわる。

なんとか、カイルに勝たねばならない。

とは言っても、とても正攻法では勝てる気がしなかった。

なので、俺はからめ手で勝負を挑んだのだ。

そのゲームでカイルに勝てないのであれば、違うゲームをすればいい。

同じような頭脳戦でカイルに勝てるゲームを用意して対戦を申し込むことにしたというわけだ。

最初に持ち出したのはいわゆるリバースというゲームだった。

表と裏で白と黒という二つの色にそれぞれ塗り分けられた石を碁盤の目のように線を引いたところに置きあって、最終的にどちらの色が多いかを競い合うゲームだ。

といっても、そんな名前のゲームはこの世界にはない。

あるのは俺の頭の中にある前世の知識にだけだ。

しかも、このリバースというゲームは単純なルールの割にはその歴史は浅い。

それが関係しているとは思えないが、類似するゲームはフォンターナ領では確認できておらず、当然のことながらカイルも未経験。

つまり、俺はカイルにたいして逆の立場になって挑むためのこのゲームを用意したのだ。

俺だけが知っていて、カイルは知らないゲームならば勝てるはず。

そして、その考えは正しかった。

俺はリバースでカイルに勝利したのだ。

勝った時にはそれはもう喜んださ。

俺だけじゃない。

俺に負けたはずのカイルですら喜んでいた。

多分、あれは本気で喜んでいたんだろう。

カイルも勝ち続ける勝負をするのがいい加減嫌になっていたのかもしれない。

たまに、わざと負けようという雰囲気を感じていたことがあり、何度か俺がそれを咎めたりもしていたのだ。

さすがに、俺だって勝てないからと言ってわざと負けてほしいわけではなかったからだ。

そのカイルにたいして俺が勝つことができた。

そのことがカイル自身、相当うれしかったのだろう。

またやろうね、アルス兄さん。

そう言ってにっこりと微笑んだカイルの顔はわが弟ながらかわいらしく、俺もこのゲームを用意してよかったと心底思ったのだった。

だがしかし。

そんな幸福な時間は長くは続かなかった。

それはなぜか。

俺がだんだんとカイルに勝てなくなってしまったからだ。

俺は前世でリバースというゲームを知っていた。

であるが、別に強かったというわけでもない。

ただ、学校でこのゲームに強いやつがいて、なんでそんなに勝てるのかと聞いたことがあっただけなのだ。

このゲームも奥が深いが、勝つための戦法というか理論が存在していた。

その一部を聞いて覚えていたからこそ、俺はカイルに勝てていたのだ。

それにたいして、カイルはそんな情報を知らずに、しかし、何度も勝負をするうちに自分自身で必勝法を見つけてしまったらしい。

いや、必勝法というわけではないのかもしれない。

もしかすると、最善を尽くせば俺はカイルに勝てるのかもしれない。

だが、コンピューターでも持ってきて解析でもしなければ勝てないのではないだろうかと思うほど、カイルは俺よりも強くなってしまったのだ。

そうなると、もはや俺は逆立ちしてもカイルに勝てる未来が予想できなかった。

なので、手を変えたというわけだ。


次に用意したのはチェスだった。

こちらは似たような、しかし、似ているだけで全然違うゲームがこのあたりにもあったようだ。

だが、勝敗の決め方など割とややこしいゲームで覚えにくかったので俺がそれよりもチェスのほうがルールが整備されていてわかりやすいのだと説明して、カイルに勝負を挑んだというわけだ。

もちろん、こっちも俺は限定的に勝ち方を知っていた。

これまた知り合いでチェス好きがいたために、相手をさせられたことがあったからだ。

チェスを導入した当初はリバースと同様に、そうした戦法でカイルに勝利を収めた。

もっとも、それもあっという間に負けだすようになってしまったのだが。

そして、最後の砦として持ち出したのが将棋だった。

将棋はチェスと違って相手の駒を奪うと自分で使用することができるという特徴がある。

この独自のルールによって、チェスよりも終盤に指し手が増えることでより複雑なゲームとなっているのだ。

途中までどんなに負けていても、一度ミスを犯しただけで逆転することもある。

ちなみに将棋と並んで有名な囲碁はあんまりしたことがなかった。

そのため、俺はこの将棋にかけていたのだ。

なんとしても、この将棋でカイルに勝ち、兄としての威厳を高める、と。

はい、お分かりですね。

負けましたよ。

さっきは終盤まで接戦だったと自分に言い聞かせていたが、多分カイルからしたら読み切っていたのだろう。

俺は連続王手でカイルの王様を追いかけて、ドキドキのスリリングな勝負をしていたつもりだが、カイルの頭の中では危険信号すら灯っていなかったに違いない。

悔しい。

このままじゃ、お兄ちゃんとしての威厳がなくなってしまう。

そんなことを思っているときだった。

「あ、いたいた。ちょっといいかしら？」

「うん？　どうしたの、エイラ姉さん？」

俺とカイルがいる部屋にエイラ姉さんがやってきたのだ。

兄であるヘクター兄さんと結婚し、義理の姉となったエイラはもともとバルカ村の村長の娘だった人だ。

この人は今、バルカニアにある遊技場で働いてもらっている。

カイルから名付けを受けてリード姓を持つ女性としてここでは有名だが、基本的にはバルカ城ではなく遊技場であり使役獣のレース場もある場所で働いていてあまり顔を出すことはない。

どうしたのだろうか？

「どうしたの、じゃないわよ、アルス君。それよそれ。今、あなたたち二人がやっているその遊び。どうしてそんなものがあるのを教えてくれなかったの？」

「……これ？　将棋とかチェスとかリバースのことを言っているの？」

「そうよ。ほかに別のことをやっていたわけじゃないんでしょう？」

「そうだけど、これがどうかしたの？　というか、教えろったってカイルと遊ぶために作っただけだから言う必要もないと思うけど」

「何言っているの。知っているのよ。最近、その遊びがバルカ城でひそかな人気だって。あなたたち二人がやっているのを見て、この城で働いている人たちも同じもので遊んでいるのよ」

「へー、そうなんだ。ああ、けど、確かに一つ作るのもあれだったから最初に何個か試作品として作って人にあげたんだっけ？　誰に渡したんだろ？」

「さあ？　知らないけれど、今はみんなでやっているわよ。ねえ、アルス君。それなんだけど、遊技場で使わせてもらえないかしら？」

「はい？　遊技場で将棋とかやるの？」

「ええ。遊技場では使役獣の競争が主なのだけど、ほかにもいろいろと賭けをしたりしているでしょう？　室内でできる面白いものがないか、普段から探していたところなの。同じ卓上遊戯は他にもあるけれど、フォンターナの街で流行っているようなのは貴族様や騎士がたしなむ高貴なものっていう印象が一般人にもあってね。大っぴらに賭けの対象にするのはちょっとあれだったのだけど、アルス君が考えたものだったら違うでしょう？　きっと人気が出ると思うわ」

なるほど。

どうやらエイラ姉さんはずいぶんと遊戯エリアの仕事に熱心に取り組んでくれているようだ。

あそこはバルカニアでだぶついたお金を回収するための賭博場として始めたものでもある。

それはある程度成功しているといえるだろう。

だけど、もう少し賭け事のバリエーションを増やしたいと考えていたのだろう。

そんなときに、面白いものが見つかった。

俺が前世の知識から引っ張り出して作ったゲームの数々がエイラ姉さんの目に留まったらしい。

前世であれば、これらのゲームで賭けをするのはあまりよろしい行為とはいえない。

が、ここではそんなことはない。

なんせ、俺がこの土地を統治する騎士家の当主だしな。

なにがよくて、何が悪いかは俺が決められるんだ。

「わかった。だけど、条件がある」

「どんな条件かしら？」

「俺が用意したリバース、チェス、将棋。それらを使ってもいいけど、勝ち抜き戦とかもやってほしい。で、その勝ち抜き戦で一番の成績を収めた者にはカイルに挑んでもらう」

「カイル君に？」

「そうだ。カイルはいわば名人だな。俺が用意したこれらのものをすべて自分の力として身に付け、発案者の俺ですら勝てなくなった最強の名人だ。そのカイルに勝てる実力のある人物を遊技場で育て上げてほしい」

「……なるほど。ただ単に賭けの対象として遊ぶだけじゃなくて、強い人を見つけ、育てようということね？　面白いわね、それ。強い人同士の戦いなら、それを見ている人が勝者や勝敗を予想してそれに賭けることもできるかも。うまくやればより人気が出そうね」

「そうだね。ま、その場合、八百長《やおちょう》には気をつけないといけないけどね」

「わかったわ。使役獣の競争だけではなく、遊技場の人気の興行にできるかもしれない。やるわ、アルス君。いえ、私にやらせてください」

「カイルはどうだ？　名人として名乗りを上げてくれるか？」

「え、名人ってちょっとこっぱずかしいんだけど、わかったよ。ただ、僕に勝てる人がいたら名人はその人に譲るってのはどうかな？」

「いいんじゃないか？　正直、カイルに勝てるやつがいるのかは疑問だけどな」


こうして、俺とカイルが遊んでいただけのゲームが、バルカニアでの興行へとなることになった。

これによって、カイルはこの世界で初めてのリバースとチェスと将棋の名人位を持つ人物となることになったのだった。

ちょっと恥ずかしそうにしているカイルだが、なんだかんだで嬉しそうでもあった。

こうして史上最強の名人がバルカニアに誕生したのだった。

あとがき

皆様、はじめまして、そしてお久しぶりです。

カンチェラーラです。

この度は拙作の第四巻をこうしてお手に取っていただき誠にありがとうございます。

こうして自分の作り上げる物語を書籍として皆様に見ていただけることに、感謝以外の言葉もございません。

本当にありがとうございます。

第四巻でも主人公のアルスは大暴れをしております。

西へ東へと駆け回り、八面六臂《はちめんろっぴ》の活躍をしているアルスですが、しかし、相手も強敵で苦戦を強いられる場面もあり、その苦境を乗り越えるところをご覧いただければと思います。

また、それ以外にもようやく王の存在が出てきました。

この物語ではアルスに焦点を当てて描いていることもあり、最初は農家やその周辺の話ばかりで国の形などは見えにくくなっていました。

ですが、貴族であるフォンターナ家に仕える騎士となったことで、否応なくそのほかの勢力とも関係を持っていくことになります。

だんだんと広がっていく世界観のほうもあわせてお楽しみいただければ幸いです。

さて、それとは別に現実世界では今もってCOVID－19という新型ウイルスの危機にさらされております。

実に多くの影響を振りまくこのウイルスによって、大変な思いをされている方が大勢おられるかと思います。

そのような気持ちの落ち込む時にこそ、没頭できる物語というのは大切になってくるのではないかと考えております。

もし、この本を手にした方が一時でも楽しいお時間を過ごせるのであれば創作者としてうれしく思います。

あらためて、こうして第四巻を出版にまで導いてくださった編集部の扶川様をはじめとして、関係者の多くの方に感謝しております。

イラストレーターのRｉｖ様の絵はいつもながら素晴らしいものとなりました。

第一巻ではまだまだ小さな男の子だったアルスたちが、だんだんと成長していく姿をこうして美麗なイラストで表現していただけてうれしく思います。

多くの方のおかげでこうして素晴らしい作品が出来上がっていることをいつも痛感しております。

そのように多くの人の思いが込もったこの本を手にとって頂けた皆様には心より感謝を。

それではまた、第五巻でもお会いできることを祈りつつ失礼致します。

コミカライズ第六話

漫画

槙島ギン

原作

カンチェラーラ

キャラクター原案

Riv

I was reincarnated as a poor farmer in a different world,
so I decided to make bricks to build a castle.

生まれ育った村から使役獣が引く荷車ででこぼこの道を進んで3日
みんなついてこいよー
キューーッ
キュイッ
ガタ
ゴトン
すごいないい
ゴトト
カッ カッ
貴族が住んでいるというフォンターナの街
城壁都市か!!
ほぉぉぉ〜っ
俺は人生初めての「旅」を経験している!
車や新幹線じゃないし3日かけてもそれ程は移動してないだろうけど
結構賑わってるんだね!
キョロ キョロ
迷子になるなよ
ああ あっちを見てみな

レンガ特需の
理由があれだ
ザワザワザワ
ザワ…
街を広げるために
城壁の一部を壊して
再建してるんだよ
一部のレンガは再使用
してるが圧倒的に
数が足りないんだ
へ～～っ
まだ
特需は
続きそう？
うーーん
そうだな
ただ この辺でも
レンガは作れるから
しばらくしたら遠くから
運んでくるレンガは利益が
出なくなりそうだな
なるほど
これからは今までの
ようにレンガで
利益を出しにくく
なるってことか

ならば
今回の貴族との
商談をしっかり
まとめなくては!!
フォンターナ家の
家宰
レイモンドだ
ジロ…
よろしく頼む
厩《きゅう》舎《しゃ》前広場
まあ
当然か
「貴族の
お宅拝見！」かと
思ったのになぁ
むぅ

農民や商人である俺たちに貴族の当主自ら会う必要などないのだろう
カツン
事前に聞いたとおりこの使役獣は騎乗が可能そうだな
ちらっ
はいっ
体格も立派で鎧《よろい》を着込んで騎乗しても問題ないかと
ぜひこの使役獣をフォンターナ様にお使いいただきたく馳せ参じた次第でございます!
おっさんも「貴族に会う」ことじゃなく「貴族のコネを作る」ことが目的だって言ってたしな
ふむ…
ひとりは子どものようだが?
なんだか
ギクッ
カツン

実はこのアルスこそが使役獣を育てたのです
隣にいるのは父親にございます
ならばこの使役獣の生産は長く続けられそうだな
はい！
この使役獣は「ヴァルキリー」といいます
え!?
ぜひヴァルキリーの生産と販売の許可をいただきたいのです
「ヴァルキリー」は最初に生まれた子の名前であって「種族名」ではないんだが…!!
ややこしくなるだろ〜
ちなみに本物のヴァルキリーは村でお留守番中だ
クウ〜〜ーッ
あいつは俺の相棒だから売ったりしない！

ふむ…
フォンターナ様にもその旨《むね》を伝えておく
あっありがとうございます!
…いいだろう
後ほど許可証を発行しておこう
今後もしっかり励むように
はいっ
かしこまりました!
おお――っ
商談成立!?
――だが
この使役獣は戦には使えんかもしれんな

――え？
そ…
それはいったい
どういうこと
でしょうか？
ムッ
角が
邪魔だ
これでは得物が
振るえんだろう
おい
誰か
おるか？
はっ
ザッ
ザッ
この使役獣の
角を切り落とせ

——は？
アルス…!!
いや…
ちょっと待てよ
ゆらり…
ぐっ
献上された使役獣を
いきなり傷物に
する気なのか？
やれ！
悔しい…
なんだ
こいつは…
ギリィッ

口出しひとつ
できない
なんて…!!

宿屋にて
……
え～と…
いい
よくガマンしたなアルス
ゴゴゴゴゴゴ
ブッ
よくもあいつら…俺のカワイイ子たちにあいつら…
ブツ
ブツ
自分の角が切られるっていうのに
まずはその手を洗え
…

あいつらは声も
あげなかった
盲導犬の訓練の
最初の一歩はどんな時も
吠えないことだという
通りすがりにタバコの
火を押し付けられても
刺されたとしても
優秀な盲導犬は鳴かない
気付いて
あげられなくて
ごめんね
有史以来 人間の
パートナーである犬は
教育次第でここまで心を
通わせることができる

使役獣も同じような
存在になれるかも
しれない…
ギュウウウ ミッ
それなのに…‼
……

そろそろ落ち着けアルス
キズがひろがるぞ
ドサッ
だって!
父さんは悔しくないの!?
それより俺は角を切られたヴァルキリーたちが早死にしないか心配だよ
むむっ
理不尽!!
献上した使役獣がすぐ死んだりしたらどんなお咎《とが》めを受けるかわかったもんじゃないぞ
理不尽だが貴族相手だとそういう可能性もあるのか…
角を切られた使役獣が早死にする可能性か…
そういえばヴァルキリーたちの寿命すら把握できてない…
角を切られたことは悔しいけど使役獣ビジネスを続けるなら調べなくちゃいけない

父さんは冷静だな
ははっ
すんっ
農民がいかに社会的弱者であるか身に沁みてるだけだよ
父は学のない農民ではあるが頭が悪いという訳ではない
前世の知識を持つ俺が気付かないことにもいろいろ気付くのだ
子どもの俺が短期間で森を切り開いていく
それは恐ろしく不気味な存在に見えてもおかしくない
実際 俺が土地を拡げているのを見て村の人たちは税を払えないとウワサしていたらしい
悪目立ち
村長なんかは俺から畑を取り上げる計画まで立てていたとか…
ヒソ
ヒソ

けれど父は土地を治める貴族家の家宰に必死に陳情してくれた
使役獣を生産するためには森を開拓し大量のハッカを作る必要があること
ハッカ畑では税として支払う麦の生産が足りないこと
人頭税や地税
貴族側にしても使役獣の生産と森の開拓は願ってもないことである
父の陳情のおかげで「使役獣の生産販売の許可」と同時に
「土地の正式所有」と「麦ではなくお金での納税」が許された
貴族とのコネも!

さてと
ギシミミッ
せっかく街まで来たんだ
必要なものを買い回りながら見学でもするか
頼れる父親の元に生まれることができた
うんっ!
俺はとても幸せ者だ

ザワ
ザワ
そういえば木造建築って見ないよね？
キョロ
キョロ
レンガ造りばっかり！
そういやそうだ
あまりメジャーじゃないのかな？
木で作った家なんて「着火」で火事を起こされたら終わりだからな
なるほどっ
それにしてもこの街の建物ってあまり窓がないよね？
換気のための木戸ぐらいっ
「照明」で灯りをつけるんだし窓は特に必要ないだろ？
なんでも「生活魔法」が関係してくるんだね…
う～む…
ああ
主の加護のおかげだな

魔法陣を用いた命名で使えるようになる「生活魔法」
確かに恩恵は大きいけど…
うむむ
むむ～
主の加護…か
本当に神様に関係した力なんだろう…か…
ハッ
ピコーーーン
そうか！窓だ!!
びくっ
パァアーッ
ビクッ
ぐっ
ビクッ
うおっ?!
割れやすく扱いづらいガラスの食器よりも窓ガラスを作ったほうが需要があるかもしれない!!
開放的で目新しいスタイル!!

呪文化すればレンガみたいに大量生産できるし
建物の分だけ需要は存在するのでは!?
わくわく
また何か始めるつもりだなぃぃ
いやはやぃぃ
大した向上心ですな
使役獣の商談が成功したばかりなのに…
はは
いつも驚かされてばかりだよ
それでもあの子のハツカのお陰で村はずいぶん豊かになった
少し前まで餓死なんて珍しくなかったからな
──そう
ひどい不作が続いていたのだ

何年にも及ぶ
飢饉《ききん》によって人は死に
大地は荒廃した
もともと
戦火の絶えない
時世ではあったが
近年では食料の
奪い合いで更なる
戦が勃発するほどに
人々は飢えていた
そんな中で
俺はとある
食べ物に
出会う
どこにでもあり
荒れた畑でも育つが
味がひどく食べられた
ものではないハツカ
だがこの時
食べたハツカは
違っていた

まずいのだが
食べられないという
ほどでもなく
大ぶりでシャキシャキ
と歯ごたえも
食べごたえもある
このハッカがあれば
餓死する者の
数は減るに違いない!!
冬の保存食
ハッカの塩漬け
しかも育つ
スピードが速い!
俺はこの新種のハッカが
作られているらしい
北の森のそばの村に
着いて驚いた
最近では
どの村も暗く
どんよりと淀んで
息苦しいが

村中で例のハッカを育てているそこには他の村とは違う空腹とは縁遠い生活があった
ザク
ザク
ねえ 行商人のおじさん
これ 買い取って くださいっ
どっさりっ
洗礼式も済ませていない幼い男の子

農民には珍しく数字に強く
他に売れるものはないかと情報を聞き出すために次々と質問を繰り出してくる
サンダルと一緒に大量のハツカも買い取り各地の農家に栽培するように促《うなが》してまわった
サンダルとセットでどうだっ！
あっという間に育つぞ！
う〜〜ん…
本当か〜〜？
その頭の回転の速さは到底農民のものとは思えなかった
そろそろ行ってみるか…
そんな中でも少年のことが気になって北の村には定期的に足を運んだ
それでっ！それからっ！他にはっ！
じりじりっ
毎回小1時間ほど質問責め。

何年かして
少し大きくなった
少年がサンダル
以外のものを
売りつけてきた
以前 俺が話した
森でとれる
「魔力茸」だ
森に入るのは
もう少し大きく
なってからにしたほうが
いいと忠告した
すごいだろっ
希少なそれは
高値で売れる
大した利益の出ない
この村への行商も
元が取れる
だがこんな小さな
子どもが森に入るのは
危険だ
大丈夫だよ

俺は大丈夫だよ
盲目的な自信
少年が危険を冒さなくてもいいように俺は少年からレンガを買い取ることを提案した
全て同一のように精度が高い
特需もある
そう言って死んでいった若者を俺は数多く知っているのだ
それよりっ新しく食器を作ったんだ！
フンッ
フンッ

ズラ〜〜ッ
ほ〜〜っっ
これはスゴイな！
どうやって作ったんだ？
見事なもんだ!!
エヘヘ！
秘密！
俺はその食器を目にして少年の正体に察しがついた
おそらく少年は貴族出身なのだ…!!
確信!!
ぐっ
違う
食器は先祖伝来の家宝に違いない！
違う
ガタゴト
しんみり…
ガタゴト
没落した家系なのかもしれないいな
違うよ

付き合いは続き
洗礼式を終えた
少年…
もといアルスに
またもや驚か
されることになる
アルスの買った
使役獣の卵が
貴重な騎獣型
として孵《かえ》ったのだ
おぉおぉお
アルスのすごい
ところは常に
向上心がある
ところだ
レンガや魔力茸を
売っているにも
かかわらず常に
新しい物を
探している
どうして
そこまで金を
稼ごうと
するんだ？
以前
その理由を
聞いたことが
あった

戦争に行くための武器が欲しいんだ
ザァアアァ
やはりそうか…
ぐぐっ
アルスは戦で武勲を立てて没落した家を復興させたいに違いない!!
もしかしたら両親は本当の親ではないのかもしれない…
違っ…
ロマン!!
家宝を手に逃げ延びた貴族の子を預かり育てているのかも…
違うって…
……

とにかくこいつは間違いなく大物になる!!
いずれ大きく成長し貴族へと復帰するその時までにさらなる信用を得なければならない!!
より強固な関係を築くためにも使役獣を専売する
この関係はなんとしても保たねばならない!!

おーいっ
行商人のおっちゃん!
どうしたんだよ
買い出し行かないのか?
父さんも待ってるんだけどっ
あ…ああ行くよ
ニコッ
どこまでもお供しますよっ
なんだそれ
こうして俺の人生はいつしか辺境の少年を中心に回り出したのだった

INFORMATION

次巻2021年発売決定!

I was reincarnated as a poor farmer in a different world,
so I decided to make bricks to build a castle.

——VS.メメント家

王の身柄を巡り
“大貴族”と衝突!
戦いの果て、別れ、そして継承へ

「炎鉱石で武器や気球も開発するぞ!」

異世界の貧乏農家に転生したので、レンガを作って城を建てることにしました 5

カンチェラーラ＝著　RiV＝イラスト

皇女暗殺の
勝利の鍵はキノコにあり、ですわ！
絶対に違う。

異世界の貧乏農家に転生したので、レンガを作って城を建てることにしました 4

2021年1月1日　第1刷発行

著　者　カンチェラーラ

発行者　本田武市

発行所　TOブックス
〒150-0002
東京都渋谷区渋谷三丁目1番1号　PMO渋谷Ⅱ　11階
TEL 0120-933-772（営業フリーダイヤル）
FAX 050-3156-0508

印刷・製本　中央精版印刷株式会社

ISBN978-4-86699-101-6